अनजाना हमसफ़र

खुशियों के पल

(VOL-6)

देव गोयल 'देव'

KAVYA
PUBLICATIONS

Publisher:

SDR INNOWAYS INDIA PVT. LTD.
667, Rajaward, Kulpahar, Mahoba - 210426

Imprint:
KAVYA PUBLICATIONS
Abhinav R.H.4, Awadhpuri, Bhopal - 462002

Centre:
Kavya Publications
107c, hanuman khand. street no 8, Gulab Vatika
Near Jawahar Nagar, Delhi NCR

Mob. : 7905266820, 9918801353
Website : www.kavyapublications.com
E-Mail : editor@kavyapublications.com

ISBN : 978-93-6431-808-2
Price : 349/-INR
Year : 2025

This book is printed at MTL and published by author Ajay Agrawal, CEO of SDR Innoways India Pvt. Ltd. Kulpahar Mahoba with its imprint and centre, Kavya Publications Delhi.

लेखक की क़लम से

October 1971 की वह सांझ मेरे जीवन में सवेरा बन कर अवतरित हुई, जब मैं ऑनर्ज इन हिंदी के लिए एस.डी. कॉलेज पानीपत में परीक्षार्थी था। उस शाम जो घटाएँ उमड़- घुमड़ कर गगन-विहार करने लगीं तो अगले दिन के एग्ज़ाम की परवाह किए बग़ैर मेरा लेखक मन काग़ज़ के पन्नों पर कुछ उकेरने को तड़प उठा और कुछ समय में ही अनेकों पृष्ठ रंग डाले। उस समय मैंने अपने जीवन के उन्नीसवें वर्ष में प्रवेश किया था। तत्पश्चात् अन्य साहित्यिक गतिविधियों से तो जुड़े रहे पर वे पृष्ठ अनछूए ही अँधेरों में गुमनाम रहे।

जीवन तो चलता ही रहता है चाहे हमारी गतिविधियाँ अवरुद्ध हो गई हों। 2011 में प्रिंसिपल पद से सेवानिवृत्त होने के कई साल बाद अचानक एक दिन पुराने मित्र श्री धर्मवीर 'आर्य' ब्लॉक शिक्षा अधिकारी से घर पर ही गुफ़्तगू हो रहीं थीं। मेरी साहित्यिक अभिरूचि से वे प्रभावित हुए व उन पृष्ठों को पुस्तक में बदलने का प्रेरक सुझाव दिया और उसी प्रेरणा के वशीभूत होकर मेरी साहित्यिक सरिता अपनी मंज़िल पाने हेतु किसी अनजान सागर की ओर बह निकली। असल में सेवानिवृत्ति के बाद मुझे 2011, 13, 15, 19 व 2023 में अमेरिका जाने का अवसर प्राप्त हुआ। वहाँ मुझे अपने कनिष्ठ पुत्र कुमार आशीष से भी उत्साह वर्धक सुझाव मिले।

कवि, लेखक, समीक्षक, कोई भी साहित्यिक प्रतिभा धनोपार्जन के लिए नहीं बल्कि समाज व राष्ट्र को कुछ श्रेष्ठ देकर अपने कर्तव्य पथ पर अग्रसर होती है। इसी अवधारणा को गाँठ में बाँधे यह उपन्यास मनोरंजन के साथ- साथ कुछ सामाजिक लक्ष्यों को भी साथ लेकर आगे बढ़ा है लेकिन वे लक्ष्य पाठक के मनोरंजन, रोमांस व हास्य-विनोद के अधिकारों का अतिक्रमण नहीं करते। मुझे विश्वास व उम्मीद है कि यह उपन्यास-सीरिज़ हर धारा के जनमानस के लिए उपयोगी व प्रेरणादायी साबित होगी।

विनीत

देव गोयल 'देव'

उपन्यास एक नजर में

उद्देश्य —

केवल मनोरंजन ही न लेखक का कर्म होना चाहिए।
अपनी रचना में उपदेश का भी, समावेश होना चाहिए॥

कोई भी साहित्यिक रचना निरुद्देश्य नहीं होती, उसमें कहीं न कहीं लेखक का मंतव्य छिपा हुआ रहता है। कविता की चंद पंक्तियाँ, यहाँ तक कि शेर की दो पंक्तियाँ भी सोद्देश्य होती हैं फिर इतने बड़े ग्रंथ, महाकाव्य, कविता सागर, लेखमाला कैसे उद्देश्य हीन हो सकते हैं ? युद्ध के दौरान कवि की ओजस्वी वाणी (भाषा) राष्ट्र- रक्षा में तैनात वीर जवानों में नई स्फूर्ति व जोश भरने में सहायक होती है तो शांति के समय में शांत रस की कविताओं से श्रोताओं को हँसी से लोटपोट भी करते हैं। उपन्यास क्योंकि बृहत् स्वरूप में बंधा होता है इसलिए इसमें एक से अधिक संदेश जनमानस को मिल जाते हैं।

"अनजाना हमसफ़र" उपन्यास में उद्देश्यों की भरमार है लेकिन वे सब 'उद्देश्य' शीर्षक लिख कर सूचीबद्ध नहीं किए गए हैं बल्कि पाठक पढ़ने का रस ग्रहण करते हुए उन सबसे रूबरू होता है। उपन्यास के आरंभ में ही डॉ. भगवत स्वरूप के ये शब्द "मेरा शिक्षक से इन्सानियत का रिश्ता है। मैं व्यक्तिगत कारणों से किसी पर भी ज़्यादती के पक्ष में नहीं हूँ।" एक मैनेजर के अपने विद्यालय के अध्यापक के लिए कितने उच्च विचार हैं। हमें प्रेरणा मिलती है कि हम भी इंसानियत की कद्र करें। अनेकों मंतव्य छिपे हैं डॉ. भगवत स्वरूप के संवादों में जो उपन्यास में जहाँ-तहाँ बिखरे पड़े हैं। वे परोपकार की मूर्ति हैं व पूरे उपन्यास में सब पात्र उनका इसी कारण सम्मान करते हैं। राजनीति अशुद्ध होने पर उन्होंने उससे किनारा कर लिया था।

'देव बाबू' उपन्यास के मुख्य पात्र हैं जो त्याग - बलिदान, कर्तव्य निष्ठा व परिश्रम का दूसरा नाम है। देव बाबू ने नीलिमा के बर्न फेस का इलाज व कांति भाई से उसकी शादी करवाकर उसे नवजीवन का दान दिया है। शुभम को बिना दहेज या लालच के शिवि से शादी करना स्वीकार है। एम. एम. गुप्ता जब अपनी पुत्री की शादी के लिए उहापोह की स्थिति में होते हैं तो शेखर बाबू उनको जो सलाह देते हैं, एकदम अनुकरणीय है- "गुप्ता सर, अगर आप समय व परिस्थिति को बदल नहीं सकते तो स्वयं में ही परिवर्तन लाना होगा।"

नीलिमा व नेहा की बातचीत कितनी प्रभावशाली है — "तुम भी अच्छी हो नेहा, जो अच्छों के साथ रहता है, वह अच्छा ही होता है या अच्छा हो जाता है।"

शिक्षा जगत के लिए डॉ. गुप्ता की यह शब्दावली कितनी प्रेरणादायी है - "आप चारों स्टूडेंट जैसे लाखों युवाओं पर देश का विकास आधारित है। काम करते रहिए व औरों को भी अपने साथ जोड़िए। देश के लिए मेहनतकश लोगों का यह कारवाँ बन जाएगा।"

भानू की चाँद पर छलांग लगाने की कोशिश देश के युवाओं के लिए अनुपम उदाहरण है — "वह दिन भारतीयों के लिए कितना गर्व का दिन होगा जब हमारा तिरंगा चाँद का मेहमान बनेगा।"

चारों मित्रों की मित्रता एक अनूठी मिसाल है। रंजन गुप्ता के शब्दों में — "मुझे लगता है कि इनकी मित्र - मंडली भी अजीब है, एक- दूसरे के लिए सब कुछ करेंगे पर अपने लिए कुछ नहीं करेंगे।"

उपन्यास के लगभग सभी पात्र अपने आप में ही उद्देश्य लिए हुए हैं। मैं कहना चाहूँगा कि लेखक का ध्यान साधन व साध्य दोनों की पवित्रता पर समान रूप से रहा है। आप उपन्यास में कितने ही संदेश खोज सकते हैं।

मनोरंजन की दृष्टि से भी उपन्यास एक अनुपम रचना है। कांति, नेहा, रंजन गुप्ता, रश्मि के संवाद हँसी- ख़ुशी का वातावरण उत्पन्न करने वाले हैं।

दीक्षित जी को जब अपने केस की फाइल चाहिए होती है तो वे अपने घर में फ़ोन करते हैं -

रमा — (दूसरी ओर से) हैलो ! मैं पूजा करने मंदिर में आई हुई हूँ, आपको कुछ काम था क्या ?

दीक्षित —- और इस समय क्या तुम्हें मैं पार्क में घुमाने ले जाऊँगा।

कांति —- एक बार रोने से ही माँ को पता चल जाना चाहिए कि बच्चे को भूख किस समय लगती है, रोज़ रोने की ज़रूरत नहीं होनी चाहिए।

शिक्षा जगत के लिए शायद सबसे उच्च उद्देश्य भिवानी स्थित वह प्रशिक्षण कॉलेज हैं जहां हमारे कुछ पात्र ट्रेनिंग पर हैं। सरकारी कॉलेज इतना सुव्यवस्थित, अनुशासित व उत्सवों जैसा माहौल मिलना दुर्लभ है। प्राचार्या के परिश्रम व कुशल नेतृत्व से यह सब हो पाया है। उनके ये दो शब्द अनुकरणीय हैं - "परिश्रम व ईमानदारी दो ऐसी चाबियाँ हैं जो हर मुश्किल लॉक को खोल सकती हैं। जाइए ! सब मिलकर मेहनत कीजिए, फल मीठा लगेगा।" जहां नेतृत्व ऐसा हो, वहाँ सब कुछ व्यवस्थित होगा, बेशक वह सरकारी संस्थान ही क्यों न हो ?

अंत में कहना चाहूँगा कि उपन्यास "अनजाना हमसफ़र" एक उद्देश्यपूर्ण रचना है जो मनोरंजन, जिज्ञासा, रोचकता के तत्वों से भी लबालब है।इतने बृहत् स्वरूप में लेखक बहुत कुछ कह जाता है, फिर भी मानवीय संवेदनाओं का सम्मान भाव उपन्यास में सर्वोपरि रहा माना जा सकता है। आरंभ से अंत तक सभी पात्र मानवता की भलाई के लिए निःस्वार्थ भाव से प्रयास रत दिखलाई पड़ते हैं। जिसको भी जहां अवसर मिलता है, दूसरों के सहयोग के लिए तत्पर दिखाई देता है। सामाजिक उपन्यास का मंतव्य सामाजिक संस्कारों के सम्मान का उत्कर्ष करना ही होता है जो उपन्यास में अच्छी तरह से स्पष्ट हुआ है।

पाठक प्रतिक्रिया

हर कहानी अपने भीतर एक संसार छुपाए होती है। यह भावनाओं, कल्पनाओं और अनुभवों का संसार है। "जज साहब" उपन्यास पढ़कर मुझे बहुत अच्छा लगा। इस पुस्तक में समाज और मानवीय संवेदनाओं का सुंदर मेल दिखाया गया है। लेखक ने पात्रों के माध्यम से उनके अंदर चलने वाले नैतिक द्वंद्व को बहुत प्रभावशाली ढंग से प्रस्तुत किया है। भाषा सरल और रोचक है, जिससे पाठक पूरी तरह जुड़ा रहता है। इस कहानी में आपको केवल पात्र नहीं मिलेंगे, बल्कि उनके ज़रिए उनकी हँसी में, उनकी उलझनों में, उनके सपनों में अपनी ही झलक नज़र आएगी। हर पन्ने के साथ, मैंने लेखक की कल्पनाओं की उड़ानों और उनकी गहराईयों को महसूस किया है। इसमें भाषा में त्रुटि ना के बराबर होने से उपन्यास अधिक आकर्षक बना है।

यह उपन्यास न केवल मनोरंजक है बल्कि सोचने पर भी मजबूर करता है। मेरे शिक्षक द्वारा लिखा गया यह कार्य वास्तव में प्रेरणादायक है। उनकी लेखन शैली और दृष्टिकोण से मुझे बहुत कुछ सीखने को मिला।

Dr. Gyan Chand Jain
M.D.S. (ORAL SURGEON)
Dr. Gyan's Dental Speciality clinic
Rohini, Delhi

लेखक परिचय

'अनजाना हमसफ़र' हिंदी साहित्य जगत में तहलका मचाने वाले उपन्यास के लेखक हैं जाने- माने शिक्षाविद् एवं जनप्रिय साहित्य- साधक श्री देव गोयल 'देव' जो विभिन्न साहित्यिक विधाओं में अपनी क़लम का जादू विश्व पटल पर बिखेर रहे हैं। प्रथम उपन्यास 'दीपा दीदी' नारी सशक्तिकरण की अनूठी मिसाल है। काव्या पब्लिकेशंस- दिल्ली द्वारा प्रकाशित 'जज साहब' लाखों दिलों की धड़कन, एक क्रांतिकारी सामाजिक उपन्यास जो मनोरंजन एवं जिज्ञासाओं से भरपूर प्रभावशाली कृति है। न्याय और न्यायप्रियता का अजीबोग़रीब सामंजस्य है 'जज साहब'। 'अमेरिका यात्रा- संस्मरण' में आपके प्रिय लेखक की पाँच बार की गई अमेरिका यात्राओं के रोमांचक क्षण समाहित हैं जो बारह वर्षों के कालखंड में विस्तारित हैं। 'अनजाना हमसफ़र' सात असीम महासागरों की अपरिमित जलराशि का संगम, कौन अनजाना है ? कौन किसका हमसफ़र है? उपन्यास की सतरंगी वादियों में विचरण करते हुए जब आपको धुंध में स्नान किए नव आभा को प्राप्त हुए दिखाई पड़ेगा तब आपका प्रेम रस आप्लावित मन पुकार उठेगा- 'अनजाना हमसफ़र'।

CONTENTS

1

शेखर शालू संवाद

डिनर के बाद शिवि अपने रूम में विश्राम करने के लिए चलीं गईं थीं क्योंकि पूरे दिन की यात्रा से उसे काफ़ी थकावट हो गई थी। शेखर बाबू व शालू गर्मी से राहत पाने के लिए डिनर के बाद थोड़ा टहलने के लिए पार्क की दिशा में निकल गए थे। पार्क से धीरे-धीरे लोग घर की ओर लौट रहे थे व रेहड़ी - खोमचे वाले भी अपना सामान समेटने में लगे थे लेकिन आइसक्रीम के ठेले अब भी अपना अस्तित्व बनाए हुए थे। लोग गर्मी से राहत व भरपूर स्वाद के लिए आइसक्रीम ख़रीदने में होड़ लगाए हुए थे।

शेखर बाबू — शालू, आज हम भी आइसक्रीम का मज़ा लेंगे, बोलो, कौनसी लोगी ?

शालू —- मुझे चॉकलेट वाली अच्छी लगती हैं, ड्राई फ्रूट वाली भी चल सकती है।

शेखर बाबू —- मैं भी ड्राई फ्रूट ही पसंद करता हूँ।

दोनों ड्राई फ्रूट वाली आइसक्रीम लेकर पार्क के एक कोने में बैठकर उसको स्वाद से खाते व साथ ही बतियाते भी जा रहे हैं।

शालू —- हाँ तो आप कॉलेज जाने के नाम पर मुम्बई चले गए भाग कर डर के मारे। घर में सब लोग बहुत परेशान हुए होंगे ?

शेखर बाबू —तुम्हें याद है शायद, मैंने उस दिन अपने जीवन की व्यथा कथा को यहीं विराम दिया था। मेरे मुम्बई पहुँचने पर चाचा जी भी हैरान-परेशान थे।मैंने जो बात यहाँ हुई थी उसका पूरा विवरण चाचा जी को दे दिया

था। इस पर चाचा जी बोले - बरखुरदार, माँ-बाप-दादा की आबरू का ख़्याल रखना भी ज़रूरी होता है। तुम्हारे पिताजी परेशान हो रहे होंगे, मैं उनको सूचित कर रहा हूँ।

शालू — चाचा जी ने सोच-विचार कर ही यह निर्णय लिया होगा क्योंकि दादाजी ही तुम्हें सबसे ज़्यादा प्यार करते थे।

शेखर बाबू — चाचा जी ने फ़ोन पर काफ़ी लंबी बात की लेकिन मुझे नहीं पता चला कि क्या बात हुई दादाजी से ? बाद में चाचा जी ने बताया तो मुझे शर्मिंदगी उठानी पड़ी। शालू, डॉक्टर दादा को मेरे गुम होने का पता मेरे दोस्तों से चला और वे पुलिस ऑफ़िसर के कैंप हाउस (घर) गए। पुलिस ऑफ़िसर ने डॉक्टर दादा को सम्मान सहित रिसीव किया व आने का कारण पूछा ?

दादा जी —- बस यूं ही दर्शन करने चला आया, बहुत दिनों से मुलाक़ात नहीं हुई थी।

ऑफ़िसर —- हमें रिंग कर देते, हम ही पहुँच जाते आपके क्लीनिक पर।

डॉ. दादा — आपके पहुँचने के अनेक क़यास लगाते लोग ? इसलिए खुद चला आया।

ऑफ़िसर —- फिर तो कोई ख़ास बात है दादा ?

डॉ. दादा —- बस ऐसे ही, कोई विशेष मक़सद नहीं था।

(मोना का प्रवेश)

मोना —- (डॉक्टर दादा जी को प्रणाम कर) डैडी मैं बता रही हूँ सब कुछ आपको। डॉ. दादा का सुपौत्र शेखर मेरे साथ ही कॉलेज में पढ़ता है। एक सप्ताह से रोज़ मुझसे बोलने की कोशिश करता व कुछ कमेंट्स करता। मैंने

डॉ. दादा जी के सम्मान व रुतबे को देखते हुए मौन रहना मुनासिब समझा पर कब तक ? तीन दिन पहले मैंने उसे उत्तर दिया तो वह घबरा सा गया।

ऑफ़िसर —- वैरी गुड बेटी ! हमसे भी घोर अपराधी, चोर - उचक्के ऐसे ही ख़ौफ़ खाते हैं और थर- थर काँपते हैं।

मोना —- डैडी मैंने उसे आपकी तरह नहीं कहा बल्कि यह देखने के लिए कि वह मुझसे प्यार करता है या मुझे फ़्लर्ट करने की कोशिश कर रहा है। (ऑफ़िसर व दादा जी दोनों खूब खिलखिलाकर हंसते हैं।) मेरी मंशा उसे डराने की नहीं थी। वह तो उसको, उसके कुछ साथियों ने आपका परिचय दे दिया था इसलिए भाग खड़ा हुआ।

शालू —- तो यह है आपकी वीरता की दास्तान।

शेखर बाबू —- मैं अगले ही दिन हवाई जहाज़ से चंडीगढ़ पहुंचा व फिर टैक्सी से अंबाला कैंट अपने घर। मुझे देख कर दादा जी ने कहा था- बेटा! चूहे सा दिल लेकर शेर का शिकार नहीं होता ? बड़ी मछली फंसानी है तो मज़बूत जाल बिछाओ। शालू ! मैं उस समय शर्मिंदा होकर रह गया था और डॉक्टर दादा के सामने मेरी ज़बान नहीं खुली, उस दिन के बाद मैं कॉलेज नहीं गया।

शालू — यह तो बड़ा turning point रहा होगा आपके जीवन का ?

शेखर बाबू —हाँ शालू, पिताजी ने मेरा दाख़िला तीन साल के इंजीनियरिंग कोर्स में करवा दिया। और मैं कोर्स पूरा करके दूरसंचार विभाग में जे. ई. की पोस्ट पर नियुक्त हो गया।

शालू —- फिर शायद शादी की तैयारियाँ शुरू होने लगी होंगी ?

शेखर बाबू —- डॉक्टर दादा जी की नेकनामी के कारण रिश्तों की बाढ़ सी आने लगी। एक से बढ़कर एक अमीर परिवार हमसे रिश्ता जोड़ने को बेताब

हो रहे थे। आख़िर दिल्ली के एक संपन्न व्यापारी की सुपुत्री से धूमधाम से मेरी शादी हुई। अपनी अमीरी की धौंस में वह स्वयं को बड़ी समझती रही और मैं भी डॉक्टर दादा की नेकनामी व अच्छी नौकरी के कारण स्वयं को कमतर नहीं समझता था।

शालू —- फिर तो अहम का टकराव शुरू हो गया होगा ?

शेखर बाबू —- बिल्कुल, शादी के पाँच साल बाद शिवि का जन्म हुआ पर शिवानी की अकड़ की गठरी बंधीं ही रहीं। इसी तनाव के चलते उसे दमा बीमारी ने अपनी गिरफ़्त में ले लिया और कुछ समय पहले कोरोना से उसकी अकाल मृत्यु हो गई।

शालू —शेखर बाबू वाक़ई तुमने ठीक कहा था कि मैं ही अपनी स्थिति का उत्तरदायी हूँ।

शेखर बाबू —- जो प्रकृति को मंजूर था वही हुआ होगा ?

शालू —- मेरे साथ भी जो कुछ हुआ है,वह भी प्रकृति का एक क्रूर मज़ाक़ ही था।

शेखर बाबू — तुम भी अपना दर्द उँडेल डालो।

शालू —- अब शायद दस बजने वाले होंगे ?

शेखर बाबू —- नहीं, ग्यारह बजने वाले हैं।

शालू —- इस समय तक तो पार्क के गेट बंद हो जाते हैं। आओ हम घर चलते हैं। फिर कभी मैं भी अपनी जीवन की व्यथा-कथा आपको सुनाऊँगी।

शेखर बाबू — शिवि तो अब तक सो गई होगी ?

शालू —-बिल्कुल, सारा दिन सफ़र में बीत गया, जवानी में नींद वैसे भी कुछ ज़्यादा ही आती है।

शेखर बाबू —- तो अब हमें घर चलना चाहिए।

शालू —- और क्या अब मुम्बई भागने का विचार है ?

दोनों खिलखिला कर हंसते हैं व पैदल ही चलते हुए घर की ओर निकल जाते हैं।

***

2

यमुनानगर में तान्या की रोका- सगाई का प्रोग्राम

ड्राइवर रत्नाकर के साथ दादा जी, अपने पुत्र आलोक शर्मा, पुत्रवधू अंजना व पौत्री अश्मि के साथ सुबह का नाश्ता लेकर क़रीब सवा आठ बजे घर से यमुनानगर के लिए निकल चुके थे व अब लगभग दो घंटे की यात्रा के बाद करनाल अपने एक रिश्तेदार से मिलकर फिर से चल पड़े थे ।दिल्ली से तरुण गुप्ता- लक्ष्मी अपने पिता तरसेम लाल व माता तृप्ता के साथ सुबह ही निकल गए थे सात सीटों वाली गाड़ी में व उनके साथ ही मामा राम शाह, मामीजी रविता शाह व अनिता एडवोकेट पुत्री व अखिल पुत्र के साथ गाड़ी में सवार थे। बहुत लंबा सफ़र था जी. टी. रोड से होते हुए करनाल से दाहिनी ओर टर्न लेना था। सायं चार बजे समारोह का आयोजन निश्चित था और दोनों ओर के मेहमान लंच टाइम तक पहुँचने की कोशिश में थे। डी. डी. शर्मा ने अपने जीजा जी आलोक शर्मा, जीजी अंजना का प्रेम पूर्ण स्वागत किया व मौसाजी डॉ. भगवत स्वरूप के चरण स्पर्श किए ।अश्मि ने मामा जी व समीर भैया को नमस्कार कहा। दिल्ली से पहुँचे परिवार जनों का भी सभी ने भावपूर्ण स्वागत किया व उनका ठिकाना अपनी कंपनी 'शर्मा सेरेमिक्स' के पास स्थित 'रमन होटल' में बनाया था। आशु, समीर का अनुज अपने इंजीनियरिंग के एग्ज़ाम ख़त्म कर कल ही घर लौटा था और वह भी पूरी तन्मयता से काम में लगा हुआ था। दिल्ली से पहुँचे क़रीब दस मेहमानों की ख़ातिरदारी की कमान उसी ने संभाल रखी थी। सभी को होटल ले जाकर बुक किए गए रूम्स में आराम करने व कुछ देर बाद लंच करने को तैयार रहने को कहा था ।अपनीं जीजी व उसके परिवार के लंच के लिए मामी रेखा ने घर में ही प्रबंध किया था। डी. डी. शर्मा

ने अपने कुछ दोस्तों, पड़ोसियों व रेखा शर्मा ने अपनी फ्रेंड्स तथा समीर बाबू ने अपने मित्रों, कॉलेज के पुराने प्रोफ़ेसर साथियों को शुभ समारोह में आमंत्रित किया था। रश्मि, तान्या व श्रेया तीनों क़रीब दो बजे सेक्टर 7 स्थित मामा जी के घर पहुँची जहां से आशु अपनी प्यारी भाभी तान्या को 'रमन' होटल छोड़ने आ गया था। अपने माता-पिता, भाई- भाभी, मामा- मामी व अनिता- अखिल को देखकर तान्या फूले नहीं समा रही थी, समूचा परिवार अब एक स्थान पर एकत्रित था।

माँ तृप्ता —- तान्या बेटी, अब तो सब एग्ज़ाम बगैरह निपट गए होंगे ?

रविता शाह —-कहाँ दीदी, अब तो एग्ज़ाम शुरू होंगे, हम एग्ज़ाम के लिए ही तो यहाँ आए हैं।

(दोनों हल्की सी मुस्कान बिखेरती हैं।)

तृप्ता –- भाभी श्री, यूँ तो जीवन ही एग्ज़ाम है, कदम - कदम पर परीक्षा है और औरत के लिए तो हर एग्ज़ाम में सफल होने का दबाव बना रहता है।

तान्या — भाभी लक्ष्मी कहाँ है मम्मी जी ?

तृप्ता — दूसरे रूम में आराम कर रही है, तरुण तुम्हारे पापाजी से सलाह मशविरा कर रहा है।

तान्या —- मम्मी जी, कहीं रोका, सगाई व शादी की तैयारी आज ही तो नहीं हो रही भैया तरुण की शादी की तरह।

तृप्ता — मुझे इस तरह की कोई जानकारी नहीं है, तुम ही जाकर बात कर लो।

तान्या —- (रूम में पहुँच कर) पापाजी प्रणाम ! तरुण भैया नमस्ते !

तरुण —- अरे तान्या बहन ! तुम अभी आ रही हो क्या कॉलेज से ?

तान्या —- हाँ भैया, मेरे साथ रश्मि व मेरी एक फ्रेंड भी आई है। वे दोनों वहाँ मेहमानों के लिए लंच तैयार करने के लिए ठहर गई हैं।

तरसेम लाल — बेटी तान्या ! तुम्हें सब परिवार, घर-वर पसंद है ना ?

तान्या —- पापाजी, डॉ. दादा व भाई तरुण ने जो फ़ैसला लिया है, वह मुझे कैसे स्वीकार नहीं होगा ?

तरसेम लाल —- (प्यार से सिर पर हाथ रखकर) भगवान तुम्हें हमेशा ख़ुश रखे मेरी बच्ची ! ससुराल में तुझे भरपूर प्यार - दुलार मिले।

(तान्या पापाजी के गले लगकर संतोष व्यक्त करती है।)

तान्या — मैं भाभी लक्ष्मी के पास जा रही हूँ पापाजी, साथ वाले रूम मे।

तरसेम लाल —- तरुण बेटा, तान्या को लक्ष्मी के पास छोड़ कर यहीं आ जाना ? तुम्हारे मामा जी नहीं दिखे ?

तरुण —- कोई सलाह मशविरा करना है क्या पिताजी ?

तरसेम लाल —- बस वे कहीं अकेले से न रह गए हों।

तरुण —- (दूसरे रूम के बाहर से ही झांक कर लौटते हुए) वे तो मामीजी व मम्मी जी के साथ बातों में मशगूल हैं।

तरसेम लाल —मैं भी थोड़ा विश्राम कर लूँ, एसी बंद कर दो व फैन ऑन कर दो।

तरुण —ठीक है पापाजी, मैं तान्या दीदी के साथ ही हूँ, (रूम में पहुँच कर) लक्ष्मी ! तान्या कुछ कमजोर सी लग रही है ?

लक्ष्मी — हाँ, मुझे भी लगा था, एग्ज़ाम का बोझ शरीर में कमजोरी लाता ही है।

तरुण — तान्या बहन, तुम्हें और तो किसी तरह का बोझ नहीं है ?

तान्या — मैं ठीक हूँ भैया, हमें मिले महीना भर गुजर गया, इस बीच तुम अमेरिका भी विज़िट कर आए।

लक्ष्मी — तान्या दीदी, तुम भी हनीमून के लिए अमेरिका ही जाना, अलग ही जीवन है वहाँ ?

तान्या — देखते हैं भाभी, रश्मि का भी सब हो गया तो दोनों एक साथ ही जाएँगे।

लक्ष्मी —- रश्मि कहाँ है, तुम्हारे साथ नहीं आई क्या ?

तान्या —मेरे साथ आई है और वह अपनी मम्मी - पापा व दादा के मिलने वहाँ घर में ही रह गई।

रश्मि — (रूम में आते हुए) शैतान को पुकारो और वह हाज़िर, बोलो क्या हुक्म है मेरे आका ?

तान्या —- ये मेरे भैया - भाभी हैं, इन्हें नमस्कार करो।

रश्मि —- क्या मैंने इन्हें पहले नहीं देखा जो मुझे परिचय दे रही हो इनका ?

तान्या — सॉरी मेरी शैतान दीदी ! अब तुम यहाँ किसलिए आई हो ?

रश्मि —- मैं आप सभी को लंच के लिए आमंत्रित करने आई हूँ। होटल में नीचे ही रेस्टोरेन्ट में खाना तैयार है।

तरुण —- नमस्ते रश्मि दीदी, !

रश्मि — नमस्ते तरुण भैया, लक्ष्मी कैसी हो ?

लक्ष्मी — अच्छी हूँ दीदी, तुम्हारा आशीर्वाद प्राप्त है।

रश्मि —- पहले लंच ग्रहण करो फिर आशीर्वाद भी देंगे।

आशु — रश्मि दीदी, इधर मैंने सबको बोल दिया है लंच के लिए। तुमने बोल दिया ?

रश्मि—- हाँ सब तैयार हैं, तुम नीचे जाकर इंतज़ाम देखो ?

आशु —- इंतज़ाम सब पापाजी व बड़े भैया देख रहे हैं।

(सभी लंच के लिए नीचे रेस्टोरेन्ट में पहुँचते हैं व डॉ. दादा को देखकर उन्हें प्रणाम करते हैं। आलोक व अंजना से मिलकर भी प्रसन्न होते हैं।)

तरुण — डॉ. दादा, राकेश बाबू नहीं दिखाई पड़ रहे ? क्या घर में ही आराम कर रहे हैं ?

डॉ. दादा — तरुण बेटा, राकेश बाबू दिल्ली गए हुए हैं। उनके फ्रेंड देव बाबू के प्रोफ़ेसर की लड़की की प्लास्टिक सर्जरी हैं आज।

तरुण —- अजीब संयोग बन गया यह भी, यहाँ आते तो और आनंदमय वातावरण बन जाता।

डॉ. दादा — हम सब का प्रोग्राम तो अभी एक दो दिन पहले ही बना है, उनका प्रोग्राम एक सप्ताह पूर्व ही बन गया था।

तरुण —- हम अपना प्रोग्राम एक दो दिन और आगे- पीछे कर सकते थे।

डॉ. दादा — यह किसी के वश में नहीं होता, जो निश्चित है, वही होता है। तुम्हारे पिताजी व मामा जी स्वस्थ होंगे ?

तरुण —- वे सामने ही दोनों जीजा- साला इकट्ठे लंच का लुत्फ़ उठा रहे हैं।

डॉ. दादा — बहुत शरीफ़ व नेक दिल इंसान हैं तरसेम लाल, बहुत विश्वास करते हैं सब पर।

तरुण —- दादा, आज विश्वास करने का टाइम नहीं रहा, कई बार धोखा खाते हैं फिर भी विश्वास करना नहीं छोड़ते।

डॉ. दादा —- अच्छा गुण क्यों छोड़ें, इंसान धोखा देता है तो भगवान चोखा देता है। हिसाब किताब बराबर ही चलता है। अमेरिका कैसा लगा तुम्हें?

तरुण —- कुछ दिन के लिए तो सब अच्छा ही लगता है पर अपनी मातृभूमि - जन्मभूमि से बढ़ कर कुछ नहीं।

डॉ. दादा —- यह तो तुमने निचोड़ ही बता दिया। तुम्हारे कुछ डॉक्टर दोस्त भी वहाँ सैटलड हैं ?

तरुण —-हाँ सर, वहीं डॉक्टरी करते हैं पर संतुष्ट नहीं नज़र आए। मिलने पर ऐसा लग रहा था जैसे भाग रहे हो।

डॉ. दादा — तीन- चार दिन में पूरा निष्कर्ष नोट कर लिया।

तरुण —- इंसानों में प्यार की बजाय पैसे की बहार ज़्यादा है, सांस्कृतिक चेतना न्यून व भौतिकता अधिक है।

डॉ. दादा —- मैं अब बैठ कर आराम करता हूँ, तुम लंच ले लो।

तरुण —- यस दादा !

(सभी मेहमान लंच ग्रहण कर विश्राम के लिए ऊपर होटल में चले जाते हैं।)

***

3

कांति भाई का प्रलाप व मित्रों की बातचीत

इस डॉक्टर का तो कुछ न कुछ इलाज करना ही पड़ेगा, जब देखो दरवाज़े पर लॉक ही लटका रहता है। परवाह ही नहीं करता कि इस विशाल ब्रह्मांड में कांति भाई नाम का जीव भी जीवित है। क्या हुआ जो हमें माता-पिता का सहारा नहीं मिला पर दोस्त तो हैं ना ? वही तो वक़्त- बेवक्त सहारा बन जाते हैं पर इस डॉक्टर जैसा कोई दोस्त ना मिले, न छोड़ने लायक़ और न ही दोस्ती बनाए रखने के लायक़। अब सारा दोष कांति भाई का कि एक शरीफ़ डॉक्टर की बुराई करने पर उतारू है। कहीं जाना भी था तो मुझसे पूछ कर जाता या कुछ कम सम्मान करता है तो कह कर ही जाता। अरे कांति भाई ! तू किस चक्कर में पड़ा है वह तो आने के बाद भी नहीं बताएगा कि कहाँ गया था। बस इतना ही सम्मान बचा है तेरा कांति भाई। एक ने तो शादी क्या कर ली, घर जाने के भी चोर हो गए, क्या पता कौन, कब क्या कर रहा है शर्मिंदा होकर लौटने से तो अच्छा है कि घर जाएं ही नहीं, पर अब तो कोर्ट भी ऐन वक़्त पर आना-जाना होता है। अब मुझे पता चला कि इंडियन स्टैंडर्ड टाइम (IST) क्या होता है।

शादी से पहले जो डींगें मारते फिरते थे कि हम किसी की परवाह नहीं करते, आज मुँह पर लॉक लगाए बैठे/ घूम रहे हैं। कांति भाई, ये मुँह का लॉक भी आता है क्या ? हो सकता है कि शादी के बाद बाज़ार से ख़रीद करना पड़ता हो, कोई निर्धन हो तो उसे दहेज में मिल जाता होगा। यह डोर लॉक तो सभी ने सुना है पर माउथ लॉक तो आज ही सुना है, माउथ वॉश, माउथ पीस, शब्द तो बचपन से सुनते आए हैं पर माउथ लॉक अभी सुना है। शायद ये शादीशुदा लोगों का आभूषण है, एक बार पहन लो, दुनिया के सब सुख चरणों में लोटपोट

हो जाएँगे। जितना लॉक का प्रयोग ज़्यादा होगा, उतना ही सुख का भंडार समृद्ध होगा।

कांति भाई, छोड़ इन शादी वालों की चर्चा, इनको तो अनेकों लॉक लगाने पड़ते हैं। असल मुद्दा तो इस डोर लॉक का है जो काफ़ी दिनों के बाद दिखाई पड़ा है।कहीं बाहर ही निकल गया होगा यह डॉक्टर। हो सकता है कि रश्मि भाभी को लेने कॉलेज चला गया हो बस से, भाभी के एग्ज़ाम ख़त्म हो गए होंगे? क्या जमाना आ गया कांति भाई, न सगाई, न ब्याह फिर भी पीछे-पीछे, शादी के बाद क्या होगा - आगे- आगे। हम कुंवारे ही अच्छे हैं, अपनी मर्ज़ी से चलते हैं, कभी आगे, कभी पीछे। आख़िर मर्द हैं हम, शादी करने का मतलब यह तो नहीं कि मर्दानगी छोड़ दें। शादी से पहले यह वकील (राजीव) रोज़ हाज़िरी लगाता था अब ग़ैर हाज़िरी की ही गिनती नहीं। सरिता - भ्रमण भी जाएँगे तो पहुँचने से पहले ही राग अलापना शुरू कर देंगे कि कांति भाई, अंधेरा बढ़ गया है, घर लौट चलो।इनको चारों ओर अंधकार ही नज़र आता है, इनके लिए कांति भाई ही प्रकाश की एक किरण है वरना ये अंधकार में ही भटकते रहते। रोज़ मुझसे अपने परांदीवा कहानी सुनते हैं, घर आकर दूसरे कान से बाहर। क्या कांति भाई कोई उल्टी- सीधी कहानी सुनाता है। सुन लो, जब तक कांति भाई कुंवारा है, हम शादी- शुदा हो गए तो नमक, घी, तेल लाने से ही फ़ुरसत नहीं मिलेगी।

नहीं कांति भाई, तूने अगर शादी की तो तू भी इनके जैसा दब्बू हो जाएगा, माउथ लॉक का गहना पहनना पड़ेगा। अकेले ही अच्छे हैं। देव भैया भी तो अकेले ही हैं, न रूम की चिंता, न राशन की, पर आज वह भी इस डॉक्टर की बातों के चक्कर में फँस गया लगता है। सुना है कि ट्रेनिंग करने के लिए कॉलेज गया था तो वहाँ पढ़ाई की बजाय प्यार की ट्रेनिंग करने लगा, जिसे देखो, वही कह रहा है, मुझे उससे प्यार हो गया है पर प्यार दुनिया में नज़र कहीं आता नहीं। कांति भाई, हाथ नहीं पहुँचा तो अंगूर खट्टे ! तुम्हें कोई चिड़िया नहीं

मिली प्यार करने को इसीलिए तुम्हें कहीं प्यार नज़र नहीं आता।अपने दिल की गठरी खोलोगे तो प्यार की सरिता बहने लगेगी और यह संसार तुम्हें प्यार का सागर नज़र आने लगेगा। कांति भाई, अब कहाँ जाएं ? एक देव भैया पर भरोसा था कि वह तो रूम पर जरूर मिलेगा पर आज वह भी हमारे दर्शनों का प्यासा नहीं रहा। उसकी प्यास बुझाने की शायद कुछ खोज चल रही है, कहीं इस डॉक्टर को लेकर अपनी ट्रेनिंग- प्रिया की शरण में तो नहीं चले गए ? हम तो आज़ाद हैं कांति भाई, हमें तो न काहू से दोस्ती, न काहू से प्यार। इनको भटकने दो प्यार के भँवर में, इनको ये समझ नहीं कि सारा प्यार अभी उंडेल दिया तो शादी के बाद क्या करोगे ? हमने तो निश्चय कर लिया कि हम न किसी से प्रेम करेंगे न प्रेम विवाह करेंगे। किसी कन्या की क़िस्मत खुलने वाली होगी तो हम जैसे देवता की दुल्हन बनेगी।

अब चलता हूँ, एक घंटे से इंतज़ार में हूँ, दोनों कब आएँगे, राम जाने ? अब तो तनेजा ही सहारा है। रूम पर बैठे- बैठे सारा दिन बोर होता रहा, किसी ने एक फ़ोन कॉल तक नहीं की। चल कांति तनेजा के यहाँ, वहीं कुछ समाधान मिलेगा।

(तनेजा के रेस्टोरेन्ट पहुँचा तो देख कर आश्चर्यचकित)

कांति —- अच्छा ! हम तो वहाँ दरवाज़े पर लॉक से जूझ रहे थे और जनाब हैं कि दोनों कॉफी की चुस्कियाँ चल रही हैं।

राकेश — कांति भाई, कॉफी तुम्हारा इंतज़ार कर रही है।

देव —- हाँ कांति भाई, अभी गाड़ी से उतरकर यहाँ पहुँचे हैं, बहुत लंबा सफ़र रहा।

कांति — हमें ले लेते तो कुछ तो कम होता ?

देव —- कैसे कांति भाई ?

कांति —- दो सौ कि. मी. दोनों ने तय किया तो सौ- सौ कि. मी. हिस्से आया और यदि मुझे साथ लेते तो .....?

राकेश —- (बीच में ही रोककर) लगभग सत्तर कि. मी. प्रत्येक के हिस्से में आता।

कांति — नहीं, बिल्कुल ग़लत, तुम गणित में फेल डॉक्टर, डॉक्टर वैसे भी गणित में वीक ही होते हैं।

राकेश —- तुम बताओ कांति भाई ?

कांति —- तुम दोनों का काम था, मैं तो केवल तुम्हें सहयोग करने के लिए चलता इसलिए मेरे हिस्से में तो कुछ नहीं आएगा। (तीनों खिलखिला कर हंसते हैं)

राकेश —कांति भाई, कुछ समझ नहीं पड़ा ?

कांति —- कैसे पड़ेगा ? पेशेंट को देखते-देखते दिमाग़ पेशेंट हो गया, थोड़ा - बहुत बचा तो रश्मि भाभी की याद में ख़त्म हो गया।

देव — कांति भाई, तुमने समाधान बिल्कुल सही निकाला। तुम बड़े समझदार व दूरदर्शी हो।

कांति —- देव भैया, लेखक व कवि का गणित से क्या प्रयोजन ?

देव —- कांति भाई, मैं लेखक अवश्य हूँ पर व्यावहारिक गणित जानता हूँ।कॉफी ख़त्म कर लूँ फिर उत्तर मिलेगा।

राकेश — वाक़ई कांति भाई सही है, देव भैया।

देव —-(कॉफी ख़त्म कर) कांति की बात को हम अपने से असंबद्ध करके देखें तो उत्तर मिल जाएगा। दो व्यक्ति मिलकर अपने काम के लिए तीसरे को साथ ले जाते हैं तो किराया दोनों को ही पड़ेगा। आधे- आधे किराए का मतलब आधा - आधा सफ़र।

राकेश — वाह, देव भैया, तुमने कांति को चित्त कर दिया। क्यों कांति भाई ?

कांति — बिल्कुल डॉक्टर साहब, हम देव भैया के सामने नतमस्तक हो रहे हैं।

राजीव —- (रेस्तराँ में प्रवेश कर) सब यहीं मौजूद हैं, आज सरिता-भ्रमण नहीं होगा क्या ? कांति भाई कोई नया क़िस्सा - कहानी सुनाएँगे।

राकेश —- अभी दिल्ली से आ रहे हैं, बहुत थकान लगीं थीं इसलिए रूम पर जाने से पहले कॉफी लेने का मन हुआ।

देव — कांति भाई ने क़िस्सा तो आज यहीं सुना दिया। राकेश बाबू तो भ्रम में ही फँस गया था पहेली को जानकर।

राजीव — ऐसी क्या पहेली थी कांति भाई, ज़रा हम भी जानें ?

कांति —- तुम क्या हल करोगे एडवोकेट साहब, तुम तो घर में ही बहुत पहेलियों में उलझे रहते हो। अब तो दिव्या भाभी की सुनाओ, सब स्वस्थ हैं ?

राजीव — कांति भाई, अभी चतुर्थ मास पूरा हुआ है, कुछ राहत मिली है।

राकेश — हाँ, पहले दो- तीन महीने तकलीफ़ भरे होते हैं।

कांति —- इसीलिए हम तो इन शादी- ब्याह के झंझटों से मुक्त ही रहे।

राकेश — अब हमें भी मुक्त करो कांति भाई, घर जाकर आराम करने की इच्छा हो रही है। देव भैया महीने के अंत तक हमारे साथ रहेंगे। नए महीने की एक तारीख़ को अपने किराए के रूम में चले जाएँगे।

सभी का अपने - अपने घर को प्रस्थान।

***

4

शिवि व मौसीजी की देविना व उसकी मम्मी से मुलाक़ात, देविना की शादी की चर्चा

कुछ दिन बीत गए थे देविना को घर आए हुए, सारा दिन व समय घर के कामों में ही निकल जाता। मम्मी के साथ मिलकर खाना बनाना जिसमें चपातियाँ व सब्ज़ी बनाना शामिल था, अच्छी तरह सीख लिया था। पढ़ाई का काम अब लगभग पूरा हो चुका था इसलिए यदा- कदा या रात्रि में नींद न आने पर देव बाबू के उपन्यास 'दीपा दीदी', 'डॉक्टर दादा', 'जज साहब' में से कोई एक शुरू कर लिया था। रविवार व छुट्टी के दिन पापाजी के घर होने के कारण कम टाइम मिलता तो सप्ताह के दूसरे दिनों में ज़्यादा पढ़ने का मौक़ा मिलता। रिज़ल्ट्स आने से पहले किसी स्कूल बगैरह में नियुक्ति कठिन ही थीं बेशक पापाजी की कुछ प्राइवेट स्कूलों के मैनेजमेंट्स में परिचय व पैंठ थीं। कभी घर के काम से फ़ुरसत मिलती तो मार्केट चली जाती मम्मी जी के साथ कुछ करियाणा व सब्ज़ी- फल ख़रीदने के लिए। आज मम्मी - बेटी को बाज़ार में आलू-टिककी का आनंद लेने की सूझी व एक कार्नर पर जगह पाई। तभी अंदर से आने वाली आवाज़ ने देविना को चौंका दिया। यह शिवि थीं जो अपनी मौसीजी के साथ आलू- टिक्की खाने आईं हुईं थीं।

शिवि —- देविना दीदी, यहाँ अंदर आ जाओ, बाहर अभी गर्मी पड़ रही है।

देविना —- शिवि तुम अकेली ही हो या कोई अन्य साथ में है ?

शिवि — मौसीजी मेरे साथ है, मार्केट में शॉपिंग के लिए निकले थे, सोचा कि आलू- टिक्की का स्वाद चख लें। मौसी जी बड़ी शौक़ से लेती है।

हमें केवल दस मिनट हुए हैं यहाँ शॉप पर और भीड़ के कारण आधे घंटे में ही मिलेगी। फिर तो बातें बाद में कर लेंगे, पहले मै भी आर्डर कर दूँ ?

शिवि —- ठहरो दीदी, तुम्हारी बारी एक घंटे तक नहीं भी नहीं आएगी, मैं ही दो की बजाय चार का आर्डर कर देती हूँ।

देविना —- ओ. के. गुड गर्ल !

शिवि —- आंटीजी, ये मेरी मौसी है, आप दोनों तो पहली बार ही मिल रहे होंगे मौसीजी से ?

देविना —- यस शिवि, आंटीजी नमस्ते !

शालू — नमस्ते बेटी ! तुम देविना बिटिया हो न और ये तुम्हारी मम्मी?

देविना — जी आंटीजी, आप कैसी हैं ? शिवि अब रोती तो नहीं ?

शालू —- जिस दिन भिवानी से घर लौटी थी, उस दिन पापा के गले लगकर बहुत रोई थीं। फिर इसके पापाजी ने शुभम के पापा से बात की फ़ोन पर, तब जाकर कुछ शांत हुईं। शुभम को अपने किसी प्रोफ़ेसर की लड़की के आप्रेशन के लिए दिल्ली जाना था एक सप्ताह के लिए, शायद आज लौट आएगा ?

देविना —- हाँ, हमें चारों स्टूडेंट्स को इस बारे में जानकारी थी।

शालू —- ये तुम्हारी मम्मी जी हैं ?

देविना — यस आंटीजी !

शालू — मैडम गुप्ता, नमस्कार ! कैसी हैं आप ?

मेधा गुप्ता —- मैं ठीक हूँ, कैसी निभ रही है शेखर बाबू के साथ ?

शालू —- अब इस उम्र में तो टाइम ही निकालना है। कोर्ट केस का सही ढंग से निपटारा होने से बहुत राहत मिली है। गुप्ता जी ने भी चोरी- चुपके काफ़ी मदद की।

मेधा गुप्ता —-बच्चों की दोस्ती से बड़ों में भी दोस्ती पनप गई।कभी आ जाओ घर पर शिवि व शेखर बाबू के साथ।

शालू —- बहुत आवश्यक हो तभी घर से निकलती हूँ। फिर भी किसी दिन समय निकालकर आने की कोशिश करूँगी।

शिवि —- मौसीजी, आंटीजी, हमारा आर्डर एग्जीक्यूट हो गया है, आओ गर्म - गर्म ले लो, बातें भी साथ- साथ चलती रहेंगी। देविना दीदी, कुछ खोज- ख़बर है देव भैया की ? तुमने मम्मी पापा को ज़िक्र किया है या ऐसे ही मौन व्रत धारण किए हुए हो ?

देविना—- मम्मी पापा को सब कुछ नॉलेज में है, अब बार- बार क्या दोहराऊँ ?

शिवि —- मैंने तो घर में आते ही शोर मचाना शुरू कर दिया था, अब आजकल में शुभम दिल्ली से आएगा, पापाजी फ़रीदाबाद जाकर बातचीत कर लेंगे उसके पापा से।

देविना —- तुम्हारा तो सब कुछ पहले ही हो चुका है, अब तो केवल बारात आना बाक़ी है। मौसीजी, लगता है कि अब काफ़ी ठीक हैं।

शिवि — हाँ, अब तो माँ की तरह ही व्यवहार करने लगीं है, एग्ज़ाम के लिए जाने के बाद से ही शादी की तैयारियों में जुटे हुए हैं। पापाजी भी कह रहे थे कि बिटिया की शादी इतना धूमधाम से करेंगे कि शहर के लोग वाह, वाह ! कर उठेंगे।

देविना — अच्छी क़िस्मत पाई है शिवि तूने, कभी सिनेमा बगैरह का प्रोग्राम बनाओ ?

शिवि —- अकेले जाना तो सुरक्षित सा नहीं लगता, घर में टी. वी. पर ही थोड़ा बहुत काम चल जाता है।

मेधा गुप्ता — देविना बेटी, बातें पूरी हो गई हों तो घर चलें ? तुम्हारे पापाजी इंतज़ार कर रहे होंगे ? शिवि बेटी, घर आ जाया करो, देविना भी ख़ाली ही रहती है।

शिवि —- हाँ आंटीजी, हम दोनों एक दूसरे से मिलते रहेंगे।

सब अपने- अपने घर के लिए निकल जाती हैं।

मेधा गुप्ता —- (घर पहुँच कर गुप्ता जी को) आप चाय लेंगे या अभी ठहर के ?

गुप्ता जी—— कई देर से इंतज़ार में हूँ, तुमने मार्केट में बहुत देर लगा दी।

मेधा—- वो शेखर बाबू की वाईफ व लड़की शिवि जो अपने घर भी आईं थीं अपने बॉयफ्रेंड शुभम के साथ, मिल गई। बस यूँ ही इधर-उधर की बातें करते- करते टाइम का ख़्याल ही नहीं रहा।

गुप्ता —- शेखर बाबू मुझे दो दिन पहले सायंकाल में टहलते हुए पार्क में मिला था। बिटिया शिवि की शादी की तैयारियों में जुटे हैं।

मेधा —- सबको अपने -अपने बच्चों के भविष्य की चिंता है, बस हम ही लापरवाही में हैं जो जवान बेटी घर में बैठाए हुए हैं और खर्राटे मारकर सो रहे हैं।

गुप्ता —- अब मुझे तो शादी- ब्याह के विषय में कोई ख़ास जानकारी है नहीं, देविना ने तुम्हें सब कुछ बता दिया होगा ?

मेधा —- अब बार बार क्या बताएगी बेचारी, हमें ही खुद कुछ कदम उठाना चाहिए।

गुप्ता —- क्या, कैसे करें ? किससे मिलें ? कोई घर का मेंबर भी तो नहीं। देविना बेटी, तुम ही बताओ किस से बात करनी है ?

देविना —- हाँ पापाजी, वे तो नितांत अकेले हैं, एक दिन कह रहे थे कि शुभम व मैं दोनों एक साथ आकर दोनों को एक साथ ही ले जाएँगे।

गुप्ता —- भोली है मेरी रानी बिटिया, यह तो हँसी-मज़ाक़ चल रहा होगा।मेधा, मैं शेखर बाबू से सायं में बात करता हूँ, वह पार्क में टहलने तो आएगा ही।

मेधा —- हाँ, अगर दोनों का इकट्ठा करने का विचार सबको मंजूर है तो क्या हर्ज है ? किसी होटल में कर लेंगे सब प्रोग्राम।

गुप्ता —- तुमने अभी तक चाय नहीं दी ?

मेधा —- ओह सॉरी ! बातों में भूल ही गई।

***

5

नीतिका व नताशा का चंडीगढ़ टूर प्रोग्राम

घर में पढ़ाई का माहौल न बन पाने के कारण नीतिका बहन लक्ष्मी से इजाज़त पाकर हॉस्टल लौट आईं थीं। हॉस्टल में अभी भी काफ़ी स्टूडेंट्स एग्ज़ाम की तैयारी के लिए ठहरे हुए थे। नताशा भी बार - बार मामा जी के घर क्या जाती इसलिए हॉस्टल में रहकर ही पढ़ाई कर रही थी। नीतिका के हॉस्टल लौट आने पर वह और भी दिल लगाकर पढ़ाई करने लगीं थीं। दोनों ने खूब अच्छा एग्ज़ाम किया व बोरियत दूर करने के लिए कहीं बाहर घूमने का प्लान बनाया।

नीतिका —- एग्ज़ाम के बाद कितना हल्का सा लग रहा है सब कुछ, क्यों नताशा ?

नताशा —- हाँ, तीन पेपर क्या होने थे, तीन लोक नजर आने लगे थे। अब अगले साल शायद पाँच पेपर होंगे ?

नीतिका — अब ओखली में सिर डाल ही दिया है तो मूसलों का क्या डर ? पाँच साल का कोर्स जैसे- तैसे पूरा करना ही पड़ेगा, तभी लोग डॉक्टर साहब कहकर संबोधित करेंगे।

नताशा —- अब केवल MBBS की डिग्री हासिल करने से ही काम नहीं चलता, MD- MS करना भी आवश्यक हो गया है।

नीतिका —- दस साल का जवानी का स्वर्णिम काल तो ये कोर्स ही खा जाते हैं, बाक़ी जीवन तो बस घसीटना ही है पेशेंट्स के साथ। सारी उम्र तो एक काम कितना ही उत्तम कवालिटी का हो, करते- करते जी भर जाता है।

नताशा —- बस लोग सम्मान की दृष्टि से देखते हैं व कार्य भी अगर कल्याण व परोपकार का मन में बैठ जाए तो यही कार्य पुनीत हो जाएगा। किसी को नव जीवन प्रदान करना कोई कम महत्व का काम नहीं है।

नीतिका —- चल छोड़ इन गूढ़ रहस्यों को और विचार करें कि एग्ज़ाम की थकान मिटाने को क्या करना है ?

नताशा —- एग्ज़ाम के बाद भी स्टूडेंट्स हॉस्टल में रहकर पढ़ाई करते रहते हैं व सीनियर डॉक्टरों के सहायक के रूप में कार्य करते रहते हैं।

नीतिका —-कुछ समय के लिए तो कहीं जाएँगे ही, बेशक घर ही चल पड़ें।

नताशा —- हाँ, मैंने तो दाख़िला लेने के बाद घर का मुँह तक नहीं देखा। आओ तुम्हे अपने घर चंडीगढ़ ले चलूँ ?

नीतिका —- चंडीगढ़ कोई टूरिस्ट प्लेस है क्या ?

नताशा —- हरियाणा- पंजाब दो राज्यों की राजधानी है चंडीगढ़। हाईकोर्ट, विधानसभा, सिविल सचिवालय, राज भवन, सुखना - झील, रॉक गार्डन यहाँ के प्रमुख दर्शनीय स्थल हैं। यह शहर बड़ी ही समृद्ध योजना के तहत आरंभ से ही सेक्टर स्तर पर बना है।

नीतिका —- अब तो गर्मी का मौसम चल रहा है, वहाँ कुछ ज़्यादा गर्मी तो नहीं ?

नताशा —- चलोगी तो सब अच्छा लगेगा।एक दो दिन बाद तुम्हारे घर जींद शहर में भी सैर- सपाटा कर लेंगे। जींद शहर का भूतेश्वर मंदिर- रानी तालाब, पांडू पिंडारा जहां पांडवों के चरण स्पर्श हुए थे व रामराय का पवित्र ताल दर्शनीय स्थल हैं।

नीतिका — तुम्हे यह सब जानकारी कैसे हैं ? मुझे भी अब तक इतना ज्ञान नही था।

नताशा —- चलो अब लंच का टाइम हो गया है, मेस की बेल बज गईं हैं। सायंकाल तक कुछ फ़ैसला कर लेंगे।

सुबह- सवेरे ही स्नान आदि से निवृत्त होकर चल पड़ीं थीं दोनों सहेलियाँ चंडीगढ़ के लिए। मुरथल ढाबों पर जब बस ने विराम लिया तो सभी नाश्ते के लिए आतुर थे। दोनों सहेलियों ने आलू से भरे हुए दो-दो पराठे दही के साथ लिए क्योंकि पाँच - छ: घंटों का सफ़र ख़ाली पेट तय करना दुष्कर था।वैसे भी मुरथल ढाबे नाश्ते के लिए विख्यात हैं। अब बस निरंतर दौड़ रही थी, पानीपत, करनाल, पिपली, शाहबाद मारकंडा पार करती हुई अंबाला कैंट पहुँच गईं थीं। कुछ देर विराम पाकर अब चंडीगढ़ के लिए लगभग तीस मिनट का सफ़र ही शेष रह गया था जो पूरा करना था। सेक्टर 17. स्थित बस स्टैंड पर जब बस पहुँची तो सब अपने - अपने गंतव्य के लिए ऑटो रिक्शा के लिए स्टैंड से बाहर निकलने लगे थे। नताशा ने अपने घर सेक्टर 47 के लिए ऑटो रिक्शा लिया व दोनों साफ़ - सुथरी सड़कों को पार करती हुई घर पहुँच गईं थीं। बेल पुश किया तो कुछ ही देर बाद वरिंदर कौर ने दरवाजा खोला तो दोनों को देखकर हैरान - नताशा.........। बेटी तुम ...। और ये तुम्हारी सहेली होंगी ?

नताशा —- हाँ मम्मी जी, नीतिका मेरे कोर्स में ही है व मेरी रूममेट भी है।

नीतिका —- नमस्ते आंटीजी ! लगता है कि आप भी हमारी तरह कहीं बाहर से आईं हैं ?

वरिंदर कौर —- यस बेटी, स्कूल से छुट्टी होने पर घर पहुँच कर ड्रेस चेंज कर रही थी कि तुमने बेल बजा दी। सब कुछ ठीक है ना नताशा बेटी ?

नताशा —- हां मम्मी जी, कल - परसों ही एग्ज़ाम ख़त्म हुए हैं, बड़े थक से गए थे इसलिए सोचा कि कहीं घूमने निकलेंगे। काफ़ी सोच विचार के बाद निर्णय लिया कि दोनों, दोनों के घर बारी- बारी से चलेंगे। पापाजी कहाँ है ?

वरिंदर कौर — पापाजी अपनी ड्यूटी पर तैनात हैं, पाँच बजे छुट्टी के बाद घर क़रीब छ: बजे पहुँच पाते हैं। आओ अंदर आ जाओ दोनों, मैं कुछ ठंडा तैयार करती हूँ, गर्मी महसूस हो रही होगी ?

नताशा —- हम अपने रूम में बैठी हैं मम्मी जी ! फ़्रेश होकर ही कुछ जलपान करेंगी।

वरिंदर कौर —- अच्छा बेटी, (फ्रिज से लस्सी की बॉटल निकाल कर एक खुले बर्तन में डालकर उसमें शर्बत व आईसक्यूब डालती हैं व मिलाकर रूम पर जाकर दोनों को देती है।

नीतिका —-(गिलास से लस्सी की घूंट भरकर) वाह ! क्या टेस्ट बना है, आंटीजी, इतनी स्वादिष्ट लस्सी मैं तो शायद पहली बार ही पी रही हूँ इतने लंबे जीवन में।

नताशा व मम्मी दोनों खूब ज़ोर से ठहाका लगाकर हँसती हैं।

वरिंदर कौर — यह पंजाब की लस्सी है पुत्र, मुर्दों में जान डाल देती है। ऐसा प्राकृतिक स्वाद है इसका ?

नीतिका —- वाक़ई आंटीजी, मैं पापाजी के रेस्टोरेन्ट पर कई बार लंच के साथ लस्सी लेती हूँ पर आज पता लग रहा है कि लस्सी तो ये है जो अब पी रहे हैं। (गटगट करके पीने लगती है व पूरा गिलास पीकर) वाह, आंटीजी, शाम को भी डिनर के साथ लूँगी।

वरिंदर कौर —- लंच से पहले या लंच के साथ ही लेते हैं लस्सी पुत्र, बाद में तो नुक़सान कर सकती है। अब बताओ, लंच तैयार करना है ?

नताशा — बस में बैठे- बैठे अभी तक पराठे ही हज़म नहीं हुए, अब कुछ देर विश्राम करेंगे, शाम को ही डिनर होगा।

नीतिका —- हाँ मुझे भी आराम करने का मन लग रहा है।

***

6

देव बाबू का 'समास' विषय पर कक्षा में लेक्चर

कल सायंकाल में दिल्ली से आकर रात भर पूर्ण विश्राम लिया। आज से नियमित पढ़ाई का सिलसिला शुरू करना था। स्टूडेंट्स अपने पुराने व प्रिय टीचर को पुनः पाकर प्रसन्न एवं संतुष्ट थे। वैसे तो पूरे दिन कई कक्षाओं में देव बाबू के पीरियड लगे थे लेकिन दशम् कक्षा में "समास" विषय पर जो लेक्चर था, वह प्रभावपूर्ण, रोचक एवं सहजग्राह्य था। समास जैसे कठिन विषय को देव बाबू ने कैसे व कितना आसान बनाकर समझाया, इसकी झलक पाना युक्ति संगत होगा।

देव टीचर — अपने विचारों की अभिव्यक्ति के लिए हम भाषा का प्रयोग करते हैं और भाषा को सुस्पष्ट एवं प्रभावशाली बनाने के साथ ही हम इच्छा रखते हैं कि भाषा संक्षिप्त भी हो इसलिए अनेक शब्दों को मिलाकर एक शब्द बनाते हैं, इस क्रिया को ही समास कहा जाता है। शब्दों का मेल करना समास व अक्षरों का मेल संधि कहलाता है। यही मूलभूत अंतर है दोनों में।

प्रिय स्टूडेंट्स ! आज हम समास के बारे में विस्तार से चर्चा करेंगे।आप सभी ने समास की परिभाषा एवं संधि से उसके अंतर को जान लिया है। शब्दों के मेल करने से जो नया शब्द बनता है उसे 'समस्त- पद' कहा जाता है। समास के कितने भेद हैं, उनकी क्या परिभाषा व पहचान है, आगे हम यह जानेंगे। मुख्य रूप से समास के छः भेद हैं-

1. अव्ययीभाव समास
2. तत्पुरुष समास

3. द्विगु समास

4. कर्मधारय समास

5. द्वंद्व समास व

6. बहुव्रीहि समास

कई विद्वान तत्पुरुष समास में ही द्विगु व द्वंद्व समास को समाहित कर समास के चार भेद मानते हैं लेकिन हम इस विवाद में न पड़कर सीखने की सुविधा के दृष्टिगत छ: भेदों की ही चर्चा करेंगे।मै फिर बताना चाहूँगा कि समास करने से जो नया शब्द बनता है, उसे समस्त- पद व फिर उसी अवस्था में लाना 'विग्रह' कहलाता है। इसे और सरल कर कहें तो-

समास - दो या अधिक शब्दों के मेल को कहेंगे।

समस्त- पद—शब्दों के मेल से बना शब्द।

विग्रह— समस्त पद को फिर पूर्व रूप में लाना।

प्रिय छात्र-छात्राओं ! अब हम पहला समास 'अव्ययीभाव' लेंगे।

एक छात्र— सर ! मैं कुछ अपने दिमाग़ में उपजी शंका का समाधान पूछ सकता हूँ ?

देव टीचर — अवश्य निःसंकोच !

छात्र — सर, आपने यह बताया कि समास करने से जो नया शब्द बनता है वह समस्त पद कहलाता है इसमें 'पद' से क्या तात्पर्य है ?

देव टीचर —- शब्द को ही पद कहते हैं जब कोई शब्द हम वाक्य में प्रयुक्त करते हैं तो वह शब्द पद बन जाता है। पद व शब्द में कोई अर्थ का अंतर नहीं है। शंका - समाप्त ?

छात्र — यस सर !

देव टीचर— जिस समास में पहला पद प्रधान हो तथा जिसमें लिंग, वचन व कारक के कारण कोई अंतर न आए, उसे अव्ययीभाव समास कहते हैं, जैसे— यथाशक्ति, प्रतिदिन, रातोंरात आदि।

इन समस्त पदों का विग्रह करने पर पहला पद (शब्द) मुख्य (प्रधान) है व शक्ति के अनुसार में लिंग वचन व कारक के कारण कोई अंतर नहीं आएगा।

दूसरा समास लेंगे अब, जिसका नाम है- तत्पुरुष समास । जिस समास में दूसरा पद प्रधान हो तथा विग्रह करने पर बीच में कारक का चिह्न आए, जैसे - राजकुमार = राजा का कुमार। यहाँ 'राजा' पहला पद व 'कुमार' दूसरा पद है। अब सवाल यह है कि कौन-सा पद प्रधान है, कैसे पता लगाए ? अब हम अपने आप में सोचे कि हम किस पद को प्रमुखता दे रहे हैं, 'राजा' को या 'कुमार' को ? हमारे सामने कौन है ?

छात्र- छात्राएँ — सर, हमारे सम्मुख 'कुमार' है और वह दूसरा पद है और प्रमुख हैं।

देव बाबू — शाबाश स्टूडेंट्स ! इसी तरह हम और भी उदाहरण दे सकते हैं, जैसे - पवनपुत्र, देशभक्त, हथकड़ी आदि।

प्रिय छात्र - छात्राओं, अब हम तीसरा समास पढ़ेंगे जिसे द्विगु समास के नाम से जाना जाता है। यह समास पहचानने में सबसे आसान है क्योंकि इसका पहला पद संख्यावाचक होता है। जैसे — चौराहा = चार रास्तों का समूह। यहाँ 'चार' शब्द पहला पद है व संख्यात्मक भी है। इस समास के और भी उदाहरण दिए जा सकते हैं- अठन्नी, नवरात्र, नवरत्न, शताब्दी, त्रिलोक, दशक, नवग्रह, चतुष्पथ, सप्तसिंधु, रुपया आदि।

एक छात्र- सर, अब तक आपने तीन समासों के नाम व पहचान बताई है, क्या मैं उन्हें सारी कक्षा को बता सकता हूँ ?

देव टीचर — निःसंकोच !

छात्र —- सर, पहला है- अव्ययीभाव, दूसरा है - तत्पुरुष और तीसरा- द्विगु।

देव टीचर — बहुत अच्छा ! अब हम समास का चौथा नाम जानेंगे जो 'द्वंद्व' कहलाता है। यह भी द्विगु समास की तरह पहचानने में बड़ा आसान है। जिस समास में दोनों पद प्रधान (मुख्य) हों, वह द्वंद्व समास है।

एक छात्र — सर, जैसे तत्पुरुष समास में दूसरा व अव्ययीभाव समास में पहला, इसमें दोनों प्रधान होते हैं ?

देव टीचर — बिल्कुल, क्या आप में से कोई उदाहरण पेश कर सकता है ?

कृश - यस सर ! रामश्याम, सुखदुख, दालरोटी आदि।

देव टीचर — बहुत अच्छा ! और उदाहरण ले सकते हैं, यथा - घीशक्कर, देशविदेश, आलूमटर आदि।

तृषा— सर, आपने बताया कि दोनों पद प्रधान होने पर द्वंद्व समास होता है, सर, अगर तीन या चार पद आ जाएँ तो कौनसा समास बनेगा ?

देव टीचर— बहुत ही लाजवाब सवाल खड़ा किया, क्या नाम है तुम्हारा बेटी ?

तृषा — सर, मुझे सब तृषा के नाम से जानते हैं।

देव टीचर — अगर तीन या चार पद आ जाए तो भी द्वंद्व समास ही रहेगा। जैसे - 'रोटी- कपड़ा- मकान,' 'दाल- चावल- रोटी' आदि। इस कारण हमें समास की परिभाषा भी बदलनी होगी ? जिस समास में सभी पद प्रधान हों, वह द्वंद्व समास होता है।

एक छात्र — सर, यह समास हमें बहुत आसान लगा।

देव टीचर — और इससे पहले तीन कैसे लगे ?

छात्र — सर ! दूसरा व तीसरा (तत्पुरुष व द्विगु) भी कुछ आसान लगे पर पहला कुछ ध्यान में कम पड़ा।

देव टीचर —- अभ्यास से वह भी आसान लगने लगेगा। अब कितने समास और शेष रह गए ?

सभी छात्र - छात्राएँ (समवेत स्वर में) —- सर दो .....। कर्मधारय व बहुव्रीहि।

देव टीचर — बिल्कुल सही जवाब। अब हम पांचवां समास कर्मधारय पर चर्चा करेंगे। स्टूडेंट्स, आप सभी ने पूर्ववर्ती कक्षाओं में विशेषण के बारे में पढा होगा ?

छात्र - छात्राएँ — यस सर, जो संज्ञा की विशेषता बतलाए, उसे विशेषण कहते हैं।

देव टीचर — बहुत अच्छा, कर्मधारय समास भी कुछ इससे मिलता जुलता है। जिस समास में पहला पद अन्य पदों की विशेषता बताए, वही कर्मधारय समास है। जैसे - हरीघास, सफ़ेद वस्त्र, काला चश्मा, नील गगन, लाल सेब, कितने ही उदाहरण प्रस्तुत किए जा सकते हैं। यह भी आसानी से समझ में आ गया ?

सभी स्टूडेंट्स — यस सर जी ।

देव टीचर — अब हम अंतिम व छटा समास कैसे पहचानें ? ज़्यादा मुश्किल नहीं है पर पहले वालों से ज़्यादा आसान भी नहीं है। जिस समास में कोई भी पद प्रधान न हो बल्कि अन्य पद प्रधान हो, उसे बहुव्रीहि समास कहते हैं। जैसे — श्वेतांबर = श्वेत हैं अंबर जिसके = जैन साधु।

पीताम्बर = पीले हैं अंबर जिसके = श्रीकृष्ण। और उदाहरण देखिए - दशानन, चतुरानन, चतुर्भुज, त्रिलोकीनाथ आदि।

अमय — सर आपने पहले बताया था कि पहला पद संख्या वाची हो तो वह 'द्विगु' समास होता है, अब बता रहे हैं कि बहुव्रीहि समास होता है। इससे द्वंद्व उत्पन्न हो गया है।

देव टीचर —- अच्छा प्रश्न किया है अमय ने। देखिए, द्विगु समास में पहला पद व बहुव्रीहि में भी पहला पद संख्यावाचक हो सकता है लेकिन दोनों की पहचान अलग है। बहुव्रीहि समास में पूरा वाक्यांश किसी अन्य पद के लिए प्रयुक्त होता है जबकि द्विगु में संख्या का महत्व साफ़ दिखाई पड़ता है। अब मैं संक्षेप में सभी समास दोहरा रहा हूँ।

1. अव्ययीभाव- पहला पद प्रधान,
2. तत्पुरुष- दूसरा पद प्रधान,
3. द्विगु - पहला पद संख्यावाचक,
4. द्वंद्व —- दोनों या सभी पद प्रधान,
5. कर्मधारय— पहला पद विशेषण दूसरा विशेष्य,
6. बहुव्रीहि — अन्य पद प्रधान।

अब मैं अभ्यास के लिए कुछ समस्त- पद श्याम पट पर लिख रहा हूँ, आप जिससे भी पूछा जाए, वही उत्तर देगा। यथाविधि, कुलदीप तुम बताओ ?

कुलदीप — (खड़े होकर) सर, अव्ययीभाव !

देव टीचर — बहुत अच्छा ! घनश्याम, राघव तुम बताओ।

राघव — (खड़े होकर) सर, बहुव्रीहि लग रहा है मुझे, क्योंकि इसका विग्रह होगा- घन के समान श्याम है जो = श्री कृष्ण। अन्य पद प्रधान होने के कारण बहुव्रीहि हुआ।

देव टीचर — बहुत खूब, शाबाश राघव ! अब मैं दस समस्त पद श्यामपट्ट पर लिख रहा हूँ, जिन्हें आपको घर से हल करके लाना है। दीनदयाल,

प्रतिवर्ष, नाक- कान-गला, पंचमुखी, श्यामपट्ट, नर- नारी, कुर्सी- मेज़, आजीवन, चारपाई, धर्मराज, देवदूत। बच्चों की ओर मुख़ातिब होते हुए— कल हम कुछ और समस्त पद लेकर अभ्यास करेंगे व विग्रह करने व पुनः समस्त पद बनाने का अभ्यास करेंगे।

आज इतना ही !

इस प्रकार देव बाबू का यह एक रूटीन बन गया, स्कूल आना, बच्चों को पढ़ाना व रूम पर जाकर अपनी भी M.A . की तैयारी करना। कभी-कभी रूम पर पढ़ते हुए जब देविना की याद आती तो बेचैनी महसूस करता मगर फिर किसी उपन्यास लेखन में लग जाता या सूर- तुलसी के काव्य में तल्लीन हो जाता।

***

7

तान्या का रोका- सगाई समारोह

दोपहर विश्राम के बाद सभी मेहमानों ने जलपान किया व अपनी- अपनी तैयारी शुरू कर दी। लक्ष्मी की ड्यूटी लगाई गई थी- तान्या को तैयार करने की। वह दो साड़ियाँ व दो जींस घर से लेकर चली थी तथा और साजोसामान भी लिया था। तरसेम लाल व तृप्ता ने तिलक के लिए सिंदूर, मौली, चांदी का सिक्का, गोला- नारियल आदि सब आवश्यक सामग्री संभाल ली थी।तरुण अपने रूम पर तैयार हो रहा था पर अभी टाई की गाँठ में ही उलझा हुआ था। लक्ष्मी को फ़ोन कर बुलाया तब कहीं जाकर टाई की गाँठ बंधी व तरुण गुप्ता तैयार हुए। उधर डी. डी. शर्मा परिवार व मेहमानों ने भी अपनी पूरी तैयारी कर ली थी। समीर ने हल्के पीले रंग की शर्ट व नीली पेंट चुनी थी, आशु अपनी जींस में, काम्या जींस- टॉप में व रेखा साड़ी में सुशोभित थीं। डॉ. भगवत स्वरूप पठानी सूट, रश्मि जींस- शर्ट, अंजना साड़ी व आलोक शर्मा ने पेंट पर बुशर्ट पहना था। डी. डी. शर्मा नेताओं वाली सफ़ेद ड्रेस में सजे हुए थे। पाँच बजने को आए थे पर कड़क धूप से लग रहा था कि अभी चार ही बजे होंगे।

आशु — (होटल में आकर अंकल तरसेम लाल से) अंकल, सब प्रोग्राम घर पर ही रखा हुआ है, आप सभी मेरे साथ घर चलें।

तरसेम लाल — तुम आशु, समीर बाबू के छोटे भाई हो ?

आशु —- यस अंकल, मैं काम्या से बड़ा व समीर भैया से छोटा हूँ।

तरसेम लाल —- बेटा आशु, तुम क्या कुछ पढ़ाई कर रहे हो ?

आशु —- अंकल मै NIT कुरुक्षेत्र से इंजीनियरिंग का कोर्स कर रहा हूँ, अभी मेरा एक वर्ष पूरा हुआ है। अंकल चलिए, फ़ंक्शन के लिए सब इंतज़ार में हैं।

तरसेम लाल — हाँ, मैं सबको बुलाता हूँ। (तृप्ता को आवाज़ लगाकर) तुम देखो ज़रा लक्ष्मी व तान्या बिटिया तैयार हो गईं या अभी कुछ टाइम और लगेगा ?

तृप्ता —- (रूम की ओर जाकर) लक्ष्मी बेटी, अब क्या देर है ? आशु आया हुआ है बुलाने को।

तान्या — बस पाँच मिनट और दे दो मम्मी जी।

तृप्ता —- तुम दोनों उधर ही आ जाना, तरुण कहाँ है ?

तरुण —-(अपने रूम से बाहर आकर) मैं तैयार हो गया हूँ मम्मी जी, मैं आशु से बातें कर रहा हूँ।

रश्मि —- (तेज़ी से आते हुए) आंटीजी कहाँ है तान्या ?

तृप्ता — अपने रूम में तैयार हो रही है।

रश्मि —- (रूम के अंदर आकर) ओह हो! चाँद तो धरा पर ही उतर आया है, समीर भैया की आज खैर नहीं ? बहुत सुंदर लग रही हो तान्या साड़ी परिधान में।

तान्या — सब लक्ष्मी भाभी का चमत्कार है, मुझे तो अजीब सा लग रहा है।

रश्मि —- अब चलो, वहाँ घर में ही सब प्रोग्राम बना है।सब आमंत्रित पड़ोसी व मित्रगण पहुँच गए हैं, केवल दुल्हन का ही इंतज़ार है।

लक्ष्मी — अब इंतज़ार ख़त्म, चलो जहां भी चलना है।

रश्मि — आ जाओ मेरे साथ। अंकल- आंटी व तरुण भैया, आशु के साथ आ जाएँगे।

घर के बाहर आँगन में ही सब आयोजन किया गया था, हरी घास पर पानी का छिड़काव किया गया था। आमंत्रित मेहमानों- मित्रों के लिए कुर्सियाँ लगा दी गई थी जिन पर अब वे बैठ चुके थे। चारों ओर कुर्सियों के मध्य एक बड़ी दरी व उस पर ग़लीचा डाल दिया गया था। कुर्सियों के बीच हर ओर से आने-जाने का रास्ता छोड़ दिया गया था। डी. डी. शर्मा सब इंतज़ामों से संतुष्ट थे व डॉ. भगवत स्वरूप जी के पास सोफे पर बैठ गए थे। महिलाओं ने ढोलकी पर थाप लगाकर फ़िल्मी गानों की धुन पर गीत व नृत्य आरंभ कर दिए थे। प्रोग्राम को भव्य व आकर्षक बनाने के लिए मंगल- ध्वनि हेतु शहनाई वादकों को बुलाया गया था जिन्होंने अपने सुर वातावरण में बिखेरने शुरू कर दिए थे। उनके लिए बनाया मंच एक तरफ़ के कॉर्नर पर महिलाओं के विपरीत दिशा में था। शहनाई की मधुर ध्वनि सुनकर महिलाओं ने अपने गीत और ज़ोर की आवाज़ में गाना शुरू कर दिया था व ढोलकी की ताल को भी ज़्यादा गति दे दी थी। अब वातावरण ख़ुशनुमा व आकर्षक बन चुका था।

तरसेम लाल की अगुआई में सभी ज्यों- ज्यों घर की ओर बढ़ रहे थे त्यों -त्यों उनके कानों में भी शहनाई की मधुर ध्वनि सुनाई पड़ने लगी थी। दोनों पिता -पुत्र आगे-आगे व तृप्ता माँ के साथ लक्ष्मी व पीछे- पीछे रश्मि के साथ तान्या गजगामिनी हो रही थी। आशु होटल के स्वागत काउंटर पर सूचना देने पहुँचा था कि क़रीब नौ- दस बजे सभी मेहमान फिर से होटल आकर रात्रि विश्राम करेंगे। पंडाल बने आँगन में जब तरसेम लाल के परिवार के कदम पड़े तो वहाँ स्वागत के लिए मौजूद बालाओं ने उन सब पर पुष्प वर्षा करना शुरू कर दिया था। अभी उन सबको एक अलग तीसरे कॉर्नर पर रखीं गद्देदार चेयर्स पर जगह दी गई थी। चारों दिशाओं में आनंदमय माहौल बन रहा था। एक तरफ़ महिलाओं का संगीत, दूसरे कॉर्नर पर शहनाई वादक, तीसरे पर तरसेम

लाल का परिवार व चौथे पर डी. डी. शर्मा व उनके रिश्तेदार सुशोभित हो रहे थे।

कुर्सियों के बीच बने रास्ते से निकलकर अब पंडित जी ने भी अपनी सीट संभाल ली थी व चौकी के पास बैठकर मंत्रोंच्चार आरंभ कर दिया था। एक आगंतुक से बात करते हुए डी. डी. शर्मा ने कहा कि सभी मिष्ठान व फलों की टोकरियाँ सोफे व गद्दी वाली कुर्सियों के बीच टेबुल पर सजा कर रख दो, जिसे बख़ूबी अंजाम दे कर आगंतुक निकल गए थे। शहनाई की मंगल ध्वनि व महिला संगीत के पावन अवसर पर पंडित जी ने दोनों लड़का- लड़की को आमंत्रित किया। तान्या भाभी लक्ष्मी के साथ व समीर अपने एक परम मित्र के साथ पंडित जी के सामने चौकी पर विराजमान हो गए थे। अब महिला संगीत, शहनाई वादन के साथ- साथ पंडित के मंत्रों की तेज किंतु मधुर ध्वनि और भी ऊँची हो गई थी। पंडित जी के इशारे पर तरसेम लाल ने समीर बाबू के मस्तक पर तिलक किया व अक्षत समर्पित कर, चांदी का सिक्का, गोला (नारियल) भेंट किया।थोड़ा मिष्ठान लेकर मुँह मीठा भी करवाया। तरुण ने अपने होने वाले जीजा जी को सोने की चेन पहना कर फ़ोटो क्लिक करवाई। वहीं पर थाली में रखी अंगूठी समीर बाबू ने तान्या की अंगुली में डाली तो पंडाल तालियों की आवाज़ से गूंज उठा।

पंडित जी के मंत्रोच्चारण का समापन होने पर सब अपनी - अपनी सीटों पर चले गए व कुछ पलों के बाद शुरू हुआ डांस का धमाल। एक तरफ़ तरसेम लाल व तृप्ता अपनी ओर से मिष्ठान व फल डी. डी. शर्मा व रेखा शर्मा को सौंप रहे थे तो दूसरी ओर रश्मि, काम्या व आशु ने नृत्य आरंभ कर दिया था। रश्मि ने लक्ष्मी, श्रेया को भी नृत्य- ग्रुप में बुला लिया था तो काम्या कहाँ शांत रहने वाली थी, नई - नई बनी तान्या भाभी को खींच लाई।तान्या के आने से पंडाल में डांस की धूम मच गई। समीर व उसके दोस्तों ने भी अपने हाथ- पाँव मटकाने शुरू कर दिए थे। शहनाई का स्थान अब ढोलक ने ले लिया

था। भांगड़े की रौनक़ से पंडाल गूंज उठा था। काफ़ी देर तक हो- हल्ला चलने के बाद अब सब थकावट महसूस करने लगे थे। कुछ देर आराम कर भोजन (डिनर) का दौर शुरू हुआ। दोनों पक्ष के मेहमानों, मित्रों, रिश्तेदारों ने प्रेम पूर्वक भोजन का आनंद लिया व संक्षिप्त सी बातचीत के बाद तरसेम लाल परिवार जनों सहित होटल लौट आये थे। तान्या व रश्मि भी रात्रि में यहीं पर विश्राम में रहीं। प्रातः नाश्ता बगैरह लेकर तरसेम लाल का परिवार विदा होकर अपने घर दिल्ली के लिए रवाना हो गया था।

दोनों रश्मि व तान्या ने हॉस्टल से अपना सामान लिया व कॉलेज को अलविदा कहा। जहां चार वर्ष मस्ती भरा जीवन बिताया, अनेक प्रकार के अनुभव मिले, जीवन निर्माण का आधार मिला, आज वहीं से विदाई हो रही थी। मिलना व बिछुड़ना तो प्रकृति ही है पर शायद तान्या व रश्मि दोनों बहुत खुश थीं क्योंकि दोनों दो - दो डिग्रियाँ लेकर जो जा रही थी।

***

8

चुनाव की आहट व बाबू राम कृष्ण जी की चुनाव मैदान में फाइट

अप्रैल महीना बीत जाने पर सभी वर्गों के लोग फ़ुरसत में हो गए थे। स्कूल - कॉलेज के स्टूडेंट्स के एग्ज़ाम अब समाप्त प्रायः हो चुके थे। व्यापारी-कर्मचारी अपने टैक्स जमा करवाने के दायित्व से मुक्त हो चुके थे व कुछ अभी भी लटके हुए थे। व्यापारी चैत्र मास के आगमन पर नव वर्ष की शुभ कामनाएँ प्राप्त करने के लिए नए बही- खाते शुरू कर रहे थे। किसानों ने अपनी गेंहू की फसल काट व निकाल कर मंडी में आढ़ती से अपनी पूरी लागत वसूल कर ली थी। कोई अगर काम से जुड़ना शुरू हो रहा था तो वह था देश का नेता जो पाँच साल से चुनाव की बाट जोह रहा था। देश में प्रत्येक राज्य व केंद्र में पाँच साल बाद फिर से चुनाव होने का लोकतांत्रिक प्रावधान स्वतंत्रता प्राप्त होने के बाद से ही प्रचलन में है। इसी प्रक्रिया के तहत हरियाणा विधानसभा के चुनाव मई महीने के अंतिम सप्ताह में होना निश्चित हुआ है। प्रांत भर के राजनेता जो अब तक आराम सो जीवन जी रहे थे, हरकत में आ गए व किसी न किसी राष्ट्रीय-राज्य स्तरीय पार्टी की टिकट पाने की जुगत में जुट गए थे। पार्टी स्तर पर टिकट न मिलने पर निर्दलीय रूप से ही कई नेताओं ने मन बना लिया था।सभी पार्टियों के ज़िला व राज्य स्तरीय कार्यालयों पर कार्यकर्ताओं की भीड़ जमा होने लगीं थीं। जहां पाँच साल तक कभी- कभार ही कोई मंत्री प्रोग्राम करता था व फिर कार्यालय राम भरोसे ही छोड़ दिया जाता था, वहाँ अब तिल रखने की भी जगह नहीं दिखाई पड़ रही थी।

संविधान में दिए गए नियमों के अनुसार लगभग 22% सीटें अनुसूचित जाति व जनजाति के लिए आरक्षित की गई थी। हरियाणा राज्य में भी यही विधान लागू था लेकिन जींद विधानसभा क्षेत्र सामान्य वर्ग के लिए ही आबंटित था इसी कारण बाबू राम कृष्ण जी ने अपनी पार्टी का टिकट लेने की भरपूर कोशिश शुरू कर दी थी। केंद्रीय स्तर पर अपने आकाओं से भी संपर्क साधा पर कोई सकारात्मक परिणाम सामने नहीं आया इसलिए उन्होंने निर्दलीय प्रत्याशी के रूप में चुनाव लड़ने का फ़ैसला भारी मन से लिया। पार्टी पदाधिकारियों ने उन्हें पार्टी से संबंधित व अधिकृत प्रत्याशी के विरूद्ध निर्दलीय चुनाव न लड़ने की चेतावनी दी पर बाबू राम कृष्ण जी ने यह कहकर स्वयं को बचाने की कोशिश की कि वे अपने जीवन का अंतिम चुनाव लड़ रहे हैं व अवश्य लड़ेंगे। पार्टी के नियमों व आदेशों की अवहेलना के दोष में उन्हें पार्टी विरोधी गतिविधियों में लिप्त होने के कारण छ: साल के लिए पार्टी से निष्कासित कर दिया गया। पार्टी के फ़ैसले के बाद निश्चित समयावधि में बाबू राम कृष्ण जी ने पूरे गाजे- बाजे के साथ नामांकन दाखिल किया। पार्टियों के अन्य प्रत्याशियों ने भी अपने- अपने नामांकन पत्र दाखिल करने शुरू कर दिए थे।

निश्चित समय सीमा पर दाखिल नामांकन पत्रों की जाँच की गई जबकि कुछ प्रत्याशियों ने कुछ पार्टियों के समर्थन में नाम वापस ले लिए थे। इसे बाबू राम कृष्ण का गुडलक ही कहेंगे कि उसकी पार्टी के प्रत्याशी व कवरिंग कैंडिडेट दोनों के नामांकन पत्र की जाँच के दौरान अवैध पाए जाने पर रद्द कर दिए। अब पार्टी के पास बाबू जी के निष्कासन को रद्द करने व अपना कैंडिडेट घोषित करने के सिवाय कोई चारा नहीं था। शहर व ग्राम दोनों में बाबू जी की समान रूप से मज़बूत पकड़ थी व लोग उन्हें पूरा सम्मान देते थे इसलिए उनकी उम्मीदवारी पर सबने हर्ष व्यक्त किया व सायंकाल में उन्हें फूलमालाओं से लाद कर पूरे शहर में ढोल नगाड़ों के साथ घुमाया गया व बाबू जी को वोट देने की अपील की गई। दूसरी पार्टियों व अन्य निर्दलीय प्रत्याशियों ने भी अपनी ताक़त झोंकना

शुरू कर दिया था पर जो भीड़ व उत्साह बाबू राम कृष्ण जी की सभाओं में दिखाई पड़ता था, अन्य उम्मीदवारों की जनसभाओं में नदारद रहता था ।एक राष्ट्रीय स्तर पार्टी के कैंडिडेट ने अपनी हार सुनिश्चित जानकर दीवार में सिर मारकर स्वयं के सिर को घायल कर लिया व सभाओं - जुलूसों में सिर पर पट्टी बांधकर भाग लेना शुरू कर दिया ताकि मतदाताओं की सहानुभूति प्राप्त हो सके। कई दूसरे प्रत्याशियों ने अनेक सामग्री व सामान मुफ़्त में देने की घोषणा की। किसी ने टी. वी., स्कूटी, मोबाइल फ़ोन, टेबलेट देने का वायदा किया तो किसी ने कुछ तो किसी ने कुछ। बाबू राम कृष्ण जी ने कुछ भी सामान मुफ़्त में देने की प्रथा को गौरव की क्षति करार दिया और स्वच्छ व भ्रष्टाचार मुक्त प्रशासन व शासन देने का वायदा दोहराया।

मतदाता भी अब जागरूकता महसूस कर रहे थे और मुफ़्त की चीजों से मुँह फेर रहे थे। वे स्वच्छ प्रशासन एवं विकास के पक्षधर होने लगे थे। आज सायंकाल में एक जनसभा में कई साथी वक्ताओं के बाद बाबू राम कृष्ण ने अपने भाषण में कहा -

बाबू राम कृष्ण — (वंदे मातरम् जय घोष के साथ) जींद विधानसभा क्षेत्र के भाइयों व बहनों ! बहुत दिनों के बाद आपसे मुख़ातिब हो रहा हूँ काफ़ी समय से चुनाव लड़ने की इच्छा थी लेकिन पार्टी ने इजाज़त नहीं दी और मैंने भी पार्टी के फ़ैसले को शिरोधार्य किए रखा, किंतु अब मेरे शुभचिंतकों के सब्र का बांध टूट गया क्योंकि कुछ छुटभैया नेता खुशामद का मक्खन लगाकर मुझे पीछे धकेल कर पार्टी का टिकट पा जाते रहे। मैं आज तक सब सहन करता रहा, खून का घूंट पीता रहा, पर पार्टी के साथ विश्वासघात नहीं किया ।इस बार अपनी उम्र को देखते हुए मैंने पार्टी की टिकट न मिलने पर पंचायती उम्मीदवार के तौर पर चुनाव लड़ने के लिए मैदान में उतरना पड़ा। भगवान को शायद मेरा आवेदन पहुँच गया था और अब मैं अपनी पार्टी का प्रत्याशी हूँ। मेरा चुनाव चिह्न 'भाई- बहन कीं जोड़ी' है, जो आप ही हैं। मुझे अपना बहुमूल्य व निर्णायक

वोट देकर अपनी जीत सुनिश्चित करें। विधायक बनाना आपका काम है और मंत्री बनना मेरा। मेरी अंतिम अभिलाषा यही है कि मैं आप सभी की सेवा मंत्री रहकर करूँ। (तालियों की गड़गड़ाहट).

बाबू राम कृष्ण ने आगे अपना एजेंडा स्पष्ट करते हुए कहा - भाइयों व बहनों ! भगवान ने हमें दो हाथ किस लिए दिए है ? मेहनत करके कमाने के लिए या भीख माँगने के लिए ?

जनसभा से प्रत्युत्तर मिला — 'मेहनत करने के लिए'।

बाबू राम कृष्ण — मैं नहीं चाहता कि मेरे क्षेत्र की जनता हाथ फैलाए किसी के सामने भीख माँगती रहे, मुफ़्त राशन- पानी के लिए क़तार में खड़ी रहें। मैं इस क्षेत्र को एक आदर्श व अनुकरणीय क्षेत्र बनाना चाहता हूँ। आप सभी को वोट की शक्ति से मुझे ताकतवर बनाना है। मैं आपके मान - सम्मान की रक्षा करूँगा। जो लोग मुफ़्त की रेवड़ियाँ बांटते हैं, उनका न कोई अपना सम्मान व आधार होता है और न ही वे जनता का सम्मान करते हैं बल्कि चुनाव के बाद ऐश करते हैं। जनता को कुछ लालच देकर उसके पैसे पर मौज उड़ाते हैं। ऐसे मौक़ापरस्त व विश्वासघाती नेताओं से हमें दूरी बनाकर ही रहना है।

आप सभी ने इतनी विशाल रैली का आयोजन किया, लगता है कि आपकी जीत निश्चित है। जनसभा के मध्य से कुछ लोग उठकर ऊंची आवाज़ में नारे लगाते हैं - बाबू राम कृष्ण जी की — शेष जनता - जय हो। देश का नेता कैसा हो ? जनता - बाबू राम कृष्ण जैसा हो।

बाबू राम कृष्ण — आप सभी का बहुत धन्यवाद !

विशाल रैली आयोजन के बाद लोगों में आम चर्चा थी कि देखो, बाबू राम कृष्ण जी ने किसी विरोधी दल या नेता की आलोचना या बुराई नहीं की बल्कि 'मेरा लक्ष्य क्या है' केवल इस बात का बखान किया। इस बार हमें बाबू जी को ही विजयी बनाना है। बाबू राम कृष्ण जी का क़द इतना बढ रहा था कि

गलियों में बच्चे भी उनकी जय जयकार करते हुए घूम रहे थे।बाबू राम कृष्ण जी की पार्टी के झंडे छतों पर गर्व से फहरा रहे थे मानो कह रहे हो, अब पाँच साल तक हम आपकी छतों पर ही लहराते रहेंगे। अब चुनाव में वोट डालने के केवल पाँच दिन शेष बचे थे इसलिए सभी प्रत्याशी एडी - चोटी का ज़ोर लगाए हुए थे। अपना सिर घायल करने वाले प्रत्याशी की असलियत लोगों के सामने आ गईं थीं। लोग ऐसी मनोवृत्ति को धिक्कार रहे थे। दो प्रत्याशी और भी मैदान में थे जिनका कोई विशेष प्रभाव क्षेत्र की जनता पर नहीं था। अब पाँच दिन के बाद क्या होगा, किसके सिर पर सेहरा बंधेगा, समय के गर्त में छिपा है।

***

9

शेखर - शालू संवाद

रात्रि में क़रीब बारह बजे घर पहुँच कर बिना कोलाहल किए दोनों शेखर व शालू नींद में चले गए थे। अगले दिन प्रातः नाश्ता बगैरह लेकर ऑफिस चले गए थे नित्य प्रति की तरह और शालू, शिवि दोनों अभी रसोई के काम में जुटीं थीं। आज मौसी ने उसे पराठा बनाना सिखाया। वैसे तो शिवानी की मृत्यु के बाद घर को शिवि ने ही संभाल रखा था लेकि साधारण से काम ही सीख पाईं थीं, जैसे- आटा गूंथना, रोटी बेलना व सेकना, सब्ज़ी बनाना आदि, पराठा बनाना, तड़का लगाना, दाल बनाना व कूकर को प्रयोग करना उसने नहीं सीखा था। कुछ ही महीनों बाद पापा शेखर मौसी जी को ले आए थे और वह खुद ट्रेनिंग करने चली गई थी। अब शिवि ने मन बनाया कि वह घर के सारे काम सीखेंगी ताकि शादी के बाद परेशानी न हो बल्कि अपने पति, सास - ससुर को भी भोजन तैयार करके खिला सके।

शिवि - मौसीजी, क्या रसोई धर का भोजन बगैरह का काम औरतों के ज़िम्मे ही होता है ?

शालू मौसी —- शिवि बेटी, युगों- युगों से स्त्री ही पाकशाला पर अपना वर्चस्व बनाए हुए है। उस समय पुरुष बाहर जाकर धनोपार्जन करके लाते थे व स्त्रियाँ घर का पूरा काम सँभालती थीं लेकिन आज सामाजिक ताने- बाने में बहुत बदलाव आने के कारण स्त्रियाँ भी किचन से निकलकर धन उपार्जन करने लगी हैं तो पुरुष भी रसोई घर में उसका सहयोग करने लगा है। दोनों के तालमेल से ही घर की गाड़ी चलती है आजकल।

शिवि —- जैसे पापाजी नौकरी के लिए बाहर ऑफिस जाते हैं व आप पूरे घर को सँभालती है।

शालू मौसी —- कल तुम्हें भी सर्विस व घर की संभाल दोनों काम करने पड़ेंगे ?

शिवि —- हाँ मौसीजी, इसीलिए तो मैं सब काम सीख लेना चाहती हूँ। शुभम की मम्मी जी भी मुझे सब कुछ तैयार करना सिखा सकती है। मेरी दोनों होने वाली ननदें भी रसोई के काम में परफ़ेक्ट है।

शालू —- क्या तुम कभी शुभम के घर गईं हो ?

शिवि —-हाँ मौसी जी, एक बार देविना दीदी के साथ हम कॉलेज से ही सूरजकुण्ड मेला देखने गए थे तब शुभम के घर ही रात में ठहरे थे व सुबह कॉलेज के लिए निकल गए थे। सब लोग बहुत अच्छे थे।

शालू —- पहले शादी के बाद ही लड़की ससुराल जातीं थीं पर शायद अब ये परंपराएँ दम तोड़ रही हैं । शुभम भी यहाँ आ चुका है ?

शिवि —- यस मौसी जी, एग्ज़ाम की तैयारी के लिए जो छुट्टियाँ होतीं हैं, उनमें मेरे साथ आया था। अब कब आएगा शुभम मुझे लेने। मौसीजी ? (रोने लगती है) मुझे शुभम की बहुत याद आ रही है।

शालू — हाँ बेटी, जो प्राणी किसी के हृदय में स्थित हो जाता है, उसकी रह रहकर याद आती - सताती रहती है। शुभम दिल्ली से लौट आया क्या ?

शिवि —- (कुछ संयत होते हुए) अभी कुछ दिन और लगेंगे। नीलिमा दीदी काफ़ी रिकवर कर रही हैं। अगर सब कुछ ठीक रहा तो जल्दी ही अस्पताल से छुट्टी मिल जाएगी।

शालू —- भगवान न करे किसी को अस्पताल जाना पड़े।

शिवि —- अस्पताल तो कभी न कभी सब जाते ही है। क्या आपका कोई कड़वा अनुभव है मौसीजी ?

शालू —- शिवि, शायद किचन का सब काम हो गया, अब हम मार्केट चलेंगे कुछ तुम्हारे लिए ख़रीद करने।

शिवि —- पर मुझे तो जानकारी में नहीं है कि मैंने क्या लेना है। मैं सायंकाल में सूची (लिस्ट) बना लूंगी, फिर किसी दिन चलेंगे।

शालू —- ठीक है तो अब आराम करो। मैं भी रात में देर से सोईं थीं इसलिए मुझे आराम की सख़्त ज़रूरत है।

डिनर आज कुछ जल्द निपट गया था। शेखर बाबू ने ऑफिस से आकर बताया था कि आज काम की अधिकता के कारण चाय तक भी नसीब नहीं हुई, भूख से पेट में चूहे छलांग लगा रहे हैं। शालू व शिवि दोनों ने मिलकर तुरंत डिनर तैयार किया व खाने के लिए बैठ गए थे।

शेखर बाबू —- क्या शिवि बिटिया ने बनाया है डिनर ?

शालू — हाँ, ट्राई कर रही है, अच्छा नहीं बना क्या ?

शेखर बाबू —सब्ज़ी में नमक छोड़ना शायद भूल गईं।

शालू — हो सकता है क्योंकि मैं इसे सब्ज़ी बनाना सिखा रही थी। टेबुल पर रखी शीशी से स्वादानुसार डाल लो।

शिवि —- सॉरी पापाजी ! आगे से ध्यान रखूंगी।

शेखर बाबू —- ओ. के. बेटी। अब मुझे यह बताओ कि सारा दिन कैसे टाइम बिताती हो ?

शिवि —- कोई ख़ास तो नहीं पर देव भैया के दो- तीन उपन्यास लेकर आईं थीं, वही पढ़ना शुरू किया है।

शेखर बाबू —- अगर तुम चाहो तो कंप्यूटर चलाना सीख लो ? एक घंटा लगा आया करो वहाँ कोचिंग सेंटर पर। तुम्हारी तरह और भी बहुत सी लड़कियाँ सीखतीं हैं वहाँ कंप्यूटर।

शालू —- यह तो बहुत अच्छा रहेगा। दिल भी लगा रहेगा व हुनर भी सीख सकेगी।

शेखर बाबू — ठीक है बेटी, कल से शुरू कर दो। एक घंटा सुबह व एक घंटा सायंकाल मे।

शालू —-मैं कल सब इंतज़ाम कर दूँगी। अब तुम आराम करो शिवि, हम ज़रा टहल कर आते हैं। कुछ ज़्यादा देर हो जाए तो तुम सो जाना, हम दरवाज़ा बाहर से लॉक करके चले जाएँगे।

शिवि —- हाँ ठीक है मौसीजी ! मैं कल शॉपिग के लिए लिस्ट भी बना लूँगी अब।

दोनों टहलने के लिए निकल जाते हैं। पार्क के गेट से ड्राई फ्रूट वाली आइसक्रीम लेकर कल वाली जगह ही बैठ कर आइसक्रीम का आनंद लेते व बतियाते हुए।

शेखर — शालू, मैंने अपनी पूरी व्यथा- कथा तुम्हें बता दी है।अब तुम अपनी बीती ज़िंदगी के क़िस्से सुनाओ ?

शालू — आपको मेरा वह वादा याद है ना जो उस दिन यहीं पार्क में किया था।

शेखर — तुम्हारा वादा मुझे याद है पर याद कर दिल को कचोटता है। फिर भी अगर तुम्हें शकुन- चैन मिलता है तो मुझे कोई एतराज़ नहीं।

शालू —-तो सुनो ! आज मैं अपने हृदय के कपाट खोल रही हूँ, तुम्हें मज़बूती बनाए रखना होगा। मैं सब सच कहूंगी, जो घटित हुआ है वही कहूंगी।

शेखर बाबू, तुमने मुझे जानने - पहचानने की कभी कोशिश नहीं की। मैं तुम्हारे साथ कॉलेज में पढ़ने वाली शिवानी ही तो हूँ जिससे तुमने प्यार का इज़हार करने पर डाँट खाईं थीं व डर के मारे मुम्बई अपने चाचा जी के पास भाग गए थे।

शेखर —-(बड़ा हैरान होकर) शिवानी, कॉलेज, ये सब तुम क्या कह रही हो ?

शालू —-सच्चाई से ही मैंने अपनी कहानी आरंभ की है। मैं ही वह पुलिस ऑफ़िसर की बेटी हूँ जिसने तुम्हें डांटा था व तुम्हारे डॉ. दादा मेरे पिताजी से मिलने घर आए थे।

शेखर —- शालू, यह तुम कहानी सुना रही हो या अपनी व्यथा कथा ?

शालू —- मैंने आपसे पहले इसीलिए ही कहा था कि सब कुछ मज़बूती से सुनना।अभी तो शुरुआत है, आगे कैसे झेलोगे ? जो मैंने जिया है, तुम उसे सुन भी नहीं सकोगे शायद ?

शेखर—- कैसे सुनूं ? शुरुआत ही भयानक है।एक पुलिस अधिकारी की बेटी घर में, कहीं कोई जासूसी वाली साज़िश तो नहीं ? पहले राजू ने भी बहुत परेशान किया है हमको ?

शालू —- क्या आप मुझ पर विश्वास नहीं कर रहे ? मेरी तारीफ़ों के इतने पुल बांधते रहे हो, क्या वह सब फ़रेब था, नाटक था।

शेखर —- शालू, मैं तुम्हारी प्रतिभा, निपुणता, ज्ञान पर प्रश्न नहीं उठा रहा, तुम जो अब यह सब कुछ बता रही हो, यह मुझे आश्चर्यजनक एवं डरावना सा लग रहा है।

शालू —- अभी तो आपने सुना ही क्या है ? आगे सुनोगे तो रोंगटे खड़े हो जाएँगे और मुझे प्यार से गले लगा लोगे।

शेखर — अच्छा, 'लव एंडिंग स्टोरी' है। फिर तो सुनाओ, मैं ध्यान लगाकर मज़बूती से सुनूँगा।

शालू —- मेरे पिताजी एक बहादुर जाँबाज़ पुलिस ऑफ़िसर थे।चोर-उचक्के -डाकू उन से ख़ौफ़ खाते थे।

शेखर —- अपने मित्रों से यही सब सुनकर तो मैं मुम्बई भागा था।

शालू —- राज्य भर में कही कोई आपराधिक आप्रेशन होता था तो पिताजी को कमान सौंप दी जाती थी। अद्वितीय बहादुरी के लिए पिताजी को अनेकों बार स्वतंत्रता दिवस पर मेडल देकर सम्मानित किया गया था। राज्य सरकार की सिफ़ारिश पर गणतंत्र दिवस की बेला पर पिताजी को वीरता पुरस्कार से अलंकृत किया गया था।

शेखर — वाह ! तुम्हारे पिताजी ने गौरवपूर्ण इतिहास बनाया है।

शालू —-लेकिन यह इतिहास वे ज़्यादा लंबा नहीं बना सके, खनन -रेत, रोड़ा-पत्थर, भू माफिया, ड्रग माफिया, सेक्स रेकेट सभी पिताजी के खिलाफ लामबंद हो गए थे। पिताजी के रहते उनका अवैध कारोबार चौपट हो रहा था इसलिए वे उन सभी की आँखों में खटकने लगे हालाँकि पिताजी को भी उनकी मंशा पर संदेह था पर फिर भी वे पीछे नहीं हटे और एक खनन माफिया आप्रेशन के दौरान उन माफियाओं ने घेरकर पिताजी के शरीर को गोलियों से छलनी कर दिया। पिताजी ने वहीं प्राण त्याग दिए व जब मृत शरीर को घर पर लाया गया तो माँ वह आघात सहन नहीं कर सकीं और उसने भी हमें अकेला छोड़ दिया।

(रोने लगती है)

शेखर —- शालू, मुझे क्षमा कर दो, मेरी व्यथा- कथा सुनने की ज़िद के कारण तुम्हारे घाव हरे हो गए।

शालू —- (शेखर के कंधे पर गर्दन रख कर रोते हुए) शेखर बाबू, मैं उस दिन अर्श से फ़र्श पर आ गई थी। सब दिशाओं से मेरे रास्ते बंद हो गए थे और मैं इस विशाल संसार में नितांत अकेली रह गई थी।

शेखर —- शालू, अपने को संभालो, शायद ग्यारह बजने को आए हैं, पार्क का चौकीदार सामने से आता हुआ नज़र आ रहा है, हमें भी घर चलना चाहिए। फिर कभी समय मिलने पर तुम्हारी व्यथा- कथा ज़रूर सुनना जारी रखूँगा।

शालू —- हाँ चलो, जीवन तो संघर्षों का ही नाम है लेकिन मुझे अफ़सोस व दुख इस बात का है कि मुझे संघर्ष करने के बाद भी सुख नहीं मिला?

शेखर —- शालू, मैं तुम्हें हर प्रकार से खुश रखना चाहता हूँ, अब हमारे गर्दिश के दिन लद गए। आओ हम अब घर चलें, कल फिर ऑफिस भी तो जाना है।

दोनों पार्क से निकल कर घर की ओर लौट जाते हैं।

***

10

देव व मित्रों का नदी भ्रमण

जब देव टीचर कक्षा में समास पर चर्चा कर रहे थे तब अस्पताल में राकेश बाबू डॉ. जैन को दिल्ली में नीलिमा के आप्रेशन की सिलसिलेवार जानकारी दे रहे थे। सभी लोग डॉ. दीपक कोठारी की क़ाबिलियत एवं सद् व्यवहार से प्रभावित थे। प्रोफ़ेसर गुप्ता, देव बाबू, शुभम सब संतुष्ट नज़र आ रहे थे। शायद एक सप्ताह में रिलीविंग मिल जाएगी।

डॉ. जैन — डॉ. राकेश, आपने जो कुछ बताया है उससे मुझे अपार ख़ुशी हुई है, हम अपने लोकोपकारी लक्ष्य को हासिल करने में सफल हो रहे हैं। मुझे लगता है कि कुछ समय पहले मैंने जो सम्मति आपको दी थी, आप उसके प्रभाव से आगे बढ रहे हैं।

डॉ. राकेश — सर डॉ. जैन ! आपके विचारों की नेक छाप मेरे हृदय पर गहरे तक पड़ी है व देव भैया भी आपके मुरीद हो गए हैं और उनके उपन्यासों में आपके विचारों की अभिव्यक्ति देखने को मिलेगी।

डॉ. जैन —- देव बाबू ने अपनी नौकरी ज्वॉइन कर ली होगी ? मुझसे मिलने के लिए कहना ?

डॉ. राकेश —यस सर ! देव ने अपने प्रोफ़ेसर गुप्ता के साथ जिस दिन आपसे मुलाक़ात की थी उससे पहले दिन ही नौकरी ज्वॉइन की थी। अब वह कह रहा था कि जब नीलिमा दीदी बिल्कुल स्वस्थ होकर अपने घर भिवानी आ जाएँगी तब प्रोफ़ेसर गुप्ता आपका धन्यवाद करने आएँगे, उनके साथ देव बाबू भी रहेंगे।

डॉ. जैन —— अरे डॉ. राकेश, यह आप क्या बोल रहे हैं, उनको रोकना, बल्कि हम आपके साथ उन्हें मिलने व बिटिया का हाल- चाल पूछने भिवानी उनके घर जाएँगे।

डॉ. राकेश —- आप बहुत दयालु व महान् हैं डॉ. जैन, आप इंसान नहीं फ़रिश्ते हैं।

डॉ. जैन —- अब मुझे काम करने दो व स्वयं भी करो।

डॉ. राकेश —- ओ. के. सर ! तकलीफ़ के लिए सॉरी !

अपने रूम की सीट पर आकर बैठते हैं जहां कुछ पेशेंट इंतज़ार में हैं।

खुदा का शुक्र है कि आज रूम खुला है, क्या अस्पताल से जल्दी छुट्टी मारकर आया है डॉक्टर ? आजकल किसी चक्कर में फंसा हुआ लगता है, दिल्ली गया था देव भैया के साथ, कुछ दाल में काला ज़रूर है या नेहा बहन से मिलने गया होगा पर वह तो अभी कुछ दिन पहले ही गई हैं वहाँ। दरवाज़े पर लगी बेल पुश कर अंदर देव भैया को देख कर -

कांति —- अरे देव भाई साहब, आप ! वह डॉक्टर अभी तक पेशेंट्स में ही उलझा हुआ है क्या ?

देव — मैं तो स्कूल से छुट्टी करके यहाँ आकर सो गया था, तुम्हारे आने से कुछ देर पहले ही जगा हूँ। तुम क्या कोर्ट से लौट रहे हो कांति भाई ?

कांति —- देव भैया, आजकल मन कुछ अनमना सा है, मालूम ही नहीं पड़ता कि छुट्टी करके घर आ रहा हूँ या घर से छुट्टी करके ऑफिस (कोर्ट) जा रहा हूँ।

देव —ये क्या पहेलियाँ बुझा रहे हो कांति भाई, छुट्टी तो हमेशा ऑफिस (वर्क प्लेस) से ही होती है।

कांति — आप भी नेहा बहन की तरह अकाट्य तर्क देने लगे है, एक गई हैं, दूसरा आ गया है।

(राजीव का आगमन)

राजीव —-क्या अभी डॉ. राकेश नहीं आया कांति भाई ?

कांति —-आएगा, नहीं आएगा तो किधर जाएगा ? अब तो रश्मि भाभी ने अपना कोर्स ख़त्म कर लिया, एक दो दिन में डॉक्टर के भाग्य उदय होने वाले हैं।

देव —- कांति भाई, राकेश डॉक्टर की आधी उम्र तो इंतज़ार में ही निकल गई।

कांति — और आधी आरज़ू में।

राजीव — तुम्हारा प्यार का ख़ज़ाना कब खुलेगा कांति भाई ?

कांति —- ज़ब क़यामत होगी तब कब्र से उठकर कोई हमारी महबूबा बनने के लिए आएगी और क़ब्रिस्तान ही हमारा प्यार का पैलेस होगा।

देव —- कांति भाई, इतने निराश न हो, हम जल्दी ही तुम्हारे सिर पर सेहरा सजा हुआ देखेंगे।

कांति —- देव भैया, अब सेहरा नहीं, क़ब्रिस्तान में सिर पर गुलाब के फूलों की पंखुड़ियाँ बरसेंगी, अगर हो सके तो एक फूल क़ुर्बान कर देना हम पर।

राजीव —- कांति भाई, ऐसी बातें मत करो। हम तुम्हारे मित्र हैं। देव भैया ने जो कहा है, वह अर्थ हीन नहीं है। तुम विश्वास बनाए रखो, डॉक्टर से पहले तुम्हारे गले में फूलों का हार पहनाएँगे।

(डॉ. राकेश का आगमन)

राकेश —- क्या कांति भाई के गले में फूलो के हार पहनाए जा रहे हैं ?

राजीव —- हमने कांति भाई को शादी के लिए राजी कर लिया है और वह भी तुम से पहले।

राकेश —- कांति भाई, चलो घूमने निकलते है, अगर यहीं बैठे रहे तो राजीव भाई तुम्हें आज ही दूल्हा बना देंगे।

कांति —- आज काम की बात निकली हैं डॉक्टर के मुँह से, चलो ! कल की थकान का बहाना बनाकर तनेजा के यहाँ ही बैठे रहे।

राजीव —- कांति भाई, यहीं से सोचना शुरू कर दो कि आज तुम्हारे पिटारे से कौन सा हीरा निकलेगा।

कांति —- आज मनवा कुछ उदास है, कोई हँसी- मज़ाक़ का क़िस्सा हो जाए।

राकेश —- बिल्कुल, सारा समय तनाव - चिंता में बिताने से अच्छा है कुछ हँसी - ठिठोली हो जाए।

देव —- बिल्कुल कांति भाई, कुछ हँसी- मज़ाक़ का माहौल बनाओ।

सभी नदी किनारे पहुँच जाते हैं।

राजीव — देव भैया, आज तो मौसम लेखकों वाला आशिक़ाना बना है।

देव —- कवियों वाला राजीव भैया, ऐसे मौसम में कविता अपने आप जन्म लेती है।

राजीव —- देव भैया, कवि और लेखक में क्या कुछ अंतर होता है ?

देव —- राजीव भैया, साहित्य की कई विधाएँ है — कविता, लेख, कहानी, उपन्यास, निबंध, समालोचना, एकांकी, नाटक, समीक्षा, व्यंग्य, आदि

आदि। जो कविता का सृजन करता है वह कवि, जो गद्य रचना करता है वह लेखक।

राजीव — समझा, तुम लेख (गद्य) लिख सकते हो, कविता नहीं ?

देव — जैसे आपके यहाँ दो तरह के एडवोकेट दीवानी व फ़ौजदारी होते हैं जो मुक़दमों के आधार पर नाम पड़े हैं, फिर भी किसी के पास किसी भी तरह का केस आ जाए तो वकील इंकार नहीं करता क्योंकि उसे ज्ञान तो हर प्रकार के केसों का है लेकिन विशेषज्ञता अपने फ़ील्ड में ही है।

राजीव — वाह देव भैया ! बहुत अच्छे ढंग से समझाया। कांति भाई अब अपना राग शुरू करो।

कांति — होटल से खाना खाने के बाद रॉकी ने बिल चुकता किया व प्लेट में वेटर के लिए पचास व पाँच सौ का नोट टिप देने के नाम पर रख दिया। वेटर ने पचास का नोट उठाया व पाँच सौ का लौटा दिया। रॉकी खूब हंसा व बाहर आकर अपने मित्र से कहने लगा - देखो कितना मूर्ख वेटर है, पाँच सौ का नोट नहीं उठाया ? हंसते- हंसते चले गए थे दोनों।

राजीव —- कांति भाई, यह तो वाक़ई मूर्खता है, वेटर को टिप में दिया गया पाँच सौ का नोट ही चुनना चाहिए था।

कांति —- अगले दिन रॉकी अपने किसी नए दोस्त के साथ होटल में खाना खाने आया व भोजन के बाद वही टिप पॉलिसी अपनाई।वेटर ने भी अपना नियम बरकरार रखा, पचास का नोट उठा कर पाँच सौ का वापिस कर दिया। रॉकी ने होटल से बाहर आकर अपने मित्र से कहा कि देखो जो मैं कह रहा था वही सही साबित हुआ न ?

देव —- रॉकी क्यों बार- बार उसका मज़ाक़ उड़ा रहा था जबकि वेटर अपनी औक़ात के अनुसार ही नोट ले रहा था।

कांति —- अब यह घटना रोज़ की बात हो गई थी। रॉकी अपने किसी दोस्त के साथ होटल में खाना खाने आता व वेटर दोनों में से पचास का नोट उठा लेता।

राकेश —- कांति भाई, हो सकता है कि वेटर को पाँच सौ के नोट की पहचान न हो, क्योंकि यह नोट तो अभी कुछ समय पहले ही प्रचलन में आया है।

राजीव —- नहीं राकेश बाबू, यह कैसे संभव है, वेटर रोज़ाना अनेक ग्राहकों के बिल क्लीयर करवाता है व टिप भी प्राप्त करता है।

कांति —- एक दिन वेटर की इस गतिविधि पर मैनेजर की नज़र पड़ गई और उसने उससे अकेले व फ़ुरसत में पूछा — तुम पाँच सौ की बजाय पचास का नोट ही क्यों लेते हो ? क्या तुम्हें दोनों नोटों की राशि के अंतर का ज्ञान नहीं है ? रोज़ यह ग्राहक तुम्हारा इसी बात के लिए मज़ाक़ उड़ाता है।

वेटर— (पूरा साहस बटोर कर) सर ! यह भद्रपुरुष मेरी मूर्खता का मज़ाक़ उड़ाने रोज़ होटल आता है व एक नए मित्र को भी अपने साथ लाता है, इससे हमारे होटल का कारोबार बढ़ता है।

राजीव — कांति भाई, यह तो बड़ी समझदारी की बात कही वेटर ने।

कांति —- राजीव भाई,आगे का क़िस्सा सुनोगे तो दंग रह जाओगे। उस वेटर ने होटल मैनेजर को कहा कि जिस दिन मैंने पचास की बजाय पाँच सौ का नोट उठाकर रख लिया, अगले दिन से ही इनका होटल आना बंद हो जाएगा। इससे होटल व मेरी दोनों की क्षति होगी।

राकेश —- वाह कांति भाई ! कितना समझदार निकला वेटर ?

देव —- किसी बड़े पाँच या तीन तारा होटल के वेटर की घटना का ज़िक्र कर रहे हो कांति भाई ?

कांति — क्या निष्कर्ष निकालेंगे हम इस क़िस्से का ?

राजीव —- यही कि दूसरों को बिना जाने - पहचाने मूर्ख नहीं समझना चाहिए।

राकेश —- मुझे भी यही लगता है पर साथ ही कहना चाहूँगा कि स्वयं को ज़्यादा बुद्धिमान नहीं समझना चाहिए।

देव —- क्यों कांति भाई, ठीक जवाब दिया है दोनों ने ?

कांति —- राजीव भाई, आज आपको विलंब नहीं हो रहा, कुछ ख़ास बात लगती है ?

राजीव — बिल्कुल कांति भाई, चुनाव में मतदान के लिए कुछ ही दिन शेष हैं, हमें फ़ैसला लेना है कि किसे वोट दें ?

कांति —- जो मुफ़्त की रेवड़ियाँ न बांटे, राज्य व क्षेत्र का भेदभाव रहित विकास करे, उसे ही वोट करेंगे।

राकेश — डॉ. भगवत स्वरूप जी के मित्र हैं बाबू राम कृष्ण जो पहले स्कूल के प्रधान भी रहे, को ही सब लोग चुनने जा रहे हैं।

देव —- तो फिर हम क्यों लोगों से अलग रहें। नेक पुरुष हैं, विकास की बात करते हैं।

राजीव — सर्व सम्मत निर्णय हो गया । बोलो सभी मिलकर - बाबू राम कृष्ण की जय ! वंदे मातरम् !

सभी अपने - अपने घर के लिए निकल जाते हैं।

***

11

नीतिका व नताशा का टूर प्रोग्राम - 2

तीन बजे विश्राम के लिए गईं नताशा व नीतिका जैसे घोड़े बेच कर सो गईं थीं। छ: बजे के क़रीब जब पिता वरिंदर सिंह घर पहुँचे तो आवाज़ होने से दोनों का सवेरा हो गया था।

नताशा — (आँखें मलते हुए) पापाजी नमस्ते !

नीतिका — अंकल नमस्ते !

वरिंदर सिंह —- नताशा बेटी, ये तुम्हारी कॉलेज की फ्रेंड है ?

नताशा —- हाँ पापाजी, चंडीगढ़ घूमने आई है मेरे साथ।एग्ज़ाम की थकान मिटाने के लिए हम तीन- चार दिन के लिए घूमने निकले हैं। कल सायं हम नीतिका के घर जींद शहर जाएँगे व परसों वहीं से दिल्ली के लिए रवाना हो जाएँगे।

वरिंदर सिंह — - (अपनी पत्नी से) तुमने मुझे फ़ोन लगाकर बताना था कि नताशा अपनी फ्रेंड के साथ आई है व कल पूरा चंडीगढ़ देखने का प्रोग्राम है तो कल मैं छुट्टी ले लेता और बच्चों को घुमा देता।

वरिंदर कौर —मेरे दिमाग़ में यह बात उस समय नहीं आई, अब घर से ही छुट्टी की अर्ज़ी भेज देना।

वरिंदर सिंह —- ये कोई तुम्हारा एजुकेशन डिपार्टमेंट नहीं है, मिलिट्री सर्विस है, पहले छुट्टी खुद मंजूर करवानी पड़ती है।

नताशा —- पापाजी हम टैक्सी लेकर खुद ही घूम आएँगे। तीन - चार ही तो जगह हैं देखने के लिए। सुखना- लेक, रॉक गार्डन, राजभवन, सचिवालय, विधानसभा और धार्मिक विचार कहें तो चंडी मंदिर।

वरिंदर सिंह —हाँ, तुम देख लेना, मैं कोशिश करूँगा कि हॉफ टाइम के बाद आ जाऊँ। अभी एक प्याली चाय की ज़रूरत है।

वरिंदर कौर —- अभी लाई बनाकर, बच्चों, तुम्हें भी चाय की इच्छा है?

नीतिका —- नो आंटीजी, इतनी गर्मी में चाय ? मैं तो नींबू- पानी ले सकती हूँ।

वरिंदर कौर —नताशा पुत्र ! फ्रिज में से नींबू व शरबत लेकर शिकंजवी बना लो व दोनों पी लो। मैं तुम्हारे पापाजी के लिए चाय बना रही हूँ।

नताशा —- ओके मम्मी जी, थोड़ा सा नमक भी चाहिए था, डाइनिंग टेबल पर ही रखा होगा ?

वरिंदर कौर —- यस पुत्र, नींबू- पानी। (शिकंजवी) पीकर थोड़ा बाज़ार घूम लेना, इतने तक डिनर तैयार हो जाएगा।

नताशा — बाज़ार से कुछ लाना भी है क्या मम्मी जी ?

वरिंदर कौर —- मैंने दाल मखनी व आलू- मटर की सब्ज़ी बनाई हुई है, अगर तुम्हें कुछ और आलू टिक्की या दहीं- बड़ा चाहिए तो लेते आना।

नताशा — ठीक है मम्मी जी ।

वरिंदर कौर —- लो आपकी चाय बन गई है, कुछ नमकीन - मीठा बगैरह लेना है क्या ?

वरिंदर सिंह — दो नमकीन बिस्कुट ही दे दो, ज़्यादा क्या लूँगा ? थोड़ी देर बाद डिनर तो करना ही है।

वरिंदर कौर — नताशा की फ़ीस व हॉस्टल का खर्च भी देना होगा ?

वरिंदर सिंह —-कहेगी तो ला दूँगा, मैं कल हॉफ लीव ले ही लूँगा, बच्चों को बस में भी बिठा आऊँगा।

वरिंदर कौर — देख लेना, अगर छुट्टी ना मिले तो फ़ोन करके बता देना, मैं बैंक से पैसे निकलवा कर ले आऊँगी। अब तो बैंक तीन बजे से चार बजे तक भी खुले रहते हैं।

वरिंदर सिंह — तुम ए. टी. एम. से क्यों नहीं निकाल लेतीं ?

वरिंदर कौर — थोड़ा दूर जाना पड़ता है व मन चाही करंसी भी नहीं मिलती।

वरिंदर सिंह —- ठीक है, जैसा ठीक लगे कर लेना। कोशिश पूरी करूँगा कि मैं ही आ जाऊँ। तुम्हें कल स्कूल तो जाना है ना ?

वरिंदर कौर — अगर बच्चे घूमने निकल गए तो मैं घर पर अकेली रहकर क्या करूँगी ?

नताशा व नीलिमा बाज़ार से घूमकर लौटती है।

नताशा —लो मम्मी जी, एक प्लेट दहीं- बड़ा व एक प्लेट नूडल्स लाए हैं, डिनर के साथ ही लेंगे।

ओ वरिंदर भाई साहब ! लो मैं आ गया। बोलो क्या करना है टैक्सी का?

वरिंदर सिंह — (घर से बाहर आकर) ओ हरजीत सिंह, तू बड़ा पाबंद हैं टाइम का, नौ बजे आने को कहा था, अभी नौ ही बज रहे हैं।

हरजीत सिंह — हमारी टैक्सी समय के हिसाब से चलती है। कोई सरकारी रेलगाड़ी की तरह नहीं जो शायद ही कभी टाइम पर आती- जाती हो। अब बताओ, कहाँ जाना है ?

वरिंदर सिंह —अपनी बिटिया दिल्ली डॉक्टरी का कोर्स कर रही है, उसके साथ एक फ्रैंड आई है, दोनों को दोपहर दो बजे तक पूरे शहर घुमा कर घर छोड़ देना।

हरजीत सिंह — ठीक है, आओ पुत्र, ज़्यादा धूप करने से क्या फ़ायदा?

दोनों नीतिका व नताशा टैक्सी में बैठ कर चंडीगढ़ दर्शन के लिए निकल जाती हैं, वरिंदर सिंह मोटरसाइकिल से ऑफिस चला जाता है व पत्नी को स्कूल छोड़ देता है जिसने दो घंटे की शॉर्ट लीव ले रखी थी। टैक्सी दौड़ रही थी और दोनों सहेलियाँ बातों में मशगूल थीं।

नीतिका —- मैं तो पहली बार ही चंडीगढ़ देख रही हूँ। बहुत अच्छा, साफ़ - सुथरा लग रहा है। सड़कों पर कहीं भी गड्ढे नज़र नहीं आ रहे।

नताशा —- हाँ नीतिका, मैंने विचार बना लिया है कि तेरी शादी के लिए लड़का यहीं से ढूँढना होगा।

नीतिका —- यहाँ के लड़के कहीं गुम हो गए हैं क्या ?

नताशा —-हाँ बिल्कुल, जब हमारा कोर्स पूरा हो जाएगा तब कहीं दिखाई पड़ेंगे, दोनों खिलखिला कर हँसती हैं। हरजीत अंकल ! टैक्सी यू ही दौड़ाते रहोगे या कुछ देखने लायक़ जगह पर भी ले जाओगे ?

हरजीत सिंह —- लो पुत्र, बड़े मौक़े पर याद किया (टैक्सी पार्किंग में खड़ी कर) देखो, हमारे सामने है यह हरियाणा- पंजाब का सचिवालय, आठ मंज़िला इमारत है, यहाँ बड़े अधिकारी व मंत्री बैठते हैं। इसके साथ ही थोड़ी दूर दोनों राज्यों की विधानसभा है जहां हमारे द्वारा चुने हुए प्रतिनिधि क़ानून व जन कल्याण की योजनाएँ बनाते हैं।

नताशा —- अंकल, क़ानून तो दिल्ली में बैठी सरकार बनाती है।

हरजीत सिंह — ओ पुत्र, क़ानून जब केवल राज्य के लिए हो तब यहीं बनता है। दिल्ली में तो सभी राज्यों के लिए बनाए जाते हैं। वह कुछ दूर गोल छत वाली बिल्डिंग पंजाब व हरियाणा हाईकोर्ट है। अब चलें आगे ?

नताशा — यस अंकल, अब हमें सुखना लेक ले चलो, कुछ आराम मिलेगा। राजभवन भी वहीं कहीं आस-पास है ना ?

हरजीत सिंह — चलो पुत्र, झील पर वातावरण बड़ा शांत व ठंडक से भरपूर होगा ।टैक्सी की रफ़्तार बढ़ी और उधर दोनों फ्रेंड्स की बातचीत की गति।

नताशा — नीतिका, अगर हम डॉक्टरी का कोर्स छोड़ कर सिविल सर्विस परीक्षा दें तो कैसा रहेगा ?

नीतिका —- सिविल सर्विस परीक्षा क्या कोई गाजर - मूली है, दिन-रात एक कर दो तब भी सफलता की गारंटी नहीं ?

नताशा — क्या डॉक्टरी की पढ़ाई व दाख़िला कम है ? यहाँ भी एडी-चोटी का ज़ोर लगाना पड़ता है।

नीतिका डॉक्टरी पढ़ाई की कुछ सीमा तो है, सिविल सर्विस में तो पाठ्यक्रम अनंत है, विस्तृत है। कितना ही पढ़ते रहो फिर भी नहीं कह सकते हैं कि तैयारी अच्छी है।

नताशा — मैंने तो निश्चय कर लिया है कि डॉक्टरी के बाद आई. ए. एस. बनूँगी और इन ऊंची- ऊँची गंज़िलों पर मेरा प्या।रा ऑफिस होगा।

नीतिका — वाह, क्या मज़ेदार स्वप्न ले रही हो, अभी तो झील के किनारे पर ही खड़ी हो, बात मोतियों की कर रही हो।

नताशा — गहराई में डुबकी लगाने का रास्ता किनारों से ही मिलता है। मैं तुम्हें एक दिन सिविल सर्वेंट बनकर दिखाऊँगी।

नीतिका — अच्छा है, ऊँचे सपने देखो, उन्हें पाने के लिए प्रयास करो और न पा सकें तो हताश भी न हों।

नताशा —- इंसान कुछ भी ठान ले, उसे पूरा करने का सामर्थ्य उसमें है बशर्ते कि संकल्प दृढ़ हों मेहनत अटल हो और इरादे नेक हों।

हरजीत सिंह — लो भई पुत्र, ओ देखो, सामने राजभवन और इधर सुखना झील। कुछ देर बैठना चाहो तो मैं भी एक झपकी ले लूँगा।

नताशा —- यस अंकल, हम यहाँ आधा घंटा लगाएँगे, फिर घर जाएँगे।

नीतिका — तुम रॉक गार्डन का ज़िक्र भी तो कर रहीं थीं ?

नताशा — अंकल, झील के बाद रॉक गार्डन भी जा सकते हैं क्या ?

हरजीत सिंह —- पुत्र, अब वहाँ कुछ नहीं, सायंकाल में ही भीड़ जुटती है। अब तो थोड़ी देर झील के किनारे बैठो व गपशप करो। फिर मैं तुम दोनों को घर छोड़कर लंच करने जाऊँगा।

नताशा —-ओ. के. अंकल, नीतिका ! आओ हम उस पेड़ के नीचे छाँव में बैठेंगे। कुछ देर बातचीत कर घर लौट जाएँगे।

नीतिका — अब क्या बात करोगी,मुझे लगता है कि तुम्हारा साथ छोड़ना पड़ेगा या फिर मुझे भी सिविल सर्विस एग्ज़ाम के लिए तुम्हारे साथ जुटना पड़ेगा।

नताशा — वैरी गुड नीतिका, एक और एक ग्यारह।

***

12

नीलिमा, डॉ. गुप्ता व शुभम का भिवानी आगमन

एक सप्ताह के क़रीब बीत गया था नीलिमा के आप्रेशन को किए हुए और डॉ. गुप्ता संतुष्ट थे कि किसी तरह की कठिनाई का सामना नहीं करना पड़ा बल्कि सब कुछ डॉक्टर्स की आशाओं के अनुरूप चलता रहा क्योंकि नीलिमा को किसी तरह का ब्लड प्रेशर या शूगर की शिकायत नहीं थी इसलिए रिकवरी द्रुत गति से हुई। अब शुभम भी चाह रहा था कि घर कीं और रूख हो जाए तो अच्छा रहेगा। इन सात दिनों में उसने देव बाबू के सभी उपन्यास व अमेरिका की यात्रा का वृत्तांत पढ डाला था। ख़ाली समय में वह शेर ओ शायरी करता व मोबाइल फ़ोन से शिवि को भेजता। रात्रि में कई बार संक्षिप्त बात होतीं क्योंकि लंबी बातचीत से गुप्ता सर की नींद में ख़लल पड़ता। ज्यों ज्यों दिन बढ़ते रहे, शुभम के चेहरे का रंग फीका पड़ता जा रहा था पर उसने हर कदम पर गुप्ता सर का उत्साह से सहयोग किया। डॉ. गुप्ता भी मनोविज्ञान के प्रोफ़ेसर तो थे ही, शुभम की अवस्था को समझते थे और जब भी शुभम फ़ोन पर बात करता तो वे किसी बहाने से निकल जाते व बाहर आकर डॉ. आर्य से बातचीत करते व हो रही प्रोग्रेस से अवगत कराते। डॉ. आर्य रिकवरी की प्रगति से बेहद खुश थे व जब डॉ. गुप्ता ने उन्हें बताया कि शामू ने नीलिमा के बारे में कई बार पूछताछ की तो वे और भी ज़्यादा खुश हुए।

आज सायंकाल में जब डॉ. कोठारी विज़िट पर थे तो उन्होंने पास खड़े डॉ. गुप्ता को कल सुबह डिस्चार्ज करने का सुखद समाचार दिया व कहा कि अभी एक महीने तक किसी भी गर्म पदार्थ से दूर रहना है, तला- भुना व जंक फ़ूड बिल्कुल नहीं चलेगा।हल्का ड्राई बॉथ लेना होगा, प्रात क़ालीन सैर, अगर

आसपास कोई बगीचा है, वरना घर में ही चलना- फिरना, पानी का ज़्यादा सेवन करना व फ़ेस पर किसी तरह की खुजली से बचना तथा दवा का नियमित एवं समय पर सेवन जैसे बताया गया है, करना होगा। किसी भी प्रकार की परेशानी के समय मुझे कॉल कर सलाह मशविरा करना होगा। डॉ. गुप्ता ने डॉ. कोठारी का दिल से आभार व्यक्त किया व इतने अच्छे व्यवहार व इलाज के लिए धन्यवाद दिया।

डॉ. कोठारी —- (नर्स से) सिस्टर ! आज तक का रूम किराया, तुम्हारी ड्यूटी चार्जेज़, दवाइयाँ, भोजन- नाश्ता व अन्य कोई खर्च हो तो सब की रिपोर्ट तैयार कर आज ही लेखा परीक्षा विभाग को सुपुर्द कर दो ताकि कल सुबह तक अकांउट तैयार हो जाए व पेशेंट तथा अभिभावकों को विलंब न हो।डॉ. गुप्ता सर, आपको टैक्सी/ एंबुलेंस से जाना होगा अपने घर क्योंकि बस में संक्रमण का डर बना रहता है।

डॉ. गुप्ता — ओ. के. डॉ. कोठारी, आपने जो भी निर्देश पेशेंट के मुत्तलिक हमें दिए हैं उनका अक्षरशः पालन होगा।

शुभम —डॉ. कोठारी जी आपका बहुत बहुत धन्यवाद।!

डॉ. कोठारी —- आपकी तारीफ़ ?

डॉ. गुप्ता —- ये मेरे साथ हैं।

डॉ. कोठारी — ओ.के. डॉ. गुप्ता। अस्पताल की ओर से किसी लापरवाही के लिए हम सजग तो रहते हैं पर फिर भी कुछ सामना करना पड़ा हो तो क्षमा चाहूँगा।

डॉ. गुप्ता —- डॉ. साहब, सब अनुभव अच्छा रहा, हमें अगर फिर कभी आना पड़ा तो आपकी सेवाएँ ही लेंगे, पर यह भी प्रार्थना करेंगे कि ऐसी घटना फिर कभी नहीं घटित हो।

डॉ. कोठारी —- गुप्ता सर, ये घटनाएँ न चाहते हुए भी हो जाती हैं और महिलाएँ ही इसका शिकार होती हैं। आप कोई भी सेवा का मौक़ा देंगे तो हम आपका सम्मान करेंगे व पूरा इलाज देंगे, थैंक्यू !

(निकल जाते हैं)

शुभम —सर, यदि आप महसूस न करे तो मैं कुछ कह सकता हूँ ?

डॉ. गुप्ता — शुभम, तुम जो भी कहना चाहते हो, मैं समझ रहा हूँ पर क्या करूँ? जो ज़बान से निकल गया सो निकल गया। वह अनायास ही था।

शुभम —- सर, यह भविष्य में किसी घटना की ओर इंगित करता है।

डॉ. गुप्ता — भगवान सभी को सुरक्षित रखे, अब अपनी तैयारी करो क्योंकि सुबह निकलना है।

अगले दिन सुबह नौ बजे Account Branch खुलते ही सब हिसाब किताब चुकता कर शुभम व डॉ. गुप्ता भिवानी जाने के लिए तैयार हो गए थे। ठीक ग्यारह बजे जब एंबुलेंस पहुँची तो पहले पेशेंट के लिए व्यवस्था की गई व डॉक्टर्ज द्वारा उसे चैक कर किया गया तो सब आपातकालीन प्रबंधन दुरुस्त पाया गया। ग्रीन सिग्नल मिलने पर ही एंबुलेंस की भिवानी यात्रा आरंभ हुई।

शुभम — नीलिमा दीदी, तुम कैसा महसूस कर रही हो ?

नीलिमा —- शुभम भैया, एक सप्ताह तक तुमने जिस उत्साह से काम किया तो मुझे लगने लगा है कि प्रेम- भाव का जज़्बा इंसान को जोड़ने में बड़ा सहायक है। देव भैया व तुम सभी ने जो प्रेम की वर्षा की है उससे मानवता के बीज सिंचित हुए हैं व जल्द ही अंकुर प्रस्फुटित होने लगेंगे।

शुभम —- नीलिमा दीदी वाह ! क्या ही उच्च कोटि के विचार हैं आपके। मैं इच्छा रखता हूँ कि आपके विचारों का प्रचार- प्रसार हो और इंसानियत का वृक्ष फल- फूलों से भरपूर हो।

नीलिमा —- तुम्हारे पास तो बहुत अवसर आएँगे अध्यापकीय जीवन में, बच्चों में प्रेम- भाव फूंकने का तुम्हारा हर क़दम मानवता के लिए अमृत का काम करेगा।

शुभम —- देव भैया ने प्रेम- प्यार व सहयोग का जो रास्ता हमें सिखाया है वह उनकी हमें एक अनुपम भेंट है। हमें कॉलेज में भित्ति पत्रिका के माध्यम से बहुत प्यार व सम्मान दिया व उच्च कोटि के लेखक होते हुए भी हमसे जुड़े रहे। कभी अपने आप को ऊँचा नहीं समझा।

डॉ. गुप्ता —- शुभम बाबू, देव बाबू इंसान नहीं देवता है।मेरे लिए जो उसने किया व कर रहा है, वह अनुकरणीय है, ऐसे इंसान शिक्षा जगत के लिए वरदान हैं। तुम चारों स्टूडेंट्स ने संस्थान में जो प्यार व परिश्रम का उदाहरण प्रस्तुत किया है, वह अद्वितीय है।

शुभम — सर, आपका मार्गदर्शन हमेशा हमारा संबल रहा। आप व डॉ. आर्य हमारे आदर्श के रूप में रहे।

डॉ. गुप्ता — पानी छिद्र रहित घड़े में ही टिकता है। संस्थान में बहुत छात्र -छात्राओं से हम रूबरू हुए पर तुम्हारे जैसा ग्रुप तालमेल हमें नहीं दिखाई दिया।

शुभम — सर ! देव भैया जहां भी जाते है, प्रेम व सहयोग का वातावरण उत्पन्न कर देते हैं। जींद शहर में भी उनके मित्रों की कमी नहीं है।

डॉ. गुप्ता —- देव बाबू के मित्रों के सहयोग से ही नीलिमा बिटिया को नया जीवन मिला है।

शुभम — और मुझे तथा शिवि को भी। अगर देव भैया का ऐन वक़्त पर सहारा नहीं मिलता तो शायद यह कारवाँ अपनी मंज़िल तक नहीं पहुँच पाता। सर ! आप भी मुझे कुछ गुरू मंत्र देने की कृपा करें।

डॉ. गुप्ता —- शुभम, तुम सभी ने स्टूडेंट्स रहते हुए अपना क़द अध्यापकों से भी ऊपर बढ़ाया है, मुझे तुम चारों पर नाज़ है और शायद इस धरा पर यह पहला उदाहरण होगा जब किसी गुरू ने अपने छात्र छात्राओं से शिष्य-मंत्र लिया हो।

शुभम —- सर, आप हमें ज़्यादा अधिमान दे रहे हैं। हम तो केवल अपने दायित्वों का ही निर्वहन कर रहे हैं।

डॉ. गुप्ता — ज़िम्मेदारी के साथ।यही सबसे बड़ा व महत्वपूर्ण मंत्र है। ड्यूटी निभाने का दम बहुत लोग भरते हैं पर ज़िम्मेदारी से बचते हैं। तुम चारों स्टूडेंट्स ने संस्थान में सभी का दिल जीता।

शुभम — सर, शायद हमने रोहतक शहर पार कर लिया है। अब आगे ज़्यादा ट्रेफ़िक न होने से हम क़रीब एक घंटे तक पहुँच जाएँगे। सर, आपने आर्य सर को मैसेज कर दिया था ?

डॉ. गुप्ता — हाँ शुभम, मैंने शामू को भी सायंकाल तक पहुँच जाने को कह दिया है।

शुभम — सर, एक बात कहना चाहता हूँ पर संकोच लग रहा है।

डॉ. गुप्ता —- मेरे साथ इतने दिनों तक रहने के बाद भी संकोच ? कोई विशेष बात है क्या ?

शुभम — सर, आप शादी में मुझे व शिवि को आशीर्वाद देने आएँगे न?

डॉ. गुप्ता —नीलिमा बिल्कुल ठीक हो जाएगी तो अवश्य आऊँगा। वैसे तुम दोनों युगलों को मैंने व आर्य सर ने पहले से ही आशीर्वाद दिया हुआ है।

शुभम — सर आप दोनों शादी में नहीं रहेंगे तो मुझे अधूरापन लगेगा।

डॉ. गुप्ता — आप सभी की ख़ुशी के लिए हम सब कुछ करेंगे।

शुभम — सर, आप दोनों के साथ रहकर हमें लगने लगा है कि आप हमारे परिवार के ही सदस्य हैं। आपके प्रति हमारे मन में गुरुओं की सी श्रद्धा व परिवार जैसी आत्मीयता कुलाँचे मार रही है।

डॉ. गुप्ता — जिसका मन दर्पण की तरह शुद्ध हो, उसे हर तरफ़ आत्मीयता ही दिखाई पड़ती है। उसे दर्पण में अपना नहीं, मानवीयता का चेहरा नज़र आता है।

शुभम —-सर लगता है कि हम भिवानी शहर की सीमा में प्रवेश कर गए हैं, जल्दी ही घर पहुँच जाएँगे। नीलिमा दीदी, अपने आप को तैयार करो एंबुलेंस से उतरने के लिए।

नीलिमा — एंबुलेंस के रुक जाने पर ही तैयार कर पाऊँगी।

शुभम — सर, घर के बाहर कुछ भीड़ सी दिखाई पड़ रही है। क्या, कौन हो सकते हैं ?

डॉ. गुप्ता — (एंबुलेंस के नज़दीक पहुँच जाने के बाद) ये अपने कॉलेज का स्टाफ़ है, शायद डॉ. आर्य ने इन्हें खबर दे दी है।

शुभम —- यह भीड़ आपके आत्मीयता पूर्ण व्यवहार का प्रतिफल है सर ! आज किसी के पास दूसरे की कुशल- क्षेम पूछने की फ़ुरसत नहीं और आपके आगमन का इतना इंतज़ार ?

डॉ. गुप्ता —- शुभम, अब हमें भीड़ से सावधान रहकर नीलिमा को घर के अंदर लेकर जाना है।

शामू — (एंबुलेंस के पास आकर) बाबू जी, मैं हाज़िर हूँ। मैंने अपने दोनों हाथों को सेनेटाइज्ड कर लिया हुआ है।

डॉ. गुप्ता —बेटी नीलिमा, तुम शुभम व शामू के साथ अंदर चलो, मैं स्टाफ़ से मिलता हूँ।

नीलिमा —- अच्छा पापाजी !

डॉ. आर्य —- गुप्ता सर, आपका स्वागत है। आप्रेशन सफल रहा, इसके लिए सभी की ओर से बधाई !

डॉ. गुप्ता —- आप सभी साथियों के आशीर्वाद एवं दुआओं से ही सफलता प्राप्त हुई है। अभी संक्रमण के भय से आप लोग बिटिया से नहीं मिल पाएँगे, शायद एक सप्ताह और ध्यान रखना होगा। सभी साथियों का प्यार - प्रदर्शन के लिए धन्यवाद।

***

13

नीतिका व नताशा का टूर प्रोग्राम- 3

झील के किनारे पर एक घंटा बिताने के बाद हरजीत सिंह ने दोनों सहेलियों को घर छोड़ दिया था। मम्मी वरिंदर कौर स्कूल से लौट कर लंच तैयार करने में जुटी हुई थी। वरिंदर सिंह भी साइट पर जाते हुए कुछ समय के लिए घर आ गया था व ए.टी.एम. से नताशा के हॉस्टल व कॉलेज की फ़ीस के लिए पैसे निकाल लिए थे।

नीतिका — आंटीजी, आपने कल सायंकाल में लस्सी लेने से मना कर दिया था लेकिन अब लंच में मुझे वही लस्सी पीने को मन करता है।

वरिंदर कौर —- अच्छा पुत्र, कल वाली से भी ज़्यादा स्वादिष्ट मिलेगी। आज मैंने बोतल फ्रिज में नहीं रखी है इसलिए नेचुरल स्वाद रहेगा।

नीतिका — वाह आंटीजी ! फिर तो मैं दो गिलास भरकर पी सकती हूँ। सफ़र में पानी की प्यास भी नहीं लगेगी।

नताशा — मम्मी जी, लंच तैयार हो तो मैं डाइनिंग टेबल पर लगा दूँ ?

वरिंदर कौर —- हाँ पुत्र, सब कुछ तैयार है, सुबह छोले भटूरे से नाश्ता किया था इसलिए अब हल्का लंच बनाया है।

नताशा — मम्मी जी, कोई स्वीट डिस भी बनाई है क्या ? कल डिनर में भी कुछ स्वीट नहीं मिला।

वरिंदर कौर —- मुझे सब ध्यान है, मैंने अब ताजे दूध की ड्राई फ्रूट वाली खीर बनाई है।

नीतिका —- मैं भी सब कुछ सुन पा रही हूँ आंटीजी, खीर का नाम सुनकर मेरे मुँह में गंगा- यमुना बहने लगी है। नताशा, जल्दी करो, भूख भी लग गई है, पेट में चूहे कबड्डी खेल रहे हैं।

(नताशा टेबुल पर लंच लगा देती है व चारों बैठकर श्री गणेश करते हैं।)

वरिंदर कौर — दाल में नमक किसी को कम लगे तो छोटी शीशी में रखा हुआ है, ज़्यादा लगे तो घी कटोरे में रखा है, चम्मच से डाल सकते हैं।

नीतिका — आंटीजी, यह दोनों बातें एक साथ कैसे हो सकती हैं ? कम है तो कम लगेगा, ज़्यादा है तो सब को ज़्यादा ही लगेगा।

वरिंदर कौर — नहीं पुत्र, जो स्वस्थ है उसे कम है तो कम लगेगा, ज़्यादा हो तो ज़्यादा लगेगा पर जिसको ब्लड प्रेशर की समस्या है उसको कम नमक भी ज़्यादा लगेगा। तुम्हारी डॉक्टरी क्या कहती है ?

नीतिका — आंटीजी, आप तो टीचर है, आपको ब्लड प्रेशर का ज्ञान कैसे हुआ ?

वरिंदर कौर —- यह तो आम लक्षण है रोग का, शुगर व बी.पी. तो बच्चा- बच्चा जानता है।आज लगभग हर घर में दोनों रोगों के पेशेंट है।

नीतिका —- आप सही कह रही है इसीलिए मैं लस्सी ज़्य।दा पी रही हूँ।

(नीतिका के इस अनोखे अंदाज़ पर सब लोग हंसते हैं)

नताशा — मम्मी जी, एक सवाल मेरे ज़हन में बहुत दिनों से घूम रहा है ?

वरिंदर कौर —- बताओ पुत्र, संकोच किसलिए ?

नताशा —- दिल्ली में मामीजी पब्लिशिंग हाउस में प्रूफ़ रीडिंग करके बहुत पैसा कमा रही हैं। क्या आप यह काम नहीं कर सकती ?

वरिंदर कौर —- पुत्र हमें हिंदी व अंग्रेज़ी भाषा का इतना स्टैंडर्ड नॉलेज नहीं है, यहाँ पंजाबी भाषा का इस्तेमाल ज़्यादा होता है और अपने यहाँ ऐसे पब्लिशिंग हाउस नहीं दिखाई देते।

नताशा —- ओ. के. मम्मी जी, हमने लंच ले लिया है, अब जाने की तैयारी करेंगे।

वरिंदर कौर — हाँ, पैसे चौकस रख लेना व तुम्हारे पापाजी बस स्टैंड तक छोड़ आएँगे।

नताशा —- हम दोनों ही ऑटो रिक्शा से चले जाएँगे। पापाजी को ड्यूटी पर जाने दो।

वरिंदर कौर —- ठीक है पुत्र, दिल लगाकर पढ़ाई करो, अभी तो जींद शहर ही जाओगी ?

नताशा — हाँ मम्मी जी, कल सायं या परसों सुबह दिल्ली के लिए निकल सकते हैं। आज तो शायद दिन ढलने के आस-पास जींद शहर ही पहुँचेंगे।

वरिंदर कौर — अच्छा पुत्र नीतिका, ख़ुश रहो, फिर कभी दिल करे तो आ जाना, खूब छक कर लस्सी पीना। सर्दी के मौसम में मक्के की रोटी व सरसों का साग खिलाएँगे।

नीतिका — अगर मौक़ा लगा तो ज़रूर आएँगे आंटीजी, अब नमस्ते !

दोनों ऑटो रिक्शा में बैठ कर बस स्टैंड के लिए निकलती हैं। वरिंदर सिंह दोनों को आशीर्वाद देकर अपनी साइट के लिए चले जाते हैं।

सूरज की लालिमा की चमक फीकी पड़ने लगी थी, परछाइयाँ लंबाई को प्राप्त होने लगी थी। पक्षियों का कलरव धीरे-धीरे घोंसलों में सिमट रहा था। गोधूलि की सुगंध जन- गण के नासिका- पुटों को सुवासित कर रही थी। शीतल पवन के मंद झोंके पेड़- पौधों को मानो लोरी गाकर सुलाने का पवित्र

धर्म निभा रहे हों। बच्चे खेलकूद की थकान के बाद घरों की ओर रूख कर रहे थे और माता-पिता उनकी चोंच में दाना (चोग़ा) डालने के लिए भोजन की तैयारी में जुटे थे। तीन बजे बस में सवार हो कर अभी जींद शहर की सीमा को छूने चलीं थीं दोनों। तनेजा बस स्टैंड पर हर आती हुई बस को देखते और बच्चों के न मिलने पर वापस बेंच पर आ बैठते। साँझ अब रात्रि में ढलने लगी थी, बस स्टैंड की दूधिया रोशनी जगमगाने लगीं थीं व भीड़ धीरे-धीरे कम होती जा रही थी। तनेजा का इंतज़ार शीघ्र ही पूरा हुआ जब दोनों स्टैंड पर पहुँची। दोनों को गाड़ी में सवार कर घर पहुँच गए थे तनेजा।

नीतिका — नमस्ते मम्मी जी !

नताशा — नमस्ते आंटीजी !

लता तनेजा —- दोनों की नमस्ते ! सब कुछ ठीक रहा ?

नीतिका — यस मम्मी जी, पापाजी बस स्टैंड पर मिल गए तो बहुत अच्छा रहा।

लता तनेजा — लो, दोनों पानी पी लो, गर्मी शांत रहेगी। मैंने डिनर तैयार कर लिया है, तुम हाथ- मुँह धोकर आ जाओ।

नीतिका — ओ. के. मम्मी जी।

तनेजा — बेटी, मैं तो रेस्टोरेन्ट जा रहा हूँ, ग्राहकों का टाइम है तुम दोनों डिनर करके, मम्मी से बातचीत करके सो जाना। सफ़र काफ़ी लंबा था, थकावट हो गई होगी।

नीतिका — ओ. के. पापाजी, गुड नाइट !

नताशा — गुड नाइट अंकल !

अगले दिन सुबह नाश्ता बगैरह लेकर ऑटो रिक्शा में सवार होकर सबसे पहले 'जयंती देवी' मंदिर जाकर माता भवानी के दर्शन किए व प्रसाद ग्रहण किया।

नीतिका —- इस मंदिर के नाम पर ही जींद शहर का नामकरण हुआ है । मंदिर के पास ही कल-कल करती बहती चितंग नदी स्वच्छ जल शहरवासियों को प्रदान करती है ।

नताशा — वाह ! नदी किनारे मंदिर की शोभा दुगुनी बढ़ जाती है । आओ नीतिका, कुछ देर किनारे की हरी-भरी घास पर बैठें ।

नीतिका — किनारे पर मुझे तो भय लगता है, मंदिर के सामने पार्क में कुछ देर बैठ सकते हैं ।

नताशा — हाँ चलो ।

नीतिका — (कुछ देर बाद) अब हम शहर के मुख्य आकर्षण 'वीटा मिल्क प्लांट' की सैर करेंगे ।

नताशा — पैदल ही चलेंगे ?

नीतिका — नहीं, ऑटो रिक्शा से जाएँगे । लगभग तीन कि. मी. दूर है यहाँ से, हाँसी- हिसार राजमार्ग पर ।

नताशा —- (मिल्क प्लांट पहुँच कर) यह तो काफ़ी विस्तृत भूभाग में फैली है । क्या यहाँ खेती या पशुओं के लिए चारा उगाया जाता है?

नीतिका — यहाँ पूरे ज़िले के गाँव व शहर से दूध लाकर 'वीटा' ब्रांड घी तैयार किया जाता है । घी बिल्कुल शुद्ध, दानेदार व ख़ुशबू से भरपूर होता है।

नताशा — मिल्क प्लांट में और क्या बनता है ?

नीतिका —- लस्सी, पिन्नी-लड्डू, जलजीरा, मिल्क पाउडर, खीर व दही भी बनाई जाती है । आओ प्लांट के गेट पर बने बूथ से खीर का मज़ा लेते हैं ।

नताशा — क्या स्वाद है !

नीतिका — यहाँ बूथ पर ताज़ा माल मिलता है जो स्वादिष्ट लगता है। लस्सी भी पी सकते हैं यहाँ हम।

नताशा —- खीर के बाद लस्सी से सेहत पर बुरा प्रभाव पड़ता है।

नीतिका—-अब हम यहाँ से तीन कि.मी. आगे चलकर वह तालाब देखेंगे जहां महाभारत काल में दुर्योधन आकर छिपा था।

नताशा —- अच्छा ! यह तालाब तो ज़रूर देखेंगे।

(दोनों ऑटो रिक्शा में सवार होकर इक्कस गाँव के उस तालाब पर पहुँचतीं है।)

नीतिका — यही तालाब है, बेशक पानी साफ़ नहीं है लेकिन ऐतिहासिकता पुष्ट है। तालाब के बाईं ओर अध्यापक प्रशिक्षण संस्थान है, चलना चाहती हो ?

नताशा — अब तो छुट्टियाँ होंगी, बिल्डिंग देखने से क्या होगा ?

नीतिका —- अब हम शहर वापस चलेंगे व रास्ते में मिल्क प्लांट से लस्सी के कुछ पैकेट ख़रीद लेंगे जो लंच के लिए ठीक रहेंगे। हम ' भूतेश्वर महादेव ' मंदिर जा रहे हैं जो प्रसिद्ध रानी तालाब के मध्य में स्थित है।

नताशा — जींद शहर क्या मंदिरों व तालाबों का शहर है ?

नीतिका —- जींद शहर। ज़िला कुरुक्षेत्र के पास होने के कारण यहाँ पर भी कौरवों- पांडवों ने विचरण किया था।पाण्डू- पिंडारा तीर्थ पर पाँडवों ने पवित्र स्नान किया था।

नताशा —- (भूतेश्वर महादेव के मंदिर को देख कर) वाह ! अद्वितीय लग रहा है पानी के मध्य, क्या हम मंदिर के अंदर जा सकते हैं ?

नीतिका —-क्यों नहीं ? बहुत मज़बूत मार्ग बना है अंदर जाने के लिए। (दोनों मंदिर में पहुँच कर) कितना शांत व पवित्र है मंदिर, जींद शहर का प्रमुख आकर्षण है यह।

नताशा —- बिल्कुल अमृतसर के भव्य 'स्वर्ण मंदिर' की तरह बना है।

नीतिका — क्या तुमने स्वर्ण मंदिर देखा है ?

नताशा- स्वर्ण मंदिर तो पापा- मम्मी के साथ कई बार गईं हूँ व दरबार साहब में मत्था भी टेका है।

नीतिका — आओ नताशा, हम एक सेल्फ़ी लेते हैं, जीवन के यादगार पल हैं ये।

नताशा — अब घर चलें, थकावट सी महसूस होने लगी है। शायद एक बजने को आया है।

नीतिका — हम अपने रेस्टोरेन्ट पर जाकर ही लंच करेंगे क्योंकि अभी तक मम्मी जी स्कूल से नहीं लौटी होंगी।

(दोनों रेस्टोरेन्ट पहुँचती हैं।)

नीतिका —- पापाजी, हम आ गए। नताशा को पूरा शहर घुमा दिया। अब हम लंच करेंगी।

तनेजा — हाँ बेटी, ऊपर बाईं ओर केबिन है, वहाँ बैठ जाओ, मैं वेटर को भेजता हूँ।

(दोनों फ्रेंड्स प्रेम - पूर्वक लंच कर पापाजी के पास आकर)

नीतिका —- पापाजी, मम्मी जी स्कूल से लौट आईं होंगी। हम घर जा रहे हैं और वहीं से फिर दिल्ली चली जाएँगे।

तनेजा — ठीक है बेटी ! कॉलेज व हॉस्टल का खर्च बगैरह जब तुम कहोगी, ऑनलाइन भेज दूँगा। लक्ष्मी दीदी के लिए तुम्हारी मम्मी ने कुछ मिठाई बगैरह बनाई है, तुम ले जाना। आज ही तुम्हारे मौसाजी तरसेम लाल जी का फ़ोन आया था।

नीतिका —- लक्ष्मी दीदी के यहाँ सब ठीक चल रहा है?

तनेजा — हाँ, कह रहे थे कि तुम मौसी बनने जा रही हो।

नीतिका — (प्रसन्न होकर) आप क्या सचमुच ही सत्य कह रहे हैं ? मैं मौसी बन जाऊँगी, छोटी सी मौसी ! नताशा, कितना अजीब सा लग रहा है मुझे मौसी बनना।

(दोनों प्रणाम कर घर जाने के लिए निकल जाती हैं।)

नीतिका — (घर पहुँच कर) मम्मी जी, पापाजी कह रहे थे कि मैं मौसी बनने जा रही हूँ।क्या इतनी छोटी उम्र में कोई मौसी बन सकती है ? बता रहे थे कि मौसाजी तरसेम लाल का फ़ोन आया था। क्या एक फ़ोन के आने से ही मैं मौसी बन गई ?

लता तनेजा —- नीतिका बेटी, तू भोली है, तुम मौसी तब बनोगी जब लक्ष्मी दीदी को कोई बच्चा जन्म लेगा ?

नीतिका — यहीं सूचना पापाजी को मौसाजी ने दी होगी ? तुम भी तो 'नानी' बन जाओगी मम्मी जी और पापाजी 'नाना'। नाना - नानी और नैतिक भैया क्या बन जाएँगी मम्मी जी ?

लता तनेजा नैतिक बनेगा 'मामा'।

नीतिका —-मम्मी जी, एक बच्चे के जन्म से कितनों को बड़े-बड़े पद मिल गए,अब तक सभी मुझे छुटकी समझ कर इग्नोर मारते थे लेकिन अब मैं मौसी जी बन गई हूँ, सब मान - सम्मान करेंगे।

नताशा —- मौसी जी, अब दिल्ली चलने की तैयारी करो ?

नीतिका —- नताशा ! मैं तुम्हारी मोसी नहीं बन सकती, तुम तो मेरी फ़्रेंड हो।

नताशा — ठीक है फ़्रेंड ही सही, अपनी तैयारी तो शुरू करो। अंकल कह रहे थे कि लक्ष्मी दीदी के लिए कुछ मिष्ठान बनाया है?

लता तनेजा — हाँ नताशा बेटी, यह मैंने पैक कर दिया है, नीतिका अपने बैग बगैरह में रख लेगी। तुमने भूतेश्वर महादेव मंदिर देखा ? वहाँ बोटिंग का आनंद लिया था ?

नीतिका —- हाँ मम्मी जी, हमने मंदिर अंदर जाकर देखा पर बोटिंग नहीं की क्योंकि गर्मी बहुत ज़्यादा थी और पानी में और भी ज़्यादा गर्मी लगती इसलिए मैंने ठीक ही नहीं समझा।

लता तनेजा —- तुम दोनों ने लंच तो ले लिया होगा ?

नीतिका — हाँ मम्मी जी, लंच लेकर रेस्टोरेन्ट से ही आ रहे हैं हम। अब हम दोनों जाना चाहते हैं मम्मी जी।

नताशा —- हाँ आंटीजी, मुझे तो यमुना पार जाना है, मम्मी ने मामा जी के लिए नींबू का अचार बना कर दिया है।

लता तनेजा —- अच्छा ठीक है, दोनों संभल कर जाना, लक्ष्मी को कहना कि कुछ दिन यहाँ आ जाए ?

नीतिका — ओ. के. मम्मी जी ! अब हम जा रही है।

नताशा — नमस्ते आंटीजी !

लता तनेजा — ख़ुश रहो बेटी !

(दोनों बस स्टैंड के लिए निकल जाती हैं।)

***

14

शेखर - शालू प्रकरण

घर पहुँचे तो शिवि गहरी नींद में सोईं हुईं थीं। दोनों पति - पत्नी बिना किसी शोर- शराबे के विश्राम के लिए चले गए थे लेकिन शालू की आँखों में नींद कहाँ ? शेखर बाबू को जो जीवन व्यथा सुनानी शुरू की थी वहीं दृश्य उसकी आँखों के सामने घूम रहे थे। पिताजी एक जाँबाज़ पुलिस ऑफ़िसर, जिनके नाम व बहादुरी की तूती पूरे राज्य में बोलती थीं, एक पल में माफिया की भेंट चढ़ गए थे, हालाँकि मरकर भी वे अमरता को प्राप्त हो गए। राज्य सरकार ने बड़े सम्मान के साथ उन्हें विदाई दी। शालू सब सोच रही थी कि शिवि के रूम से कुछ अस्पष्ट सी आवाज़ सुनाई देने लगी। उसने उधर कान लगाए तो कुछ समझ आया।

शिवि — (स्वयं सपने में बोलते हुए) शुभम ! क्या तुम मुझे भूल गए हो, भिवानी से आए एक सप्ताह बीत गया और इस एक सप्ताह के सात दिन मुझे सात जन्मों से लगे। अब मुझे कितने जन्मों तक इंतज़ार करना होगा ? तुम अब नीलिमा दीदी के इलाज के लिए दिल्ली सर के साथ हो, क्या मुझे भी याद करते हो ? मुझे इन सात दिनों में एक बार भी हिचकी नहीं आईं।

शुभम — (कल्पना लोक से) क्या बताऊँ शिवि, तुम्हारे बिना मैं अपने को ही खोया हुआ सा महसूस करता हूँ। देव भैया ने मेरी ड्यूटी लगाई थी कि मैं पूरी निष्ठा एवं तन्मयता के साथ गुप्ता सर व नीलिमा दीदी की सेवा करूँ, सो कर रहा हूँ। जब कभी तुम्हारी याद सताने लगती है तो चुपके- चुपके आँसू बहा लेता हूँ। मैंने जो शेर तुम्हें भेजे हैं, वे मेरी याद के सबूत हैं।

शिवि — तुम्हारे वे शेर नहीं पढ़ने मुझे, मुझे तो तुम ही चाहिए। अब और ज़्यादा इंतज़ार नहीं सहा जाता।

शुभम —- हाँ शिवि, इंतज़ार करते- करते मैं भी बेज़ार हो गया हूँ। दिन तो निकल जाता है पर रात्रि में बड़ा बेचैन रहता हूँ। शायद अब कुछ दिनों की बात रह गई है, मैं जल्दी ही बारात लेकर तुम्हें दुल्हन बना कर ले जाऊँगा।

शिवि की बात सुनते - सुनते शालू नींद में खो गईं थीं। सुबह वही दिन प्रतिदिन का रूटीन-शेखर बाबू का ऑफिस जाना, अपना घर व रसोई काम करना। थोड़ा बदलाव आया तो केवल शिवि के कंप्यूटर सीखने को लेकर। वह सुबह दस बजे व सायं पाँच बजे दो बार दिन में साइबर कैफ़े जातीं और अपनी नई - नई सहेलियों से गुफ़्तगू करती जिससे उसका समय ठीक तरह बीत जाता। आज सायंकाल में उसके आश्चर्य का ठिकाना नहीं रहा जब उसने देविना दीदी को कैफ़े आते देखा।

शिवि — देविना दीदी, तुम ! यहाँ कैसे ?

देविना —- आज से कंप्यूटर चलाना सीखने की इच्छा हुई तो आ गईं कैफ़े, और तुम यहाँ क्या कर रही हो ?

शिवि —- मैंने अभी कुछ दिन पहले ही शुरू किया है, सायं पाँच बजे व सुबह दस बजे।

देविना —- क्या एक घंटे में नहीं सीख पातीं ?

शिवि —- बस समय बिताने व ग़म भुलाने का मार्ग तलाश किया है। तुम्हारे देव बाबू, कहीं कुछ याद करते हैं या दोनों फ्रेंड एक ही थैली के चट्टे -बट्टे हैं ?

देविना —- क्या बताऊँ शिवि, ये लड़के भी ना शुरू- शुरू में तो मर-मिटने को तैयार रहते हैं, फ़िल्में दिखाने, सैर- सपाटा करवाने और मुँह चूमने को हर पल बेचैन रहते हैं और बाद में हमें तड़पने को छोड़ देते हैं।

शिवि —-शुभम का भी यही हाल है, दिल्ली जाकर बैठ गया, आज दोपहर में पहुँचा है भिवानी। दीदी, अंकल जी का देव भैया के बारे में नज़रिया कुछ बदला या नहीं ?

देविना —- ढुलमुल सा रवैया चल रहा है पापाजी का। मुझे देख कर तो यस बोलने व दुनिया को देख कर ना बोलने को विवश हो जाते है। अक्सर कह देते हैं - बेटी, समाज में टीचर का मान- सम्मान नहीं है।

शिवि — दीदी, यह सब तुच्छ लोगों के विचार है, जो परिश्रम व ईमानदारी से अपनी ड्यूटी करता है, उसका हर कोई सम्मान करता है।

देविना — बहुत दिनों में पहचान मिलती है, सालों बीत जाते हैं।

शिवि — सहज पके सो मीठा होय दीदी, तुम अपने फ़ैसले से विचलित न होना।

देविना —- चलो अब, कंप्यूटर की मेरी सीट ख़ाली हो गई।

शिवि —- दीदी तुम अपना टाइम पाँच बजे ही कर लो, लैटते समय सात बजे तो अंधेरा होने लगता है।

देविना — फिर क्या है, अपना ही तो शहर है, भिवानी थोड़े ही है ? इस समय पापा- मम्मी भी घूमने आते हैं इधर।

शिवि —— हां, मेरे पापाजी भी ऑफिस से घर छः बजे के बाद ही पहुँचते हैं, अब तुम सीखो कंप्यूटर और मैं घर जातीं हूँ, कल मिलेंगे।

देविना —- ओ. के. बाय शिवि रानी !

शिवि घर पहुँची तो मौसी जी के उदास मुख को देख कर बोली - मौसीजी, क्या पापाजी ऑफिस से नहीं आए अब तक ?

शालू —- उनकी तरफ़ से एक घंटे पहले फ़ोन आया था कि ज़्यादा काम की वजह से थोड़ा लेट आऊँगा। अब यह लेट - लतीफी कितनी होगी ? कौन जाने ? तुम भी देर से आई शिवि बेटी ?

शिवि — हाँ मौसीजी, देविना दीदी मिल गई थी, उसने भी आज से कंप्यूटर सीखना शुरू कर दिया है छः बजे से लेकर सात बजे तक। उससे बातें करते हुए देर हो गई।

शालू — डिनर तैयार है बेटी ! अगर इच्छा हो तो टेबुल पर लगा दूँ ?

शिवि — पापाजी के आने के बाद सब इकट्ठे ही लेंगे।

शालू — पापाजी के टाइम का कोई भरोसा नहीं है।

शेखर — (घर के अंदर प्रवेश करते हुए) भरोसा क्यों नहीं, दुनिया हम पर भरोसा करती है, तुम्हें क्यों अविश्वास हुआ शालू डियर ?

शालू —- आप पर तो भरोसा है, तभी तो रिश्ता- नाता सब जोड़ा है आपसे। मैं तो शिवि को बता रही थी कि तुम डिनर कर लो, पापाजी का क्या भरोसा किस टाइम आएं।

शेखर — देखो शालू, हम टाइम पर आ गए और तुम्हारा भरोसा रखा। आओ अब सब मिलकर डिनर करेंगे। शिवि बेटी, कहाँ हो तुम ?

शिवि — हाँ पापाजी, दो बार कंप्यूटर सीखने जाने से दोगुनी भूख लग रही है।

शेखर —- पर पहली बार के बाद तो लंच ले लिया होगा ?

शिवि — हाँ पापाजी, पर दूसरी बार की तो भूख बाक़ी है ना ?

(शेखर व शालू दोनों शिवि की मासूमियत पर मुस्कुराते है।)

शेखर बाबू — अच्छा तो ठीक है, डिनर लाओ शालू जी, मेरी प्यारी शिवि बेटी के लिए।

शालू — मैंने सब टेबुल पर लगा दिया है, मैं भी आ रहीं हूँ, सब मिलकर डिनर करेंगे आज।

शिवि — (डिनर शुरू करते हुए) पापाजी, शुभम दिल्ली से भिवानी आ गया है। कल फ़रीदाबाद घर पहुँच जाएगा। आप समय निकाल कर उसके पापाजी से बात कर लेना।

शेखर बाबू — हाँ, अगर मौक़ा लगा तो ऑफिस में नहीं तो सायं को घर आने पर मुझे याद दिला देना।

शिवि — हाँ, मैं आपको याद दिला दूँगी।

शेखर बाबू — (डिनर ख़त्म कर) अब तुम आराम करो, हम घूमने निकलते हैं। तुम्हें नींद आ जाए तो सो जाना, हम बाहर से लॉक लगाकर चले जाएँगे।

शिवि — ओ. के. पापाजी !

दोनों पार्क की ओर निकलते हैं व आज चॉकलेट वाली आइसक्रीम लेकर उसी कोने में बैठकर मज़े से खाते हैं।

शेखर बाबू — पापाजी की मौत के बाद तुम्हारा कोई रिश्तेदार तुम्हें सँभालने नहीं आया ?

शालू —कौन अपने सिर पर बोझ डालता ? न मेरी नौकरी रही, न बैंक बैलेंस ? सबने मुँह फेर लिया पर सरकार ने पूरी मदद की।

शेखर बाबू — ऐसी क्या मदद की ? सरकार तो नियम - क़ानून के तहत ही मदद देती है।

शालू — बिल्कुल, तुम्हारे कॉलेज छोड़ने के बाद मुझे बड़ा कष्ट हुआ।मेरे कारण तुम्हें कॉलेज छोड़ना पड़ा, मुझे पश्चाताप भी हुआ पर तुमने जे. ई. का डिप्लोमा कोर्स में दाख़िला ले लिया, यह जानकर कुछ संतोष हुआ। तुमने डिप्लोमा कोर्स किया था और मैंने ग्रेजुएशन। तुम्हारे डॉ. दादा मेरे पिताजी के पास एक दिन मेरा हाथ माँगने आए थे पर पिताजी ने यह कहकर अभी शादी

करने से इंकार कर दिया था कि पोस्ट ग्रेजुएशन के बाद ही कुछ विचार करेंगे। ज़ब मैंने एम.ए. फिलॉसिफी में दाख़िला लिया तब तुम्हारे डॉ. दादा ने तुम्हारा रिश्ता हमारी ही एक रिश्तेदारी में निश्चित कर दिया। मैंने एम.ए. प्रथम वर्ष पार किया और तुमने अपना विवाह संपन्न किया। मैं पापाजी के साथ तुम्हारी शादी में शामिल हुई थी लेकिन तुमसे नहीं मिली।

शेखर —- शालू, तुम्हें इतने दिनों की एक- एक बात याद है।

शालू —- हाँ, उस समय डॉ. दादा ने मुझसे हँसी- मज़ाक़ करते हुए कहा था कि अगले साल तुम्हारी शादी के लड्डू खाएँगे। एम.ए. करने के बाद पिताजी ने मुझे एक प्राइवेट कॉलेज में लेक्चरर की नियुक्ति दिलवा दी।

शेखर —- मेरी बात, जो मैं बार - बार तुम्हारी प्रशंसा करता था और एक दिन तुम्हारे मुँह से निकल भी गया था, सत्य सिद्ध हो रही है।

शालू — हां, तुमने मेरी क़ाबिलियत को तो पहचान लिया था लेकिन मुझे नहीं।

शेखर बाबू— तुम्हें कैसे पहचानता ? तुम्हारा चेहरा पूरा बदल जो गया था और तुमने भी कभी इस बात का खुलासा नहीं किया। इतने दिनों के बाद तुम मुझसे इस रूप में मिलोगी, कल्पना से भी परे है।

शालू — असल में राजू हमारे बीच दीवार की तरह काम करता रहा। उसके रहते घर से अमन- चैन ख़त्म हो गया था व शिवि को भी बहुत कष्ट सहन करने पड़े।

शेखर बाबू —- उसके जाने के बाद ही घर में सुख शांति लौटी है। शालू! आगे फिर क्या हुआ ?

शालू — मैं पढ़ाई में काफ़ी होशियार थी। एम.ए. मैंने प्रथम श्रेणी में रहकर उत्तीर्ण किया था और अब सर्विस में रहते हुए मैं एम.फ़िल. व पी.एच. डी. करना चाहती थीं।

शेखर बाबू —दरअसल उसी कॉलेज में तुम्हारे नाम वाले एक प्रोफ़ेसर थे, जिनसे मेरा कुछ - कुछ शुरू होने लगा था।

शेखर बाबू — वाह ! फिर शादी की बात कौन करेगा ? प्यार का तूफ़ान तो इंसान की गति भ्रमित कर देता है।

शालू — एक दिन स्टाफ़ रूम में बैठे हुए थे कि पी. एच. डी. पर चर्चा हो रही थी तो वहाँ उपस्थित डॉ. शेखर गुप्ता ने बताया कि जो एम. ए. प्रथम श्रेणी से उत्तीर्ण है, उसे एम.फ़िल. पास करना ज़रूरी नहीं है, सीधे ही पी.एच.डी. कर सकता है। उस दिन से मैं डॉ. गुप्ता व पी.एच.डी. दोनों की फ़ैन हो गई।

शेखर बाबू — अब घर की फ़ैन हो जाओ, ग्यारह बज रहे हैं और पार्क का गेट बंद होने को है। अब कल ही सुनेंगे तुम्हारे प्यार के चर्चे व क़िस्से।

शालू — वाक़ई समय का पता ही नहीं चला ?

दोनों घर के लिए निकलते हैं।

***

15

नीतिका व नताशा का दिल्ली पहुँचना

नीतिका व नताशा दोनों दोपहर लंच के बाद दिल्ली के लिए निकल गईं थीं और नीतिका ने रोहिणी अपनी बहन लक्ष्मी के पास जाने के लिए पीरा गढ़ी पहुँच कर मधुबन चौक पर ड्रॉप लिया जबकि नताशा को आगे अंतर्राज्यीय बस टर्मिनस पर उतर कर ऑटो रिक्शा से यमुना पार दिलशाद गार्डन पहुँचना था। दोनों ने पहले ही प्लान कर लिया था कि नाइट स्टे वहीं होगा व सुबह नाश्ता बगैरह लेकर ही अपने कॉलेज पहुँचेंगे। नताशा सायं आठ बजे के क़रीब यहाँ मामा जी के घर पहुँची, दोनों मामा- मामीजी हैरान ! न कोई सूचना, न कोई संदेश, कुछ दाल में काला तो नहीं ?

मामी सुनीता — बेटी नताशा, कॉलेज से आ रही हो, सब ठीक तो है ना ?

नताशा —- नहीं मामीजी, मैं चंडीगढ़ अपने घर से आ रही हूँ। दो दिन पहले अपनी फ़्रेंड के साथ वहाँ गई थी, उसके बाद अगले दिन फ़्रेंड के साथ उसके घर जींद शहर चलीं गई थी। अब दोनों वहीं से आ रही है।

मामीजी — चंडीगढ़ में बहनजी व जीजाजी कुशल मंगल से हैं ? बहन जी तो अभी टीचिंग ही कर रहीं होंगी ?

नताशा —- हाँ मामी जी, दोनों मम्मी पापा ठीक हैं, मम्मी अभी भी स्कूल जाती हैं। मामीजी, मम्मी जी ने आपके लिए नींबू का अचार बनाकर भेजा है। कह रही थी कि तेरे मामा जी मेरे हाथ से डाला हुआ अचार उँगलियाँ चाट कर खाते हैं।

सुशील मामा — खुश रहो बेटी, जो इतना कष्ट किया। वरिंदर मेरा बहुत ध्यान रखती है।

नताशा — मामीजी, आपके लिए यह 'पंजाबी सूट' मम्मी ने भिजवाया है। सूती कपड़े से बना है इसलिए गर्मी- सर्दी दोनों ही मौसमों में पहना जा सकता है।

सुनीता —- (सूट देखकर) बड़ी सुंदर प्रिंट है व डिज़ाइन भी माडर्न है। नताशा बेटी, बहुत लंबा सफ़र तय किया है, चाय बगैरह लोगी या डिनर ही कर लें सब ?

नताशा — हाँ मामीजी, चाय तो मुझे एसीडिटी पैदा करती है, डिनर ही कर लूँगी। सुबह नाश्ता लेकर कॉलेज के लिए निकलना है। नीतिका भी अपनी बहन के पास रोहिणी आई हुई हैं, वह भी कल सुबह ही कॉलेज पहुँच जाएगी।

सुशील मामा जी —नीतिका तो तुम्हारी वहीं फ्रेंड है ना जो 26 जनवरी को परेड के बाद मिलीं थीं।उसकी जीजी व जीजा तरुण गुप्ता भी साथ थे।

नताशा —- यस मामा जी, आपसे फिर कभी मुलाक़ात हुई डॉ. तरुण गुप्ता से ?

सुशील —- अब तो काफ़ी दिनों से नहीं मिले हैं, फ़ासला ज़्यादा है, वे एक कोने पर व हम दिल्ली के दूसरे कोने पर रहते हैं।

नताशा— नीतिका कह रही थी कि उसकी दीदी की ननद (तान्या) की शादी नज़दीक आ रही है, इस बार तो आपको जरूर निमंत्रण देंगे।

सुशील — तुम भी शादी में जाओगी बेटी ?

नताशा —- अवश्य, नीतिका के साथ ही आऊँगी। मामा जी, नीरू व हीरू की पढ़ाई कैसी चल रही है ?

सुशील मामा जी—- नीरू भी कह रही थी एग्ज़ाम के बाद आने के लिए, पर शायद कहीं टूर पर निकल गईं होगी ? एग्ज़ाम तो सबके एक साथ ही होते होंगे ?

नताशा —- हाँ मामा जी, लगभग अप्रैल- मई में ही होते हैं पर एक साथ नहीं। यूनिवर्सिटी के स्तर पर आयोजित किए जाते है।

सुशील मामा जी —- हो सकता है उसके एग्ज़ाम आख़िरी चरण में हों? जब आएगी तब मैं तुम्हें फ़ोन से सूचित कर दूंगा। हीरू मुम्बई में ही है, उसका भी सब कुछ ठीक चल रहा है।

नताशा — (डिनर समाप्त कर) मामीजी मुझे थकान सी लग रही है, मैं सोना चाहती हूँ।

सुनीता मामीजी —- हाँ बेटी, नीरू के रूम में जाकर आराम करो, हम थोड़ा टहल कर आएँगे। तुम्हारे मामा जी का सारा दिन बैठक का ही काम होता है।

(नताशा सोने के लिए व सुशील - सुनीता बाहर टहलने के लिए निकल जाते है।)

नीतिका मधुबन चौक से ऑटो रिक्शा लेकर बहन लक्ष्मी के घर पहुँच गईं थीं। घर में घुसते ही मौसी तृप्ता से सामना हुआ तो बोलीं —

नीतिका —- मौसी जी, मैं मौसी बनने वाली हूँ, अब आप मौसी नहीं रहीं।

तृप्ता —- क्या कह रही हो नीतिका बेटी, तुम अभी आ रही हो ? तुम्हें किसने कहा कि मैं मौसी नहीं रही ?

नीतिका — मौसा जी तरसेम लाल ने पापाजी को फ़ोन किया था तो पापाजी मुझे कह रहे थे कि तुम मौसी बनने वाली हो।अगर मैं मौसी बन गई तो

आप मौसी कैसे रह सकती हैं ? एक म्यान में दो तलवारें कैसे रह सकती हैं ? इसलिए आज से घर की मौसी मैं हूँ। सब मुझे मौसी कहकर पुकारें।

लक्ष्मी —— (नीतिका के पास आकर) नीतिका, इस घर में मम्मी जी ही तुम्हारी मौसी जी हैं। तुम तो यहाँ केवल मेहमान हो ?

नीतिका —- और तुम भी मेहमान हो क्या मेरे साथ ?

लक्ष्मी —- मेरा तो यह घर है, मेरी यहाँ शादी हुई है।

नीतिका — अच्छा तो एक बहन के घर में दूसरी बहन मेहमान है ।तुम जींद आओगी तो क्या वह भी तुम्हारा घर है ?

लक्ष्मी — बिल्कुल, शादी के बाद औरत के दो घर हो जाते हैं, मायका व ससुराल ।

नीतिका —- तो ठीक है जीजाजी को आने दो, मैं उनसे शादी कर लूंगी और मेरे भी दो घर हो जाएँगे। मैं फिर किसी की मेहमान नहीं रहूँगी।

लक्ष्मी — ओ मेरी बहना ! तुम्हारे जीजा जी से तो मेरी शादी हो चुकी है। एक आदमी व औरत एक ही शादी कर सकता है ।तुमने शादी करनी है तो मेरी तरह अपना कोर्स पूरा कर लो।

नीतिका —- कोर्स करने में तो अभी पाँच साल और लगेंगे, तब तक क्या मैं मेहमान ही रहूँगी ? क्या मौसी बनने से ही मेहमान बनी हूँ ?

लक्ष्मी —- नहीं नीतिका, मेहमान आने से मौसी बनोगी। आठ महीने बाद हमारे घर एक नया मेहमान आएगा, बड़ा होकर वह तुम्हे मौसी- मौसी बुलाएगा। तुम उससे बात करोगी ना ?

नीतिका — मुझे तो जो भी प्यार से मौसी कहेगा, मैं उससे खूब प्यार से बात करूँगी।

लक्ष्मी — तो ठीक है, तुम्हें आठ मास इंतज़ार करना होगा।

तरसेम लाल —- (घर में प्रवेश करते हुए) कोई इंतज़ार नहीं, मैं आ गया हूँ। (सभी खूब ज़ोर से खिलखिला कर हंसते हैं।) क्या मैंने कुछ सही नहीं कहा जो इतना ज़ोरदार हँसना पड़ रहा है ?

नीतिका — मौसा जी, इस घर में आप पर व मुझ पर सभी हंसते हैं, क्या आप भी इस घर में मेहमान हैं ?

तरसेम लाल —- तुम्हें कौन मेहमान कहता है बेटी ? यह तो तुम्हारा ही घर है, तभी तो तुम यहाँ आती हो ?

नीतिका —- दीदी लक्ष्मी कहती है कि यह घर मेरा है और तुम यहाँ केवल मेहमान हो ?

तरसेम लाल —- हम तुम्हारी दीदी के दोनों कान जड़ से उखाड़ देंगे, फिर तो ख़ुश रहोगी ना ?

नीतिका — मौसा जी, जड़ से नहीं, ऊपर से ही काटना ताकि दीदी को मेरी बात भी सुनती रहे व कान में बाली (एक प्रकार का आभूषण) या कुंडल भी पहन सके।

तरसेम लाल —- तो कल मैं बाज़ार से कान काटने वाला औज़ार ले आऊँगा, उससे तुम्हारी दीदी के दोनों कान आधे- आधे काट देंगे।

नीतिका — कल सुबह तो मैं कॉलेज चली जाऊँगी, पीछे से काट देना। दीदी रोएगी तो मुझे दर्द भी नहीं होगा ? तान्या दीदी, तुम कब तक अंदर छिपी रहोगी, 'रोका' पर नहीं बुलाया, पहले जीजी व जीजाजी ने हनीमून का भी नहीं बताया था। अब बाहर आकर क्षमायाचना कर लो, नहीं तो मैं बहुत थकी हुई हूँ, डिनर करके सो जाऊँगी। (बाहर से आ रहे तरुण व तान्या को देखकर) अरे ! आप लोग इतना सामान लेकर बाज़ार से आ रहे हो क्या ?

तरुण — हाँ नीतिका, तुम कब आई हो यहाँ ?

नीतिका — पहले दोनों को नमस्ते ! मैं थोड़ी देर पहले ही तशरीफ़ लाई हूँ। आप लोग क्या शादी की तैयारियों में ख़रीददारी करने लगे हैं ?

तान्या — हां नीतिका, हम तुम्हारे लिए ईस्ट पंजाबी बाग़ से 'ढोकला' लेकर आएं है, तुम्हें बहुत पसंद है ना ? गणतंत्र दिवस पर भी तुमने बड़े चाव से खाया था।

नीतिका —- और दीदी के लिए क्या लाए हो ?

तरुण —- दीदी की कोई शादी थोड़े ही है ? इसलिए कुछ भी नहीं लाए।

नीतिका —- कुछ नहीं क्यों ? मैं लाई हूँ, मम्मी जी ने लक्ष्मी दीदी के लिए स्पेशल ड्राई फ्रूट मिलाकर लड्डू बनाकर दिए हैं। लो दीदी, मैं ढोकला खाती हूँ, तुम लड्डू खाओ।

लक्ष्मी — मैं लड्डू नहीं खाऊँगी, मैं तुमसे बहुत नाराज़ हूँ। तुमने मौसी जी से भी अच्छा व्यवहार नहीं किया।

नीतिका —- अच्छा मैं तुम्हें एक बात बोलूँगी तो तुम लड्डू खा लेना।

लक्ष्मी — क्या ?

नीतिका —- बुरा न मानो होली है ! बुरा न मानो होली है ! !

लक्ष्मी नीतिका को प्यार से गले लगा कर उसका मस्तक चूमती है व मौसी तृप्ता प्यार से आशीर्वाद देती है।

तरुण जीजाजी — ढोकले में डाला रे रंग गुलाल ! जिसने खाया हुआ मुँह लाल !! होली है ! बुरा न मानो होली है !!

***

16

विधानसभा चुनाव के लिए मतदान, मतगणना

आज वह समय आ गया था जब भाग्य के निर्णय के लिए मतदान हो रहा था। क्या बूढ़े, क्या महिलाएँ सब जोश व उत्साह से लबरेज़ मतदान कर रहे थे। महिलाएँ समूह में एकत्रित हो कर गीत गाती हुई मतदान केंद्रों तक पहुँच रहीं थीं जहां लाइन में खड़ी हो कर अपनी बारी की प्रतीक्षा करना पड़ रहा था। सुबह सात बजे मतदान शुरू होने पर रफ़्तार कुछ धीमी गति से रहीं, क़रीब दस बजे केंद्रों पर लंबी लाइनें लग गईं थीं। महिलाओं व पुरुषों की अलग-अलग पंक्तियाँ बनी हुई थी व दोनों ओर से एक - एक मतदाता को मतदान के लिए पोलिंग बूथ पर भेजा जा रहा था। हर उम्मीदवार ने अपना एजेंट मतदान केंद्र में नियुक्त किया था जो प्रत्येक मतदाता की पहचान पुख़्ता होने पर ही मतदान करने देते। मतदान केंद्र से लगभग दो सौ मीटर दूर हर उम्मीदवार ने अपना टेंट स्थापित किया हुआ था जहां मतदाताओं की सहायता के लिए कार्यकर्ता विद्यमान थे। जिन लोगों के पास अपनीं पर्ची, जो चुनाव आयोग द्वारा आबंटित की गई थी, नहीं थीं। उन्हें वे कार्यकर्ता मतदाता सूची से देख कर वोट संख्या, नाम, वार्ड व मकान न. कीं पर्ची बना देते ताकि मतदाता को परेशानी न हो।

बाबू राम कृष्ण जी के टेंट पर सबसे ज़्यादा भीड़ जमा थी व लोगों में उत्साह था।कार्यकर्ता बता रहे थे कि पाँचवें क्रमांक पर 'भाई-बहन' का चुनाव चिह्न है, उसे दबाना है जब बीप की आवाज़ सुनाई पड़े तो समझो मतदान हो चुका। पुलिस व होमगार्डस शांति बनाए रखने व किसी भी उत्पात को रोकने के लिए मुस्तैद थे। होमगार्ड जवान प्रत्येक पंक्ति से एक - एक मतदाता को अंदर जाने देता। मतदाता अपनी पर्ची दिखाकर व उँगली पर स्याही लगवाता

व एकांत में रखी वोटिंग मशीन द्वारा वोट करता।दोपहर एक बजे तक लगभग पैंतीस प्रतिशत मतदाताओं ने अपने अधिकार का इस्तेमाल किया। सभी उम्मीदवार अपने कार्यकर्ताओं के साथ हर बूथ पर मतदान की स्थिति का जायज़ा ले रहे थे।

बूथ संख्या 47. पर जब कुछ ऊंची आवाज़ें सुनाई देने लगी तो सुरक्षा कर्मियों ने उस मतदाता को शांति से अपनी बात रखने को कहा तो वह बोला — सर, मैं अभी कुछ देर पहले ही मतदान केंद्र पर आया हूँ और मुझे पोलिंग ऑफ़िसर ने बताया कि आपका वोट पोल हो चुका है। मुझे अपना वोट डालना ही है। मैं अपने पसंदीदा उम्मीदवार को वोट डालने का लोकतांत्रिक अधिकार प्राप्त हूँ

मतदान ऑफ़िसर — आपके नाम का ही दूसरा व्यक्ति वोट डाल गया, अब आपको 'टैंडर वोट' की सुविधा संविधान ने दी है, आप उसका इस्तेमाल करें।

मतदाता — सर., मतदान ठीक ढंग से नहीं हो रहा, जब नाम, पिता का नाम, वोट न. सब मतदाता सूची में हैं तब कैसे कोई दूसरे का वोट डाल सकता है ? मैं समझता हूँ कि आपके बूथ पर पोलिंग क़ानून व नियम के अनुसार नहीं हो रही।

ऑफ़िसर — जो व्यक्ति वोट डाल कर चला गया, उसकी खोज तो कठिन है,आप 'टेंडर वोट' ही डालें। आपकी मेहरबानी होगी।

व्यक्ति —- आपके विनम्र स्वभाव व प्रेम पूर्ण व्यवहार से मैं प्रभावित हूँ, लाइए, मुझे टेंडर वोट ही करवाइए।

ऑफ़िसर —- लीजिए, इस मतपत्र पर अपने पसंदीदा उम्मीदवार के चुनाव - चिह्न पर मोहर लगाइए व लिफ़ाफ़े में बंद करके मुझे दीजिए। (मतपत्र, लिफ़ाफ़ा, मोहर- पेड तथा गोंद देते हैं)

व्यक्ति — बहुत धन्यवाद ! (बंद लिफ़ाफ़ा सौंप कर जाते हुए)

व्यक्ति के जाने के बाद Presiding Officer ने पोलिंग पार्टी को सावधानी पूर्वक मतदान करवाने की चेतावनी भरी नसीहत जारी की।

सायंकाल में पाँच बजने को आए थे व लगभग 57% मतदान हो चुका था जबकि अभी एक घंटा और समय शेष बचा था। उम्मीदवारों के कार्यकर्ता घर- घर जाकर पूछ रहे थे और जिसने वोट नहीं किया, उसे बूथ तक पहुँचा रहे थे। बाबू राम कृष्ण जी के वर्कर पूरे उत्साह में थे व जीत के प्रति आश्वस्त थे। अब छ: बजे मतदान का समय ख़त्म हो गया था, इक्का- दुक्का केंद्रों पर कुछ लोग ऑफ़िसर द्वारा हस्ताक्षरित पर्ची लिए मतदान के लिए लाइन में लगे थे। कुल मिलाकर मतदान शांतिपूर्वक एवं विधि- विधान से संपन्न हो गया।

अब पोलिंग बूथों के सामने गाड़ियों की क़तार लगने लगीं थीं जिन पर वोटिंग मशीन व कर्मचारियों को ले जाने का दायित्व था। लगभग रात्रि दस बजे तक सभी मतदान केन्द्रों का सामान व पोलिंग रिपोर्ट मुख्यालय पर पहुंच गए थे। कुल 64% मतदान पूरा राज्य में रिकॉर्ड किया गया जबकि जींद विधानसभा क्षेत्र का प्रतिशत 66% रहा। दो दिन बाद वोटों की गिनती का काम शुरू होना था, इतने तक वोटिंग मशीनों की रखवाली के लिए सशस्त्र बलों को तैनात किया गया था। हर उम्मीदवार ने गणना पर निगरानी रखने के लिए अपने- अपने कार्यकर्ता नियुक्त किए थे।

दो दिन के इंतज़ार के बाद आज प्रात: कड़ी सुरक्षा व्यवस्था के बीच मतगणना शुरू हुई। सुबह आठ बजे ही गणना अधिकारियों व कर्मचारियों ने अपनी पॉज़िशन संभाल ली थी। गणना स्थल पर बाहर दूर- दूर तक लोगों की भीड़ जमा थी। शुरुआती रुझानों में बाबू राम कृष्ण जी अपने प्रतिद्वंद्वियों से काफ़ी आगे निकल गए थे और ज्यों ज्यों गणना पूर्णता की ओर बढती गई, यह अंतर बढ़ता ही जा रहा था। आख़िर वही हुआ जिसकी सभी को उम्मीद व

विश्वास था, बाबू राम कृष्ण जी ने अपने सभी मुक़ाबले में डटे साथियों की ज़मानत ज़ब्त करवा दी थी। कुल एक लाख चालीस हज़ार मतों में नब्बे हज़ार मत पड़े जिनमें सत्तर हज़ार वोट बाबू जी अकेले ही मार गए। शेष निर्दलीयों सहित सात उम्मीदवारों को औसतन चार हज़ार वोट प्राप्त हुए जो कुल पोल हुए मतों का दस प्रतिशत भी नहीं था। बाबू राम कृष्ण जी को विजयी घोषित कर दिया गया था, किसी भी उम्मीदवार ने बाबू राम कृष्ण की विजय पर सवाल नहीं उठाया। बाबू राम कृष्ण जी के समर्थकों व प्रशंसकों में उत्साह व जोश भर गया था और वे बार-बार 'बाबू राम कृष्ण की - जय !' बाबू राम कृष्ण- ज़िंदाबाद' का उद्घोष कर रहे थे। आसमान इन नारों से गूंज रहा था आख़िर बाबू राम कृष्ण जी की चिर आकांक्षा जो पूरी हो गई थी।

***

17

मित्रों का नदी भ्रमण

देव बाबू अब बेहद व्यस्त रहने लगे थे। दिन के सुबह आठ बजे स्कूल में ड्यूटी करते, बच्चों को पूरी लगन से शिक्षा प्रदान करते व रूम पर आकर लंच के बाद कुछ देर आराम कर उपन्यास लिखने में तल्लीन हो जाते व सायंकाल में दोस्तों के साथ नदी किनारे सैर के लिए निकल जाते। रात में डिनर से फ़ारिग होकर अपनी एम.ए. हिंदी भाषा की पढ़ाई करते। चौबीस घंटे में सुबह आठ बजे से दो बजे तक स्कूल, दो बजे से तीन बजे तक लंच, तीन बजे से चार बजे तक विश्राम, चायपान के बाद सात बजे तक कभी उपन्यास लेखन, कभी पढ़ाई व उसके बाद मित्रों के साथ सरिता- सैर, नौ बजे तक डिनर निपटाकर दस बजे अध्ययन फिर रात्रि विश्राम, यही सब रूटीन बन गया था देव बाबू का अपना अलग रूम लेने के बाद। स्कूल के पास ही था उसका रूम ताकि स्कूल आने-जाने में ज़्यादा समय बर्बाद न हो।

कांति — (रूम के पास आकर दरवाज़े की ओर देखते हुए) डोर सर ! क्या आपको भी लॉक पसंद है ? मैं तुम्हारे एक मित्र को जानता हूँ जो हमेशा अपनी छाती पर लॉक लटकाए रखता है। उसको यह आदत कहाँ से पड़ीं ?

डोर भाई — (कांति स्वयं ही डोर के रूप में) पहले अमीर लोग ही लॉक लगाते थे क्योंकि वे अपना धन छाती पर चिपकाए रखते थे, उनकी नक़ल से यह भी छाती से चिपकाना सीख गया।

कांति —- तुम्हें यह सब सीखने को नहीं मिला क्या ?

डोर भाई —- मेरी फिलॉसिफी है - बुरी संगति से अकेला ही भला।

कांति —- बिल्कुल डोर सर ! तुम सत्य भाषण कर रहे हो, कवि या लेखक अकेले ही होते हैं। तुम देव भैया की नक़ल कर अकेले ही रहने लगे।

देव —- (बाहर आकर) कांति भैया, क्या करें, अकेले ही आए थे, अकेले ही जाएँगे।

कांति —- मैं तो लॉक व डोर से बतिया रहा हूँ, तुम कैसे बाहर आ गए?

देव —- तुमने मेरा नाम पुकारा था इसलिए चला आया।

कांति —- ठीक है चले आए तो अच्छा है, अब चल कर खबर लें उस डॉक्टर की, मैं वहीं से आया था लॉक के दर्शन पा कर। अब आ गया होगा ?

देव — हाँ कांति भाई चलो, सवा सात तो यहीं बज गए ? लगता है कि राकेश डॉ. भगवत स्वरूप जी के क्लीनिक पर चला गया होगा ? रश्मि भाभी एग्ज़ाम के बाद घर आ गईं है।

कांति —- वाह देव भैया ! सही निशाना फेंका है, कुछ गुटर- मुटर चल रही होगी ?

(दूसरी ओर से राजीव व राकेश को आते देख दोनों हैरान)

कांति —- राजीव भाई साहब ! कहाँ से पकड़ा है इस डॉक्टर को ?

राजीव - अस्पताल से घर आ रहा था, रास्ते में कुछ भीड़ जमा थी, मुझे देख कर ये भी रूक गया।

देव — क्या कोई विवाद या पॉलिटिक्स का विवाद चल रहा था ?

राजीव —- हाँ, बाबू राम कृष्ण जी चुनाव जीत गए हैं, उन्हें मंत्री पद भी जरूर मिलेगा।

देव — हमने जो वोट डाले थे उनको, मंत्री भी बनाएँगे।

राकेश — देव भैया, तुम्हें याद है न हम एक दो बार बाबू राम कृष्ण जी के पास गए थे तुम्हारी छुट्टियों की स्वीकृति के लिए ?

देव —- निहायत ही शरीफ़ व नेक इंसान हैं, डॉ. भगवत स्वरूप जी का बहुत दिल से सम्मान करते हैं। हम सब ने उन्हीं को तो वोट किया है। राजीव भाई, तुम्हारे मंत्री का क्या परिणाम रहा ? इस बार चुनाव - प्रचार के लिए कोई कोई भी भिवानी नहीं पहुँचा ?

राजीव —-मंत्री बनने के बाद तो नेता अपना चुनाव खुद ही लड़ता है, वैसे भी दिव्या के स्वास्थ्य को ध्यान में रखते हुए हमारा भिवानी जाना उचित नहीं था। तुम्हारा स्कूल कैसा चल रहा है ? नए रूम पर दिल लगा क्या ?

देव —- सब बिल्कुल दुरुस्त है। रूम कहीं भी हो, मुझे तो पलक झपकने का भी अवसर नहीं मिलता। अब की बार एम.ए. हिंदी में परीक्षा दे रहा हूँ।

राकेश —- इस बार तो परमिशन का कोई लफड़ा नहीं होगा देव भैया ?

देव —- परमिशन तो लेना आवश्यक होता है पर इस एग्ज़ाम के लिए लंबे अवकाश की ज़रूरत नहीं होती व इसके लिए मुखिया ही अधिकृत होता है।

राकेश — मुखिया जी को अब ख़ुश रखना, कहीं इधर-उधर भटकना न पड़े ?

देव —- अच्छी सलाह है, फिर भी कई बार अहम का टकराव हो जाता है।

राकेश —- अध्यापक को अहम नहीं रखना चाहिए, ज़्यादा शिक्षित ज़्यादा विनम्र होता है।

कांति —- देव भैया, रश्मि भाभी दो- तीन दिन से आई है, यह डॉक्टर बाबू बहुत चहकने लगा है। पहले बुझे दीपक की तरह मुरझाया हुआ रहता था।

देव — हाँ कांति भाई, कुछ दिनों में हम तुम्हारी चहकने की मशीन भी लेकर आएँगे। राकेश ने व मैंने एक प्लान तैयार किया है।

कांति —- इस डॉक्टर के अपने सब प्लान फेल है, एक साल से शादी के लिए तरस रहा है।

राजीव —- अब नदिया किनारे चला जाए, सब टाइम यहीं निकाल दिया।

देव — हाँ चलो, वहीं करेंगे सब बातचीत। कांति भाई, आज आपकी मंजूषा में क्या छिपा है ?

कांति — आज की बात है राजीव भाई पर। रोज़ कभी प्यार, कभी शिक्षा व कभी धर्म- नैतिकता के विषय में हम कहते- सुनते रहे हैं, आज हमारा विषय है — ' वकालत क्या है ?'

राजीव — कांति भाई, आज मुझे शांति व धैर्य से सुनना होगा। तुमने मेरी जिज्ञासा बढा दी है, अब शीघ्रातिशीघ्र शुरू करो।

कांति — लॉ कॉलेज के छात्र -छात्राओं का एक ग्रुप कुछ दिनों से कोर्ट परिसर में इंटर्नशिप के लिए तैनात किया गया था। वहाँ एक बार वाद-विवाद के चलते स्टूडेंट्स ने एक वरिष्ठ वकील से पूछा — सर, वकालत क्या है ? वकील साहब ने स्टूडेंट्स को बताया कि मैं इसके लिए आपको एक उदाहरण दे रहा हूँ।

एडवोकेट —- मान लो, मेरे पास दो आदमी आते हैं, एक साफ़ सुथरा और दूसरा बहुत गंदा। मैं दोनों को सलाह देता हूँ कि वे नहा धोकर साफ़- सुथरे हो जाएं अब आप सभी बताएं कि दोनों में से कौन नहाएगा ?

एक स्टूडेंट — सर, जो गंदा है, वही नहाकर आएगा।

राजीव — यह तो बिल्कुल सही कहा छात्र ने क्योंकि जो नहाया नहीं, वही नहा कर आएगा।

कांति —- वकील साहब ने छात्र को कहा - नहीं !

राजीव — आश्चर्य से, तो क्या कहा वकील साहब ने ?

कांति —- वकील साहब ने कहा कि - नहीं, साफ़ आदमी ही नहाएगा, क्योंकि उसे सफ़ाई की आदत है और गंदे आदमी को तो सफ़ाई की अहमियत ही नहीं मालूम।

राजीव — कांति भाई, वकील साहब का तर्क कुछ सत्य जान पड़ता है, क्यों देव भैया ?

देव —- "खग ही जाने, खग की भाषा" राजीव भैया, वकालत की बात तो आप व कांति भाई ही बेहतर जानते हैं।

कांति —- वकील साहब ने स्टूडेंट्स से फिर पूछा- अब बताओ, कौन नहा कर आएगा ?

एक छात्र —- सर, जो गंदा नहीं, साफ़-सुथरा है, वही नहाकर आएगा।

एडवोकेट — नहीं गंदा आदमी ही नहा कर आएगा क्योंकि उसे ही सफ़ाई की ज़रूरत है।

राजीव —- कांति भाई, यह तर्क भी सत्य जान पड़ता है।

कांति —- वकील साहब ने फिर पूछा - अब बताओ कि कौन नहाकर आएगा ?

सभी छात्र — सर, गंदा आदमी ही नहा कर आएगा।

वकील - नहीं, दोनों नहा कर आएँगे, क्योंकि साफ़ आदमी को नहाने की आदत है और गंदे आदमी को नहाने की ज़रूरत है।

कांति — वकील साहब ने फिर पूछा — अब बताओ कौन नहा कर आएगा ?

स्टूडेंट्स - सर, दोनों नहा कर आएँगे।

एडवोकेट —- नहीं, कोई भी नहीं नहा कर आएगा। क्योंकि साफ़ आदमी को नहाने की ज़रूरत नहीं और गंदे आदमी को नहाने की आदत नहीं।

राजीव —- कांति भाई, तुमने मुझे चक्कर में डाल दिया, वकील साहब की यह दलील भी सही प्रतीत होती है।

कांति —- वकील साहब ने फिर पूछा - अब बताओ कौन नहाकर आएगा ?

एक छात्र —सर आप हर बार अलग-अलग जवाब देते हैं और हर जवाब सही मालूम पड़ता है। हमें अब सही जवाब कैसे मालूम होगा ?

राजीव — वाक़ई कांति भाई, उस छात्र ने उचित ही पूछा क्योंकि हर बार का जवाब वाजिब ही लग रहा था।

कांति —- स्टूडेंट्स की असमंजस पर वकील साहब ने कहा - "बस यही वकालत है।" अहम यह नहीं कि हक़ीक़त क्या है बल्कि अहमियत इस बात की है कि आप अपनी बात को सही साबित करने के लिए कितनी मुमकिन दलील दे सकते हैं। क्या समझे ? नहीं समझे ? बस यही वकालत है। तो अब बताओ- कौन नहा कर आएगा ?

(राजीव व सभी मित्र मुस्कुराते हैं।)

राकेश —- कांति भाई, आज तो छक्का मार गए। कमाल ही कर दिया। वकालत क्या है, हमें सही जवाब मिल गया।

राजीव — मुझे इतना समय वकालत करते हुए बीत गया लेकिन आज अहसास हुआ कि वकालत क्या चीज है। कांति भाई, बहुत साधुवाद आपको।

कांति — अब सभी घर लौट चलो वरना राजीव भाई पूछ लेंगे - बताओ, कौन नहाकर आएगा ?

(सभी हंसते हुए निकल जाते हैं।)

18

रश्मि का कोर्स ख़त्म कर घर लौटना, दिव्या से मुलाक़ात

'रोका' सेरेमनी के बाद हॉस्टल से अपना सामान लेकर व कॉलेज को अलविदा कह कर रश्मि अपनी मम्मी- पापा, अश्मि व दादा जी के साथ घर लौट आईं थीं। दिन में मम्मी के साथ किचन व घर की साफ़ सफ़ाई का काम कर टाइम व्यतीत करती व रात्रि में भरपूर विश्राम करतीं। अश्मि का मैट्रिक स्टैंडर्ड का रिज़ल्ट अभी घोषित नहीं किया गया था, एक अप्रैल से ही विज्ञान विषयों में ट्यूशन ले रहीं थीं ताकि 10+1 कक्षा में दाख़िला लेने पर लेक्चर समझने में कोई परेशानी न आए। तीन विषयों की ट्यूशन में वह तीन घंटे व आने-जाने में एक -दो घंटा खर्च कर रही थी। अश्मि ने एक दिन बात- बातों में नेहा के सामने यह संकल्प दोहराया था कि MBBS करके डॉक्टर बनेगी।माँ अंजना उससे घर का कोई काम नहीं करवातीं थीं बल्कि उसकी ही किसी भी प्रकार की सहायता के लिए तत्पर रहतीं। पड़ोस में ही रहने वाली जैकी अब उसकी पक्की फ्रेंड बन गई थी। दोनों एक ही प्रोफ़ेसर से ट्यूशन ले रहीं थीं व एक ही स्कूटी पर बैठ कर जाती थी। रश्मि भी पढ़ाई में अश्मि की यथा योग्य मदद करती थी।

आज रश्मि का दिव्या के पास जाने का मन था इसलिए माँ अंजना से इजाज़त लेकर वह उससे मिलने निकल गईं थीं। एग्ज़ाम से पहले की छुट्टियों में भी राकेश के साथ दिव्या के घर गईं थीं पर इतनी स्पष्टता व आज़ादी से गुफ़्तगू नहीं कर पाईं थीं। आज मौक़ा निकाल कर वह पहुँच गईं थीं दिव्या के घर

।दिव्या बाहर लॉन में चेयर पर बैठी अख़बार पढ़ रही थी, रश्मि ने पुकारा तो गर्दन उठाकर देखा तो हैरान ! (गेट के पास आकर)

दिव्या —- नमस्ते रश्मि दीदी !

रश्मि —- अब तो हमें ही नमस्ते बोलनी पड़ेगी, काफ़ी सीनियर हो गई हो मुझसे ?

दिव्या — सीनियरटी आयु विवाह- शादी से नहीं, रिश्तों से तय होती है दीदी ! क्या बच्चे पैदा हो जाने से ही कोई सीनियर हो जाता है ?

रश्मि — हाँ एक मायने में तो सीनियर हो ही जाता है।

दिव्या —-अच्छा बता, कब आईं है कॉलेज से ?

रश्मि —-कॉलेज क्या, यमुनानगर से ही आ गईं हूँ। कोर्स पूरा हुआ, अब शायद साल - छ: महीने के लिए इंटर्नशिप निभाना होगा। अभी इसका निर्णय नहीं लिया है कि कहाँ पर ड्यूटी देना है।

दिव्या — इससे क्या फ़र्क़ पड़ता है, कहीं भी स्टेशन देख लो।

रश्मि — जहां से कोर्स करते हैं,वहीं से स्टेशन (अस्पताल) मिलता है। राकेश से मिल बैठकर आजकल में ही फ़ैसला ले सकते हैं दादा जी।

दिव्या —- सबसे पहला फ़ैसला तो शादी के मुत्तलिक करो। दादाजी की बढ़ती उम्र है, भगवान ना करे कोई अप्रिय घटना घट जाए तो मामला सालों पर चला जाएगा।

रश्मि —- देव भैया ही हमारे डॉ. साहब के इंचार्ज हैं। "रोका" भी उन्होंने ही करवाया था। शायद आज शाम दादा जी ने उन्हें क्लीनिक पर बुलाया है।

दिव्या — तुम्हें कैसे मालूम हुआ, किसी और काम से भी बुला सकते हैं ? कोई स्कूल से संबंधित काम भी हो सकता है ?

रश्मि —- अब परिवार का माहौल व संस्कार ऐसे है कि मैं ज़्यादा मुँह नहीं खोल सकती ? अंकल- आंटी क्या कर रहे हैं ?

दिव्या — पिछले लॉन में ही आराम करते हैं। नाश्ता करके एक दो घंटे सो जाते हैं, धूप भी अच्छी लगती है।

रश्मि — अब तो धूप में गर्मी होने लगीं है?

दिव्या — बुजुर्ग है न, रात्रि में नींद कम आने से दिन में पूरी कर लेते हैं, साथ ही धूप से विटामिन भी पा लेते हैं।

रश्मि —- तो अब चलूँ ? लंच टाइम हो गया है, मम्मी अकेली तंग हो जाएगी।

दिव्या — अश्मि भी तो एग्ज़ाम के बाद ख़ाली हो गई होगी ?

रश्मि — कहाँ, तीन- तीन ट्यूशन पढ रहीं हैं, फिर घर आकर नोट्स पढ़ना, अभ्यास करना, एक पल के लिए भी फ़ुरसत नहीं ।बच्चों पर आजकल पढ़ाई का बहुत दबाव रहता है।

दिव्या — जो भी काम करते हैं, सब पर दबाव बना ही रहता है।

रश्मि — मुझ पर मिठाई खाने का दबाव कब बनेगा दिव्या रानी ? अभी तो शायद तीन-चार महीने लगेंगे ?

दिव्या — हाँ, अभी एक सप्ताह पहले ही चैक अप लिया था, नॉर्मल ही चल रहा है।

रश्मि — क्या लड़का- लड़की की कुछ भनक लगी चैकअप में ?

दिव्या —- यह रूटीन चैक अप था, ऐसा कोई टेस्ट नहीं था ।हमने तो हनीमून पर ही निर्णय कर लिया था कि लड़की होगी तो 'मेघा' व लड़का हुआ तो 'मेघ' नाम रखेंगे।

रश्मि — बड़ी एडवांस प्लानिंग चल रही है, ये तो हम ही हैं जो आँखें बंद किए बैठे हैं। अच्छा मैं अंकल- आंटी से मिल लूं, फिर जाना भी है।

दिव्या — आओ, मेरे साथ। (दोनों घर के पिछले लॉन में पहुँचतीं हैं।) मम्मी जी, रश्मि दीदी आई है आपसे मिलने ?

रानी —- आओ बेटी, डॉ. भगवत स्वरूप की पोतीं है ना ?

रश्मि— हाँ, आंटीजी नमस्ते ! अंकल आपको भी नमस्ते !

रानी — ख़ुश रहो बेटी!

रामजी—खूब फलो- फूलो बेटी ! राजीव कह रहा था कि जल्द ही राकेश बाबू के साथ तुम्हारी शादी होने वाली है।

रानी—- बहुत नेक, ईमानदार व शरीफ़ लड़का है। जब राजीव- दिव्या बेटी हनीमून पर बैंगलुरु गए थे तब दोनों ने हमारा बहुत ख़्याल रखा।

रश्मि— हाँ आंटी जी, ये सब आपस में फ्रेंड हैं न ? एक - दूसरे का ख़्याल रखेंगे ही।

रानी —- राजीव ने क्या शुभ शुरूआत की है, अब सारे दोस्तों के विवाह- शादी इसी साल में हो जाएँगे।

रश्मि —- आप लोगों का आशीर्वाद ही हमारे लिए फलदायक है। अच्छा, अंकल- आंटी नमस्ते !

दोनों — नमस्ते बेटी, सौभाग्यवती भव !

रानी — दिव्या बेटी, कोई चायपान कुछ सेवा की है या बैरंग ही भेज रही हो ?

रश्मि — आंटीजी, तीन महीने बाद चाय के साथ मिठाई भी खाऊँगी। भगवान ने चाहा तो दोनों आपको बधाई पहुँचाने आएँगे।

रानी — भगवान तुम्हारी इच्छा पूरी करें बेटी, तेरी माँग में सिंदूर सुशोभित हो जाए और हमारा आँगन भी किलकारियाँ से गूंजने लगे।

दिव्या माँ रानी के चरण स्पर्श कर दुआ माँगती है व रश्मि को बाहर गेट तक छोड़ने आती है।

अंजना — (गेट पर कदमों की आहट सुनकर) रश्मि बेटी, तुम आ गईं? मैं किचन में लंच तैयार कर रही हूँ।तेरे दादा जी लंच के लिए आने वाले हैं।

रश्मि - अच्छा मम्मी जी, फिर तो जल्दी ही लंच बनाना होगा।मैं भी हाथ धोकर मदद के लिए किचन में आ रही हूँ।

अंजना — मैंने तो हम सब के लिए मूंग की धुली दाल बनाई है, तुम्हारे दादा जी दाल शौक़ से खाते हैं। तुम्हें अगर कुछ और खाना है तो फ्रिज में पनीर रखा है, शायद मटर भी निकाले रखे हैं।

रश्मि —- हाँ, मैं देखती हूँ।दाल के साथ एक और सब्ज़ी तो बनती ही है।

दादा जी — (घर में कदम रखते हुए) रश्मि बेटी, लंच तैयार है तो टेबुल पर लगा दो, आज कुछ भूख चमक रही है।

रश्मि —- हाँ दादा जी, लंच तैयार है, मैं ला रही हूँ।

दादा जी —- अश्मि अपने रूम में पढ़ रही होगी?

रश्मि — मैं तो दिव्या के पास से आकर सीधे ही किचन में लंच तैयार करने में लग गईं, मम्मी ने बताया था कि आप कुछ समय रहते लंच के लिए आ रहे हैं, कोई विशेष बात या प्रयोजन तो नहीं ?

दादा जी —- मेरी पौत्री अब बड़ी व समझदार भी हो गई है। डॉक्टर जो बन गई।

रश्मि — दादा जी, मैं समझ गई, आप शायद शादी- विवाह पर चर्चा चाहते हैं।

दादाजी —शाबाश बेटी ! रश्मि बेटी, आज मैंने सायंकाल में देव बाबू को क्लीनिक पर बुलाया है कुछ शादी- ब्याह की बातचीत करने के लिए क्योंकि राकेश बाबू का उसी पर विश्वास जमा है।

रश्मि —-दादा जी इस मामले में तो मैं अभी छोटी ही हूँ, पापा- मम्मी से ही सलाह मशविरा लेना।

दादाजी —- जो बच्चा डॉक्टरी पढ़ गया, वह छोटा कैसे रह गया ? आजकल तो लड़कियाँ अपने आप ही लड़का ढूँढ लेती हैं।

रश्मि —-लड़का तो मैंने ही भी ढूंढ ही लिया है, अब आगे आप सभी को करना है। आप जैसे करेंगे मुझे स्वीकार रहेगा।

दादाजी —- मुझे अपने परिवार पर फ़ख़्र है बेटी, मैं सायंकाल में देव बाबू से बात करके डिनर पर सबसे सलाह मशविरा करके फ़ैसला करूँगा।

अंजना —- (ताजी चपाती रखते हुए) पिताजी, अब तो सही समय है शादी का, देर करने में कोई समझदारी नहीं।

दादाजी —- ठीक है बेटी, हम सब सायं डिनर पर अंतिम निर्णय कर ही लेंगे।

***

19

डॉ. गुप्ता का जींद आना व डॉ. जैन एवं सभी का धन्यवाद करना

दोनों पिता पुत्री एक- दूसरे के सहारे लता- पेड़ की भाँति स्वस्थ हो रहे थे। एक दिन डॉ. गुप्ता अपनी पुत्री को कॉलेज भी ले गए थे ताकि उसके आत्मविश्वास में वृद्धि हो क्योंकि एग्ज़ाम के बाद स्टूडेंट्स सब कॉलेज व हॉस्टल से जा चुके थे व नया सैशन अभी जुलाई में ही आरंभ होना था इसलिए थोड़ा वातावरण बदलने के लिए डॉ. गुप्ता ने यह फ़ैसला लिया था। सबसे पहले नीलिमा ने प्रिंसिपल डॉ. मनोरम सूद से भेंट की जो नीलिमा को देखकर अति प्रसन्न हुईं व डॉ. गुप्ता के प्रयासों की सराहना की।

डॉ. मनोरमा — गुप्ता सर, लगता ही नहीं कि कभी ऐसी अप्रिय घटना घटित हुई हो ?

डॉ. गुप्ता — मैडम प्रिंसिपल, यह सब अपने इसी बैच के छात्र देव बाबू की मेहनत व प्रयासों का परिणाम है।

प्रिंसिपल — वही छात्र जो कॉलेज की भित्ति पत्रिका का संपादन कर रहा था ?

डॉ. गुप्ता — यस मैडम, उसके नेक व नम्र स्वभाव के कारण प्रतिष्ठित व सामाजिक ख्याति अर्जित लोग भी उसके मित्रों में शुमार हो गए हैं। मैं उसका यह उपकार कैसे भूल सकता हूँ। यही नहीं, उसने नीलिमा बिटिया के लिए एक सुंदर होनहार लड़का भी खोज कर लिया है व मेरी बिटिया जल्दी ही दुल्हन बनेगी, मेरी बेटी दुल्हन बनेगी मैडम, दुल्हन बनेगी।

(आँखों में अश्रुकण झलकने लगते हैं)

प्रिंसिपल मनोरमा —- मि. गुप्ता, आप मन मैला न करे, अब तो सब ठीक हुए जा रहा है। एक पिता का अपनी पुत्री के लिए जो ख़्वाब होता है, वह ख़ुशी- ख़ुशी पूरा हो रहा है।

डॉ. गुप्ता — मैडम मुझे 'साधना' की याद आ रही है, वह होती तो कितना खुश होती, अपनी बेटी के लाड लड़ाती, शादी के किसी सामान के लिए घर में कभी इधर तो कभी उधर दौड़ती फिरतीं। कितना चाव होता है माँ को बेटी की शादी का ?

(अश्रुकण संभालते हुए)

डॉ. मनोरमा सूद —- जब प्रकृति ने नीलिमा बिटिया को स्वस्थ किया है तो शादी के बाद ही सही माँ का सुख भी प्रकृति ही देगी।

डॉ. गुप्ता — नहीं प्रिंसिपल मैडम, मैं यहीं पराजित हो रहा हूँ, नीलिमा को सास- ससुर का प्यार- दुलार भी नहीं मिल पाएगा।

डॉ. सूद — मि. गुप्ता, मैंने तो जीवन में इतना देखा है कि जब प्रकृति देने लगती है तब छप्पर फाड़ कर देती है। मुझे पूर्ण विश्वास है कि बेटी नीलिमा अब सब तरह से सभी सुखों से संपन्न होगी।

डॉ. गुप्ता —- यस मैडम, आशाओं पर ही जीवन निरंतर गतिशील रहता है। मनोविज्ञान का प्रोफ़ेसर होते हुए भी मन पर क़ाबू नहीं पा रहा हूँ, इसके लिए क्षमा चाहता हूँ।

डॉ. सूद —- प्रिंसिपल बनने से पहले मैं भी मनोविज्ञान की ही प्रोफ़ेसर थीं लेकिन जब घर- गृहस्थी व परिवार के संवेदनशील मामलों से रूबरू होने का समय आता है तब हर कोई भावुक हो ही जाता है। मनुष्य केवल मशीन नहीं बल्कि मननशील व भावनाओं से परिपूर्ण एक अस्तित्व भी है।

डॉ. गुप्ता —-ओ.के. मैडम, अब और स्टाफ़ मेंबर्स से भी नीलिमा को मिलवाता हूँ।

डॉ. सूद — ओ. के. डॉ. गुप्ता, नीलिमा बेटी, हिम्मत रखना, सब अच्छा ही होगा। उम्र दराज़ लोग कुछ ज़्यादा ही संवेदनशील हो जाते है। तुम पापाजी का ख़्याल रखना।

नीलिमा — यस मैडम, वैसे तो पापाजी मज़बूत दिलोदिमाग़ के स्वामी हैं पर मम्मी को याद कर कमजोर हो जाते हैं। जब मैं चली जाऊँगी तब क्या होगा ? मुझे यह फ़िक्र भी होने लगा है।

डॉ. सूद —जो काम, घटना, परिणाम हमारे वश में नहीं, उन पर चिंता न करके उन्हें परम सत्ता को सुपुर्द कर देना चाहिए। यही निश्चिंतता व मजबूती का आधार है।

नीलिमा —- थैंक्यू मैडम ! आपसे मिलकर मन बड़ा प्रसन्न हुआ। आप कभी घर तशरीफ़ लाएँगी तो अपार हर्ष होगा।

डॉ. सूद —- अवश्य आएँगे पर केवल चाय नहीं, लड्डू खाकर कदम भी थिरकाएंगे।

नीलिमा —- यस मैडम, हमें आपका व उस दिन का इंतज़ार रहेगा।

मैडम प्रिंसिपल से मिलकर डॉ. गुप्ता स्टाफ़ रूम में आ गए थे जहाँ लगभग सभी स्टाफ़ सदस्य मौजूद थे। डॉ. गुप्ता ने जब कहा कि मेरी बेटी नीलिमा आप सभी से मिलने के लिए आई है तो कई महिला प्रोफ़ेसर्स ने उसे अपने गले से लगा लिया। पुरुष प्रोफ़ेसर्स ने सिर पर हाथ रखकर आशीर्वाद दिया। डॉ. आर्य सोफे से उठकर आँखों में ख़ुशी के आंसू लिए डॉ. गुप्ता से गले लगकर मिले व नीलिमा बिटिया को सिर पर हाथ रखकर आशीर्वाद दिया।

डॉ. आर्य — डॉ. गुप्ता, आज मेरी ख़ुशी को कोई ठिकाना नहीं मिल रहा ? बेटी नीलिमा का कायाकल्प देखकर जैसे जीवन की पूर्णता पा गया हूँ।

डॉ. गुप्ता —- (जाने को तैयार होते हुए से) स्टाफ़ मेंबर्स, मैं आप सभी से क्षमा चाहूँगा कि डॉक्टर की नसीहत के कारण आप सभी को घर आने से मना करता रहा क्योंकि संक्रमण का ख़तरा इस स्थिति में कुछ ज़्यादा ही होता है। पूर्ण सहयोग के लिए सभी का धन्यवाद करता हूँ। (स्टाफ़ रूम से निकलकर अपने रूम पर डॉ. आर्य के साथ आते हैं) मैं कल जींद शहर जाकर डॉ. जैन व सभी सहयोगियों का धन्यवाद करना चाहता हूँ, क्या उचित रहेगा ? क्या आप भी चलेंगे ?

डॉ. आर्य —- किसी के भी किए उपकार के लिए धन्यवाद बेहद आवश्यक होता है। जहां तक मेरे साथ चलने का सवाल है, आप जैसा कहेंगे, वैसा ही होगा।

डॉ. गुप्ता —- आर्य सर, असल में देव बाबू ने जींद में नीलिमा बिटिया के लिए जो लड़का निगाह किया है, हम भी एक नज़र उस पर डाल लेंगे।

डॉ. आर्य — मैं आपके साथ जरूर चलूँगा, कल किस टाइम निकलें ?

डॉ. गुप्ता —- आप कॉलेज में हाज़िरी लगा कर व लंच लेकर मेरे पास घर में आ जाओ, हम लगभग एक - सवा घंटे में जींद शहर में होंगे। अब मैं घर जाना चाहता हूँ, नीलिमा को लंच के बाद दवा बगैरह भी देना है।

डॉ. आर्य — मैं कल दो बजे गाड़ी लेकर आपके पास घर पहुँच जाऊँगा।

डॉ. गुप्ता - ओ.के. सर !

नीलिमा — नमस्ते अंकल !

डॉ. आर्य —- नमस्ते बेटी, सदा ख़ुश रहो !

(दोनों पिता- पुत्री घर के लिए निकल जाते हैं।)

तीन बजे के क़रीब डॉ. आर्य की गाड़ी जींद शहर के सरकारी अस्पताल पहुँच गई थी, कुछ सुनसान सी महसूस कर उन्हें ध्यान आया कि दूसरी शिफ़्ट शायद पाँच बजे शुरू होगी। स्वागत काउंटर से डॉ. राकेश का रूम का पता लेकर तीनों कार सवार वहाँ पहुँचे व बेल दबाया तो डॉ. राकेश बाहर आकर - यस सर ! क्या आप डॉ. राकेश से मिलना चाहते हैं ?

डॉ. गुप्ता —- अगर मेरी नज़रें दुरुस्त हैं तो हम डॉ. राकेश के सामने खड़े है ?

डॉ. राकेश —-आप शायद डॉ. गुप्ता भिवानी से, देव भैया के प्रोफ़ेसर, ये आपकी बिटिया नीलिमा हमारी दीदी और इन सज्जन के विषय में अंदर आकर पूछना चाहूँगा।

(सभी लोग अंदर आकर सोफा व नीलिमा चेयर पर जगह पा लेते हैं।)

डॉ. आर्य —- (डॉ. राकेश से) मैं डॉ. आर्य, देव बाबू का हिंदी भाषा का प्रोफ़ेसर रहा हूँ। देव हमारे प्रिय स्टूडेंट्स में सर्वोपरि रहा है।

डॉ. राकेश — आपके दर्शन कर कृतार्थ हुआ, नीलिमा दीदी तुम कैसी हो ?

नीलिमा — राकेश भैया, आप सभी ने मिलकर मुझे नया जीवन दिया है। मैं कैसे आप सभी का धन्यवाद करूँ ?

डॉ. राकेश — नीलिमा दीदी, दीदी धन्यवाद नहीं, आशीर्वाद देती हैं। आपको स्वस्थ देखकर मैं जैसे ग़ुब्बारे के समान फूल गया हूँ। आज मुझे उस मानवीय शक्ति का अहसास हो रहा है जो किसी ज़रूरतमंद की निःस्वार्थ सेवा - सहायता कर इंसान को मिलती है।

डॉ. गुप्ता — राकेश बाबू, आप जिन शब्दों का इस्तेमाल कर रहे हैं वे हमारे अंतरतम तक प्रभाव छोड़ रहे हैं। शब्द प्रयोग में आप हमारे डॉ. आर्य के समीप लगते हैं।

डॉ. राकेश —-डॉ. गुप्ता, शब्द, भावना, संवेदना प्रतिक्रिया से उपजते हैं,कवि भी तो यही करता है।

हमारे देव भैया भी तो शब्दों के ही खिलाड़ी हैं। अभी आ रहे होंगे, मैंने मैसेज छोड़ दिया था।

देव —- आप याद करें और हम ना आएं। मेरे गुरूजनों व दीदी का आशीर्वाद अकेले को नहीं लेने दूँगा। (डॉ. गुप्ता व आर्य सर के चरण स्पर्श कर नीलिमा दीदी को नमस्ते करता है)

डॉ. आर्य —- अब आप टीचर हो गए इसलिए गुरू चरण स्पर्श की ज़रूरत नहीं केवल प्रणाम ही काफ़ी है।

देव— सर गुरूजनों के लिए कुछ काफ़ी नहीं, प्राण - अर्पित कर दो, वे भी काफ़ी नहीं।

डॉ. गुप्ता —- देव बाबू, आप सबने नीलिमा को जो नवजीवन दिया है वह काफ़ी ही नहीं बहुत काफ़ी है।

देव —- अब नीलिमा आप की पुत्री कम और और हमारी दीदी ज़्यादा है। आज से नीलिमा मेरी बड़ी बहन होगी और अपनी बहन के लिए मुझे अभी बहुत कुछ करना शेष है।

डॉ. गुप्ता — (देव को गले लगा कर) देव बेटा, तुमने मेरा जीवन सफल बना दिया। आर्य सर ! आज मुझे फिर से सारा जीवन मिल गया जो अभी तक मुझसे बिछुड़ा हुआ था।

डॉ. राकेश — (डाइनिंग टेबल पर रखे लड्डू उठाकर) आज की पावन बेला पर सभी मिष्ठान का सेवन करें व भाई- बहन को आशीर्वाद प्रदान करें।

डॉ. गुप्ता —- राकेश बाबू, आप ड्यूटी पर जाएँगे तो हम सब आपके साथ ही चलेंगे, डॉ. जैन से मिलकर उनका धन्यवाद व आभार प्रकट करना है।

डॉ. राकेश — अभी एक घंटा बचा है, डॉ. जैन पाँच बजे आएँगे। इतने तक हम कुछ ठंडा- गर्म के लिए तनेजा रेस्टोरेन्ट चलेंगे।

देव — राकेश बाबू, बातों- बातों में सब कुछ भूल गए, पानी तक नहीं पिलाया ? अब चलो सर ! वहीं जलपान करेंगे।

(सभी पैदल चलकर रेस्टोरेन्ट पहुँचते हैं।)

डॉ. राकेश —- तनेजा सर, मेहमानों के लिए जलपान की व्यवस्था करवाएं ?

राज तनेजा — (सभी को सरासर नज़र डालकर देखते हुए) किसी महाशय को शक्कर से तो परेशानी नहीं है ?

देव —- तनेजा सर, दोनों मेरे कॉलेज के प्रोफ़ेसर हैं, शक्कर से परहेज़ तो नहीं है फिर भी मात्रा ज़रा कम ही रहे तो अच्छा रहेगा।

तनेजा —- देव बाबू, आपने हमें गुरूजनों की सेवा का अवसर प्रदान किया है, तहेदिल से स्वागत है आप सभी महानुभावों का।

डॉ. गुप्ता —धन्यवाद तनेजा जी ! आपसे मिलकर अच्छा लगा।

तनेजा — देव बाबू, अभी कांति भाई आया था, शायद आपकी तरफ़ ही गया है। आज कोर्ट में आधे दिन के लिए हड़ताल का आह्वान हो गया था।

देव — ऐसा क्या हुआ तनेजा ? कांति भाई कुछ बता रहे थे क्या ?

तनेजा — हाँ, कह रहे थे कि पुलिस ने किसी वकील को जबरन हिरासत में ले लिया जबकि असली दोषी फ़रार हो गया।

कांति —- (रेस्टोरेन्ट में प्रवेश करते हुए राकेश के साथ मेहमानों को देखकर) सभी महानुभावों को प्रणाम !

डॉ. आर्य —- आपका स्वागत है कांति भाई !

कांति — (हैरान होकर) आप मुझे जानते हैं सर ?

डॉ. आर्य —- क्यों नहीं, अभी तनेजा जी आपका ज़िक्र कर रहे थे तभी आप आ गए।

देव —- कांति भाई, एग्ज़ाम से पहले मैंने तुम्हें अपने प्रोफ़ेसर डॉ. गुप्ता व उनकी लड़की का ज़िक्र किया था।

कांति —- हाँ, उस एसिड अटैक की घटना का जब ज़िक्र आया था?

देव — कांति भाई, तुम्हारी याददाश्त तो एकदम चकाचक है। डॉ. आर्य जो आपको जानते हैं, उनके पास जो सज्जन विराजमान हैं, वे ही मेरे प्रोफ़ेसर डॉ. गुप्ता व लड़की उनकी पुत्री है।

कांति — पर देव भैया, आप तो वह फ़ेस बर्न का ज़िक्र कर रहे थे, यहाँ तो ऐसा कुछ नज़र नहीं आ रहा ?

देव —- अभी पंद्रह दिन पहले दिल्ली अपोलो अस्पताल से सर्जरी होकर अब बिल्कुल स्वस्थ हैं नीलिमा बहन।

कांति — जिसे पहले मालूम न हो देव भैया, वह सर्जरी को पहचान नहीं पाएगा ?

देव — आप्रेशन के बाद डॉ. कोठारी ने बताया था कि ज़ख़्म कोई ज़्यादा गहरे नहीं थे, त्वचा का केवल ऊपरी भाग ही विकृति को प्राप्त हुआ था।

कांति —- डॉ. गुप्ता, सर आपको नमस्कार करता हूँ, नीलिमा जी, आपको भी स्वास्थ्य लाभ की शुभकामनाएँ।

डॉ. गुप्ता —- कांति भाई जी, देव बाबू ने आपके बारे में पहले ही सब कुछ यथार्थ बयां कर दिया था और हमारे विषय में आपको। अब आगे देव बाबू ही बोलेंगे।

देव — कांति भाई, मैं पहले भी तुम्हें अपनी इच्छा जता चुका हूँ, मेरा मक़सद दो टूटे परिवारों में ख़ुशी का संचार करना है।

कांति — देव भैया, सभी मित्रों में कोई भी आपकी बात को इंकार तो क्या, इंकार करने की सोच भी नहीं सकता ? आपने राकेश बाबू का "रोका" उनसे सहमति लिए बिना ही करवा दिया और राकेश बाबू ने चूँ तक नहीं की, मेरी तो गुदड़ी ही क्या है आपके विपरीत जाने की।

डॉ. आर्य —- देव बाबू, आप मित्रों के आपसी प्यार को देखकर मैं हैरान हूँ। बिना पूछे "रोका" करवाना, यह तो माँ- बाप की भी हिम्मत नहीं है और देव केवल एक मित्र ही है।

डॉ. राकेश —- (जो अब तक मौन साधे हुए थे) देव भैया पर हम सब मित्र भगवान की तरह विश्वास करते हैं। इनकी बात का मक़सद हमेशा भलाई व अच्छाई ही होता है। देव भैया हमारे प्रेरणा स्रोत व मार्ग- दर्शक है।

डॉ. गुप्ता —- मैंने अपने 54 वर्ष के जीवन काल में ऐसा मित्र- ग्रुप नहीं देखा, आज लगता है कि स्वर्ग पृथ्वी पर भी है।

डॉ. आर्य —- कवि व लेखक तो समभाव प्रकृति के ही होते हैं।

डॉ. गुप्ता —- वाह आर्य सर ! अपनी प्रशंसा करने का यह भी एक नायाब तरीक़ा है।

(सभी हल्के से मुस्कुराते है।)

डॉ. राकेश —- देव भैया, अब मुझे अपनी ड्यूटी पर जाने की इजाज़त है ? डॉ. जैन भी आ गए होंगे। बेहतर होगा कि हम सब चलें।

देव —- बिल्कुल सही रहेगा।

(सब लोग अस्पताल पहुँच कर डॉ. जैन से मुलाक़ात करते हैं।)

डॉ. जैन —- आप सभी का स्वागत है। डॉ. गुप्ता ! हम ही आपके पास आने वाले थे ?

डॉ. गुप्ता —- हाँ सर, ऐसा ज़िक्र मैंने सुना था पर हमें ही आपके पास आना चाहिए। आपने जो कृपा दृष्टि हम पर की है, वह अनुपम व अद्वितीय है। मेरी पुत्री को नवजीवन मिला है और मुझे पुनर्जन्म।

डॉ. जैन —- गुप्ता सर ! हमारे साथी डॉ. राकेश के मित्र देव बाबू 'पारस' के समान है, जिससे लग जाए, सोना बना देते हैं। इनके किए काम कभी निष्फल नहीं होते।

डॉ. आर्य — डॉ. जैन साहब सर ! मैं डॉ. गुप्ता का साथी प्रोफ़ेसर आर्य हूँ। मुझे यहाँ आकर लग रहा है कि जींद शहर फ़रिश्तों का शहर है। यहाँ हर कोई एक- दूसरे का प्रशंसक है, विश्वास से भरा है व नेक - परोपकार के कृत्य से जुड़ा है।

डॉ. जैन —- मेरा अनुभव कहता है कि आप सब भी भले इंसान हैं क्योंकि जिसकी नज़रें जैसी होती हैं, उसको वैसा ही दिखाई देता है।

डॉ. गुप्ता —- सर जैन साहब ! हम आपका पुनः हृदय से आभार प्रकट करते हैं व उम्मीद करते हैं कि आपके दर्शनों का सौभाग्य प्राप्त होता रहेगा।

डॉ. जैन —- आप सभी का बहुत धन्यवाद ! बेटी नीलिमा, तुम ख़ुश हो?

नीलिमा —- (ख़ुशी के मारे आँसू छलकते हैं व बोल नहीं पाती है)

डॉ. जैन —- मैं समझ गया बेटी, ख़ुश रहो ! ये ख़ुशी के आंसू तुम्हारी आँखों में मोती बनकर चमकते रहें। सब लोग बाहर आकर डॉ. राकेश के घर पर पहुँच जाते हैं व भविष्य की गतिविधियों के लिए सलाह मशविरा करने में तल्लीन हो जाते हैं।

***

20

बाबू राम कृष्ण जी का मंत्री पद का शपथग्रहण समारोह

हरियाणा राज्य की राजधानी चंडीगढ़ में आज मुख्यमंत्री एवं कुछ केबिनेट स्तर के मंत्रियों के लिए शपथग्रहण समारोह का आयोजन किया गया है। बाबू राम कृष्ण की पार्टी को सरकार बनाने के लिए बहुमत मिला है। बाबू राम कृष्ण के समर्थक, हित चिंतक व रिश्तेदार कई दिनों से राजधानी में डेरा डाले हुए हैं। वे अपने पार्टी नेताओं, केंद्रीय नेताओं व संभावित मुख्यमंत्री पर दबाव बनाने में लगे थे कि बाबू जी ऐसे अकेले विधायक हैं जिन्होंने अपने सभी प्रतिद्वंद्वियों को ज़मानत बचाने का भी मौक़ा नहीं दिया। बाबूजी की लोकप्रियता, सहृदयता व बुद्धिमत्ता के मद्देनज़र उन्हें मंत्रिमंडल में सम्मान का मंत्रालय मिलना चाहिए। जींद विधानसभा क्षेत्र से पहले भी विधायक वित्त मंत्री का भार संभाल चुके हैं, अत: बाबू राम कृष्ण जी को वित्त मंत्रालय मिलना चाहिए। केंद्र से या राज्य से जो भी प्रभारी नेता आता, उसके समक्ष बाबू जी के पक्ष में स्लोगन लगाए जाते व निवेदन करते कि हम बाबूजी को वित्त मंत्री से कम कुछ स्वीकार नहीं करने देंगे।

ग्यारह बजने को आए थे, लोगों की भीड़ स्टेडियम में जुटने लगी थी। सवा ग्यारह बजे शपथग्रहण का शुभ मुहूर्त निर्धारित किया गया था। मुख्यमंत्री पद की शपथ के लिए श्री गौरीशंकर अग्रवाल का नाम पुकारा गया। सूबे के राज्यपाल महामहिम गणपति दास खंडेलवाल ने श्री गौरीशंकर अग्रवाल को पद एवं गोपनीयता की शपथ दिलाई। मुख्यमंत्री के बाद सबसे वरिष्ठ कैबिनेट मंत्रियों को पुकारा गया। दूसरे न. पर बाबू राम कृष्ण जी को पद व गोपनीयता

की शपथ दिलाई गई।पंडाल तालियों की गड़गड़ाहट से गूंजने लगा व बाबूजी ज़िंदाबाद के नारों से आकाश हिलने लगा था। शपथ ग्रहण के बाद बाबूजी ने अपने समर्थकों को विधानसभा क्षेत्र लौटने को कहा। सायंकाल चार बजे सभी समर्थक, प्रशंसक व रिश्तेदार जींद शहर के अर्जुन स्टेडियम में पहुँच गए थे जहाँ पहले ही अपार जनसमूह बाबूजी के लिए पलक-पाँवड़े बिछाए तैयार थे।ज्यों ही बाबूजी ने गाड़ी से बाहर कदम रखे, लोगों ने फूलों की सुगंधित मालाओं से लाद दिया। मंच तक पहुँचने में उन्हें आधा घंटा लग गया जबकि दूरी मात्र पचास गज थीं।

बाबू राम कृष्ण जी ने मंच पर पदार्पण किया व दो वक्ताओं के बाद अपना संदेश देना शुरू किया।

बाबूजी — भाइयों एवं बहनों ! आप सभी के प्यार की ताक़त से मैं यहाँ तक पहुँच पाया हूँ। मुझे रुपयों की मालाओं से नहीं, फूलों की मालाओं से प्यार है। फूलों में जो सुगंध है, वह रूपए - पैसे में कहाँ ? मेरा पहला कदम होगा अपने क्षेत्र के लोगों में प्यार की सुगंध का विस्तार करना। आप सभी ने जिस मेहनत व लग्न से चुनाव लड़ा, वह बेमिसाल रहा। सभी मैदान में उतरे उम्मीदवारों की ज़मानत नहीं बच पाई। इतना जोश मैंने अपने जीवन में कभी नहीं महसूस किया। क्या युवा, क्या स्त्री- पुरुष सब मुझे विजयी बनाने में जुटे हुए थे। छोटे बच्चे भी गली- कूचों में मुझे ज़िंदाबाद के नारों से उत्साहित करते रहे थे। शहर के अलावा गाँव के लोगों ने जो उत्साह दिखाया वह लाजवाब था। मेरा कहने का मतलब यह है कि शहर के साथ- साथ गाँव से भी मुझे झोलियाँ भरकर वोट मिले।

मेरे प्यारे भाइयों व बहनों ! तुमने अपना कर्तव्य पूरी निष्ठा से निभाया है। अब मेरे कर्तव्य पूरे करने का समय आ गया है। मेरे पास पूरे क्षेत्र के बंद व ठप्प पड़े उन विकास कार्यों की सूची तैयार है जो जल्द ही गतिशीलता को प्राप्त होगी

।मैं व्यक्तिगत कामों को कम व सामूहिक कार्यों को ज़्यादा तवज्जो व प्राथमिकता देना चाहूँगा। मेरे विधानसभा क्षेत्र में कोई भी घर बग़ैर नल के नहीं रहेगा। (तालियों की गड़गड़ाहट) कोई भूखा उठ सकता है लेकिन सोएगा नहीं। हर घर को मेहनत- मज़दूरी का काम मिलेगा व नौजवानों को योग्यता व मेरिट के आधार पर नौकरी मिलेगी। आप सभी ने धैर्य रखकर मेरे पीछे खड़े रहना है, मेरी पीठ नंगी न रह जाए, ढककर रखना होगा। क्षेत्र में अब स्कूलों, अस्पतालों, सड़कों जनशौचालयों का विस्तार जल्द शुरू होगा।

जींद विधानसभा क्षेत्र के मेरे प्यारे भाइयों ! आप लोगों ने जिस त्याग का इज़हार किया, वह सराहनीय है। किसी भी व्यक्ति या पार्टी से आपने मुफ़्त में कुछ नहीं लिया जबकि मेरे प्यारे भाइयों का इमान गिराने के प्रयास हुए। आप लोगों ने जिस त्याग व संतोष का परिचय दिया है वह कोई कम महत्वपूर्ण बात नहीं है। धन- संपत्ति के आगे बड़े- बड़े नतमस्तक हुए हैं पर मेरे क्षेत्र के भाइयों ने जो क़ुर्बानी दिखाई है, उसका फल उन्हें ज़रूर मिलेगा। चुनाव के दौरान मुझे कुछ ग्रुपों ने अपनी इच्छाओं व परेशानियों का ज़िक्र किया था जिनमें मुख्य रूप से कुछ समस्याएँ वास्तव में ही जल्द ध्यान देने की हैं। कुछ युवा साथियों ने शहर में क्रिकेट एकेडमी की स्थापना की माँग की थी। मैं अपने युवा साथियों को बताना चाहूँगा कि आपके स्टेडियम में एक माह के भीतर यह एकेडमी स्थापित हो जाएगी। (युवा मोर्चा द्वारा तालियों की गड़गड़ाहट) दूसरी समस्या बुजुर्गों से संबंधित है। शहर की सड़कों पर सायंकाल में कुछ गोवंश बैठ जाते हैं व ट्रेफ़िक में बाधा उत्पन्न करते हैं, कई बार झगड़ा करते हैं तो जान पर बन आती है। सायंकाल भ्रमण में बाधा पड़ती है व हमेशा डर लगा रहता है कि कहीं घर लौट ही न पाएँ। मैं पशुपालन विभाग के अधिकारियों को निर्देश दूँगा कि वे इस समस्या का स्थायी समाधान करें। अंत में सब भाई-बहनों का मुझे वोट करने के लिए धन्यवाद करता हूँ। जयहिंद ! जय भारत !! वंदे मातरम् !!!

मंच से बाहर आते ही बाबूजी को फूलों से सुसज्जित एक गाड़ी में ले ज़ाया गया और जुलूस की शक्ल में पूरे शहर में घुमाया गया। हर मोड़ व चौराहे पर लोगों की भीड़ ने हाथ जोड़ कर अभिवादन किया। सायं नौ बजे तक जुलूस चलता रहा, आख़िर दस बजे बाबूजी ने घर पहुँच कर विश्राम लिया। सुरक्षा दस्ते ने घर की सुरक्षा की ज़िम्मेदारी संभाल ली थी। डॉ. भगवत स्वरूप जी व अन्य गणमान्य लोगों ने घर पर ही उन्हें मंत्री बनने पर बधाई व शुभ कामनाएँ दी।

***

21

कांति भाई व नीलिमा की शादी की तैयारियाँ -1

डॉ. जैन से मिलने के बाद डॉ. गुप्ता व आर्य सर भिवानी अपने घर लौटना चाहते थे लेकिन देव व राकेश ने उन्हें कुछ समय और यहीं रहने के लिए राजी कर लिया था। देव की चाहत थी कि वह कल में ही अपना मिशन पूरा करे। डॉ. राकेश को उसने स्पष्ट बता कर व पूरी योजना का खुलासा कर मना लिया था। राकेश को भी देव भैया का विचार कुछ जंचा और दोनों ने मिल-जुलकर मिशन पूरा करने का बीड़ा उठा लिया।

राकेश —- देव भैया, हमने इस मिशन को पूर्णता तक पहुँचाने के लिए बड़ी विनम्रतापूर्वक आगे बढ़ना होगा।किसी भी कदम पर अहम् प्रभावी नहीं होने देना है। हम इस तरह के कार्य परोपकार व जन कल्याण के लिए करते हैं न कि अहम् की तुष्टि के लिए।

देव —- बहुत अच्छा संवाद किया राकेश भाई, अब तक एडवोकेट साहब के दर्शन नहीं हुए ?

राजीव —- (अंदर कदम रखते हुए) शैतान को याद करो तो शैतान हाज़िर, क्या हुक्म है मेरे देव आका ?

देव —- राजीव भाई, आज हड़ताल होने के बावजूद तुम इतने विलंब से पहुँच रहे हो ?

राजीव — देव भैया, मैं कहीं से भी दोषी नहीं, हड़ताल की घोषणा होते ही मैं तुम्हारी दिव्या भाभी को चैक अप के लिए अस्पताल ले गया था, वहाँ लगभग दो घंटे खर्च हो गए। घर आकर चाय बगैरह लेकर तुम्हारे रूम पर पहुँचा

लेकर राकेश बाबू वाला लॉक आज तुम्हारे दरवाज़े पर चढा हुआ था, फिर कांति भाई को देखने रूम पर गया, वहाँ भी डॉ. राकेश - लॉक लहरा रहा था। हारकर तनेजा के यहाँ देखता हुआ इधर पहुँचा हूँ।

देव —- वाक़ई राजीव भाई, पहली बार ही मेरे व कांति के रूम पर गए होंगे, 'सिर मुंडाते ही ओले पड़े।'

राजीव —- सभी मेहमानों को प्रणाम करते हैं।

देव भैया —-ये दोनों सज्जन मेरे कॉलेज के प्रोफ़ेसर हैं व ये इनकी सुपुत्री। हम सब सरिता सैर के दौरान कांति भाई के बारे में विचार कर चुके हैं। आज मुझे लगता है कि शुभ घड़ी आ गई है।

राजीव — शुभ काम जब भी हो जाए तभी शुभ घड़ी समझो। (डॉ. गुप्ता की ओर मुख़ातिब होकर) सर आप ही डॉ. गुप्ता व आपके साथ बैठे महामानव डॉ. आर्य है ?

डॉ. गुप्ता —- आपने बिल्कुल सहीं पहचाना एडवोकेट साहब।

राजीव —- सर गुप्ता जी, मैं देव बाबू का मित्र हूँ व देव आपका शिष्य, इसलिए मुझे एडवोकेट सा।हब नहीं, राजीव संबोधित करेंगे तो बेहतर होगा।यह मेरा नम्र निवेदन है।

डॉ. गुप्ता — आर्य सर ! क्या पृथ्वी के इस छोटे से शहर में हम देवलोक की झलक देख रहे हैं ? क्या यहाँ सब लोग इतने भद्र व नेक है।

डॉ. आर्य —- बिल्कुल, आपके साथ यहाँ आकर मै भी धन्य- धन्य हो गया। मैं जींद शहर की इस मिट्टी को सलाम कर शिरोधार्य करता हूँ। गुप्ता सर, अब हमें देव बाबू के प्रस्ताव को स्वीकार कर शुभ काम में विलंब नहीं करना चाहिए।

डॉ. गुप्ता —- मैं आपसे व देव बाबू से भिन्न नहीं हूँ, सब अगर उचित समझ रहे हैं तो मुझे भी कोई इंकार नहीं।

डॉ. राकेश —- देव भैया, लगता है कि शुभ मुहूर्त आ गया है। सबसे पहले तो होटल के कुछ रूम बुक कर लेते हैं।

राजीव — राकेश बाबू, सभी तीनों मेहमान मेरे घर पर रह सकते हैं। मुझे किसी प्रकार की को दिक़्क़त नहीं होगी।

राकेश — राजीव भाई, अब दिव्या भाभी से इस हालत में इतना काम नहीं हो पाएगा, खाना- पीना, सोना बहुत काम होते हैं।तुम अपने किसी परिचित के माध्यम से दो रूम बुक कर लो कल सायं तक के लिए।

राजीव —- राकेश बाबू,चैक आउट तों अधिकतम एक बजे करना होगा। फिर भी मैं देखता हूँ कि कोई परिचय में ही मिल जाए।

राकेश — ओ. के. राजीव भाई !

देव —- राकेश बाबू, अब हमें कांति भाई व नीलिमा दीदी की आपस में बातचीत करवा देनी चाहिए ताकि आपसी समझ व विश्वास में वृद्धि हो। शायद इसके लिए हमें दोनों प्रोफ़ेसर्स की स्वीकृति लेनी होगी।

राकेश —- बिल्कुल दुरुस्त कहा, कांति से भी पूछताछ कर ले, क्यों कांति भाई ?

कांति —- आप सब मित्रों के रहते हुए ऐसी कोई अनिवार्यता नहीं पर अगर सद्भाव व विश्वास के लिए नीलिमा जी भी चाहें तो आप लोग किसी भी तरह फ़ैसला ले सकते हैं।

राकेश —- गुप्ता सर, अगर आप महसूस न करे तो या नीलिमा दीदी चाहें तो दूसरे रूम में बैठकर कुछ समय के लिए आपस में संवाद कर सकते हैं।

डॉ. गुप्ता —- देव बाबू जो कहेंगे, वह ही ठीक रहेगा।

डॉ. राकेश —मैं उसी के विचार अनुसार आपसे निवेदन कर रहा हूँ, वह आपके सामने ज़्यादा मुँह नहीं खोल सकता ?

डॉ. आर्य — यह तो और भी ज़्यादा अच्छा रहेगा। शादी से पहले दोनों की आपसी अंडरस्डेंडिंग ज़रूरी है।

डॉ. गुप्ता — आओ हम भी कुछ देर के लिए तनेजा रेस्टोरेन्ट पर चलते हैं।

(नीलिमा व कांति भाई को आपसी बातचीत के लिए छोड़कर तनेजा रेस्टोरेन्ट पर चाय के लिए निकल जाते हैं)

राजीव —- (रास्ते में ही) राकेश बाबू, जब हम तनेजा के पास जा ही रहे हैं तो वहीं से रूम बुक कर लेंगे। तनेजा के सब होटल्स में परिचित हैं।

राकेश — जैसा उचित समझो लेकिन यह ड्यूटी तुम्हारी लगी है, इसे तुम्हें ही फ़ाइनल करना है।

राजीव —- राकेश भाई, ऐसी मज़बूती तो तुम में मैने पहली बार देखी है।मैं तुग्हे रेस्टोरेन्ट जाकर रिपोर्ट करता हूँ।

राकेश —- ओ. के. राजीव भाई ! देव भैया, हम सुधाकर पंडित जी को यहाँ घर पर बुलाएं या मंदिर में ही रस्म कर लें ?

देव — यह तो सलाह मशविरा करके निर्णय लेना होगा, क्यों राजीव भाई ?

राजीव —- घर में अगर सब प्रबंध करना इतना जल्दी न हो सके तो आजकल होटल में सब व्यवस्था होती है, पंडित जी भी वहाँ उपलब्ध रहता है। फिर हमें शायद कुछ और ज़्यादा रूम की ज़रूरत पड़ेगी। देव भैया, फिर यह शादी भी सामाजिक मानी जाएगी। मंदिर में की गई शादी के लिए पुजारी की गवाही समेत अनेक प्रमाण जुटाने पड़ते हैं।

राकेश — (गुप्ता सर से) गुप्ता सर, हम शादी के लिए होटल में ही व्यवस्था कर रहे हैं, आपको ठीक लगेगा ?

डॉ. गुप्ता —- और तो कोई ज़रिया नहीं, होटल ही दुरुस्त रहेगा।

राकेश —- राजीव भाई, चार रूम बुक करो, दो आज के लिए व दो कल के लिए। साथ ही सात फेरों व शादी- समारोह के लिए डेकोरेशन, सब इंतज़ाम करवा लो। होटल प्रबंधन को सवा ग्यारह बजे का समय निर्धारित करना व लंच तनेजा रेस्टोरेन्ट में रहेगा।

राजीव — ओ. के. राकेश बाबू !

देव — मैं सुधाकर को किसी भी ज़रूरत के लिए तैयार रहने को कह सकता हूँ।

राकेश —उसे तो सपरिवार आमंत्रित ही कर लो, अपने गाँव का ही तो है।

देव —- हाँ, यह ठीक रहेगा, नीलिमा दीदी को एक -दो महिला का साथ ज़रूरी है।

राकेश —- मैंने रश्मि को भी बुलाने का सोच रखा है, क्या ठीक रहेगा?

देव— रश्मि भाभी के साथ अश्मि, राजीव के घर से दिव्या भाभी और....और हां, नेहा भी दिल्ली से आ सकती है। उसे शादी देखने का बहुत चाव है।

राकेश — मैं नेहा से फ़ोन पर बात करता हूँ। (फ़ोन मिलाकर) नेहा बहन ! मैं राकेश बोल रहा हूँ। तुम दिल्ली से यहाँ जींद अपने घर कब तक पहुँच सकती हो ?

नेहा —- इतनी भी क्या कोई ज़रूरत आ गई है ?

राकेश —- कांति भाई की शादी है, कांति भाई ने तुम्हें अपनी शादी में शामिल होने का वादा किया था न ?

नेहा — हाँ किया था, मुझे सब याद है, इसीलिए तो मैं कांति भाई व नीलिमा दीदी, ना ... ना.... ना.... भाभी के पास बैठी हूँ घर में।

राकेश —- (आश्चर्य से) तुम जींद वाले घर से बोल रही हो ? हम तनेजा के यहाँ हैं मेहमानों के साथ चाय के लिए।

नेहा —मुझे कांति भाई ने सब कुछ बता दिया है। हम तीनों के लिए भी मैंने चाय बनाकर पी ली है।

राकेश — हम कुछ देर में लौटेंगे, तब तक तुम आराम कर लो दूसरे रूम मे।

नेहा —- ओ. के. भैया !

राकेश — देव भैया, नेहा तो पहले ही आ चुकी है, रविवार के साथ एक - दो अवकाश और जुड़े हैं इसलिए आ गई।

देव —- यह भी अच्छा ही हुआ ! राकेश भैया, शुभम- शिवि व देविना को भी निमंत्रण भेजना है।

राकेश —- उन सभी को तो डॉ. गुप्ता ही आमंत्रित करेंगे।

देव — अगर चाय हो गई हो तो निवास पर चलें ?

राकेश — राजीव भाई से पूछना पड़ेगा, क्या होटल से सब इंतज़ाम हो गया ?

देव — (तनेजा के पास आकर) राजीव भाई, अब क्या कोई बाधा है, मुझे बताओ ?

राजीव — नहीं देव भैया, सब सैट हो गया, जहां तनेजा वहाँ हंसे जा।

तनेजा —- राजीव बाबू, मैं आप लोगों का मित्र तो नहीं लेकिन मित्र से कम भी नहीं।

देव —-कल लंच में देखते हैं तुम्हारी मित्र भक्ति ?

तनेजा —- आज किसी भी समय मेहमानों की संख्या बता देना ताकि सुबह पूरी सामग्री दूध, फल बगैरह मँगवा सकूं। स्वीट डिस में क्या चलेगा ? सब बता देना।

देव — रात दस बजे तक तुम्हारे पास सब विवरण पहुँच जाएगा।

तनेजा —-मुझे भरोसा है, खुद आकर बताना, फ़ोन पर नहीं। अगर लिस्ट पहले या बाद के समय में तैयार हो तो भी संकोच न करना। आज शनिवार कुछ ज़्यादा ही भीड़ रात्रि ग्यारह बजे तक चलती है।

देव — ओ.के. तनेजा सर ! (सभी मेहमानों से) अब हम राकेश बाबू के निवास पर चलेंगे।

डॉ. गुप्ता —- राजीव बाबू, अगर होटल के लिए कुछ एडवांस बुकिंग के लिए कुछ लेना- देना हो तो बताने से संकोच न करना।

राजीव — यह सब देव भैया व राकेश बाबू देख रहे हैं।

(सब मेहमान चाय के बाद राकेश बाबू के निवास पर लौट आते हैं।)

नेहा — (दरवाज़े पर आकर) सभी अंकल जी को नमस्कार !

राकेश — दो ही अंकल जी हैं नेहा बहन, डॉ. गुप्ता व डॉ. आर्य, देव भैया के टीचर (प्रोफ़ेसर)

नेहा —- राकेश भैया, देव भैया के प्रोफ़ेसर हमारे घर ! यह तो हमारा परम सौभाग्य है, गुरू का आशीर्वाद तो सफलता का मंत्र है। देव भैया, कांति भाई को कितनी सुंदर भाभी मिली है। थोड़ी देर पहले बड़े ख़ुश थे, अब सबको देख कर कुछ गंभीर हो गए।

देव —- नीलिमा दीदी भी ख़ुश है क्या नेहा बहन ?

नेहा — हाँ, बहुत खुश ! दोनों की सुंदर जोड़ी बनेगी।

देव — तुम कल शादी में डांस करोगी ? रश्मि भाभी व अश्मि भी आएँगी। दिव्या भाभी भी आ सकती है।

नेहा —- हाँ देव भैया, आप सब भी तो धमाल मचाएँगे न ?

देव — बिल्कुल, आज मेरे यार ....।

राकेश — गुप्ता सर ! आर्य सर ! आप दोनों कृपा करके नीलिमा दीदी से उसकी प्रतिक्रिया जान ले, फिर सब फ़ाइनल करेंगे।

डॉ. गुप्ता —- नेहा बिटिया ने जो बताया है, वही सब कुछ ठीक है। क्यों नीलिमा बेटी ?

नीलिमा —पापाजी, मैं आप सभी से विपरीत कैसे जा सकती हूँ ?

डॉ. गुप्ता —- मेरी पुत्री ! हम सब तुम्हारे सुख व सुंदर भविष्य के लिए ही कर रहे हैं।

देव —- कांति भैया, अब तो डॉक्टर से पहले बाज़ी मार गए ?

नेहा — हाँ देव भैया, आप और राकेश भैया औरों की चिंता में ही लगे रहते हो, अपनी फ़िक्र नहीं करते।

देव —- हम सब की चिंता भगवान राम करते हैं, वह ही ऊपर से जोड़ियाँ बना कर भेजते हैं।

(नेहा ऊपर आसमान की ओर देखती है, इस पर सभी बिना हंसे नहीं रह सके।)

***

22

शेखर- शालू प्रकरण

सर ! आपने मुझे याद किया ? शेखर बाबू ने ऑफिस में कदम रखते हुए कहा।

एम. गुप्ता — हाँ, शेखर बाबू, मैंने आपको बुलाया है पर एक ऑफ़िसर के नाते से नहीं, एक पिता के नाते, इसलिए बिना किसी औपचारिकता के हम बातचीत करेंगे।

शेखर बाबू — सर, शायद आप बच्चों की शादी बगैरह को लेकर चिंतित होंगे ?

एम. गुप्ता —- बिल्कुल, आपने सही अनुमान किया है। घर पहुँच कर जब बिटिया का फूल सा चेहरा मुरझाया हुआ देखता (पाता) हूँ तो अपने आप को असहाय सा अनुभव करता हूँ। क्या आपको भी इस तरह की कोई परेशानी है ?

शेखर बाबू — गुप्ता सर, मैं अपने आप को परिस्थिति व समय के अनुसार ढाल लेता हूँ क्योंकि मेरा मानना है कि यदि आप समय व परिस्थिति को बदलने या अनुकूल करने में सक्षम नहीं हैं तो खुद को बदल लेना चाहिए।

एम. गुप्ता —-बहुत एडजस्ट करते हैं, फिर भी कई मामले मुँह बाए हुए निगलने पर उतारू रहते हैं।

शेखर बाबू — आप शायद देविना बिटिया की शादी को लेकर असमंजस में हैं, निर्णय नहीं ले पा रहे हैं ? सर, जब तक प्राणी बड़ा- छोटा,

ऊँच- नीच, पद- संपत्ति, सामाजिक स्तर के भँवर से बाहर नहीं निकल जाता तब तक दुविधाग्रस्त ही रहता है।

एम. गुप्ता —- क्या इन चीजों की जीवन में कोई महत्वपूर्ण भूमिका नहीं है ? इन सब का त्याग करने से क्या जीवन में नीरसता की सत्ता स्थापित नहीं होगी ?

शेखर बाबू —-सर, मैंने तो जीवन को इसी तरह जिया हैं कि स्वयं को समय के मुताबिक़ परिवर्तित कर लो, अड़े रहने से नीरसता आती है। बदलने में एक बारगी तो भय सा महसूस होता है पर धीरे-धीरे सब सामान्य हो जाता है।अपनी विवशता को विवाद बनाने से जग- हंसाई ही होती हैं।

एम. गुप्ता — शेखर बाबू, लगता है कि तुम्हारा जीवन खट्टे- मीठे अनुभवों से भरा रहा है। हमारा जीवन दुख- दर्द से दूर आरामदायक रहा है। हम न स्वयं बदल पाते हैं और न ही परिस्थितियों को बदल सकते हैं।

शेखर बाबू —- सर, दुविधा में दोनों गए, माया मिली न राम। मैंने यही सोचकर फ़ैसला लिया कि स्वयं को बदलने से बेटी व दामाद दोनों मिलेंगे और न बदलने से बेटी भी बेगानी हो जाएगी।

एम. गुप्ता —शेखर बाबू, तुम्हारी बिटिया ने तो ऐसा लड़का ढूँढ लिया है जिसके पास घर-परिवार धन- दौलत सब कुछ है लेकिन हमें यह सौभाग्य नहीं प्राप्त हुआ। हमें ऐसा लड़का मिला है जो माँ- बाप के रहते हुए भी अनाथ है, अकूत संपत्ति होते हुए भी निर्धन है, कोठी- बंगला होते हुए भी किराए के मकान में रहने को विवश है।

शेखर बाबू — गुप्ता सर, अगर धन- संपत्ति, कोठी- बंगला ही सुख है तो संसार की बड़ी आबादी दुखी होती। ये सब सुख की वृद्धि में सहायक तो हो सकते हैं, सुख के मूल कारण नहीं।

एम. गुप्ता —शेखर बाबू ! ये बातें कहने में जितनी आसान है, अमल में लाने में उतनी ही मुश्किल।

शेखर बाबू —- एक बारगी तो लगेगा कि कुछ खो गया लेकिन संयम रखा तो जीवन सरपट दौड़ने लगता है।

एम. गुप्ता —तो आपका अभिप्राय है कि मुझे भी आपकी तरह यह रिश्ता स्वीकार कर लेना चाहिए।

शेखर बाबू — सर, अगर मनुष्य मेहनती व गुणी है तो सब निर्मित कर लेगा और देव बाबू केवल लड़का नहीं देवता है। मै तो उससे खुद मिला हूँ, मेरी आबरू उसी ने बचाई है गुप्ता सर ! शिवि जब दीपावली के दिन घर छोड़कर चली गई थी तब देव बाबू ने अपने साथियों के साथ मिलकर मेरी बेटी को सहारा दिया, उसका जीवन बचा लिया। ऐसा देवतुल्य बच्चा दुनिया में तो क्या, तीन लोक में भी नहीं मिलेगा। आप उसकी तुलना पद के साथ कर रहे हैं, आप पद नहीं, काम देखिए। टीचिंग एक पवित्र व परोपकार का पथ है। पद से व्यक्ति नहीं, व्यक्ति से पद सुशोभित होता है।

एम. गुप्ता —- शेखर बाबू, आपकी बातों से मुझे कुछ सहारा मिला है। कल भी आप मुझे यहीं ऑफिस में मिलना ? याद रहेगा न ?

शेखर बाबू — यस सर ! मैं नोट कर लूँगा।

एम. गुप्ता— अब चलें घर ! ऑफ़िस का टाइम समाप्त हो गया है।

शेखर बाबू — जी सर, कुछ ज़्यादा ही टाइम निकल गया।

शालू — (घर पहुँचे शेखर को थका हुआ सा देखकर) आप अब रोज़ ही देर से आने लगे। ऐसा दफ़्तर में क्या काम आ पड़ा ?

शेखर —- शिवि आ गई कैफ़े से ?

शालू —- हां, शायद अपने रूम में ही है।

शेखर — कुछ चाय बगैरह बनाओ, बोलने से ही थकावट लग रही है। हम सब मिलकर चायपान करेंगे। शिवि बेटी, देखो पापाजी आए हैं।

शिवि —- (रूम से बाहर आकर) लगता है कि शुभम के पापाजी से कुछ बातचीत हुई है ?

शेखर — तुम्हें कैसे लगा कि मैंने बातचीत की है ?

शिवि —-आप इतने प्यार से मुझे कभी नहीं पुकारते थे, आज आपकी ट्यून ही कुछ और है जिसमें प्यार का पवित्र एवं नीरोग रस टपक रहा है।

शेखर —- ट्यून को तो तुमने ठीक पहचाना है पर शुभम के पापा से नहीं देविना के पापाजी से बात हुई है।

शालू —-(चाय की ट्रे टेबुल पर रखते हुए) आज चाय में शक्कर डल गईं, ध्यान तुम्हारी बातों को तरफ ही लगा रहा।

शेखर —- एक नमकीन मट्ठी ज़्यादा खा लूँगा, सब बराबर।

शिवि —- मुझे ठीक रहेगा, चाय गर्म स्वादिष्ट भी लगेगी, वरना शक्कर ऊपर से डालो तो चाय ठंडी हो जाती है।

शेखर —-बेटी आजतक तो इस तरह का ज़िक्र तुमने कभी किया नहीं।

शिवि —- पापाजी, अब कुछ एडजसटमैंट की भावना बढ़ने लगी है, किसी बात का विरोध करने का मन ही नहीं करता और विरोध करूँ भी कैसे ? आप दोनों मेरा भरपूर ख़्याल रखते हैं।

शेखर —- वाह बेटी, यही एडजस्टमैंट की बात देविना के पापाजी से हो रही थी।उन्होंने मुझे अपने ऑफिस में बुला लिया था और देविना की शादी देव बाबू से करने को लेकर दुविधा जताई।

शिवि —- अभी तक उनको अपनी बेटी का दर्द महसूस नहीं होने लगा है। कैसे पापा हैं जो अपनी ही बेटी को सताए ?

शालू —- शिवि बेटी, अपनी बेटी के भविष्य व सामाजिक प्रतिष्ठा का ध्यान रखना माँ- बाप का परम कर्तव्य है। बच्चे नादानी व जोश में अनुचित फ़ैसले ले लेते हैं जिस पर उन्हें भी व माँ- बाप को भी पीड़ा झेलनी पड़ती हैं।

शिवि —- मौसी जी, आपकी विचारधारा एकदम सही है पर प्यार के मामले कुछ अजीब सा रंग पकड़ लेते हैं। देव भैया तो देवता है, ऐसा वर पाकर तो देविना दीदी हमेशा ख़ुश रहेगी।

शेखर —- यही बात मैंने गुप्ता जी को कही थी जिसे उन्होंने गंभीरता से लिया। मुझे अब लगने लगा है कि गुप्ता सर जल्दी ही कोई निर्णय लेंगे।कल भी मुझे अपने ऑफिस में बुलाया है।

शालू — इसीलिए तुम्हें देर हो गई। शिवि बेटी, हम घूमने जा रहे हैं पार्क में, मैंने सब्ज़ी बना दी है, तुम अपने व हमारे लिए आठ- दस चपाती सेंक लेना व हॉटकेस में रख देना।

शिवि —- अच्छा मौसीजी, जब भूख लगेगी, मैं बना लूंगी व आप दोनों के लिए बना कर रख दूँगी।

शेखर —- तुम्हें चपाती बनाना आ गया बेटी !

शिवि —- मौसी जी मुझे रोज़ घर के नए- नए काम सिखाती हैं व साथ-साथ कहती हैं कि औरत ही घर को संभाल सकती है।

शेखर —- शालू, तुम मुझ पर ही आंखें लाल रखती हो बाक़ी पर तो प्यार की लालिमा छिड़कती हो।

शालू —- आपकी मज़ाक़ करने की आदत अच्छी लगती है, अब चलो, पार्क में जाकर गर्मी से कुछ राहत मिलेगी।

(दोनों पति पत्नी इवनिंग वॉक के लिए निकल जाते हैं।)

शेखर — आज आइसक्रीम नहीं चलेगी, अभी चाय ली है ।गर्म- सर्द होने का ख़तरा मोल क्यों ले ?

शालू —ठीक है,थोड़ा सा टहल कर फिर बैठकर ताज़ा व सुगंधित हवा का सेवन करेंगे।

दोनों दस- पंद्रह मिनट तक पार्क के इधर-उधर कोनों में चक्कर लगाते हैं व फिर विश्राम के लिए अपने पसंदीदा कोने में बैठ जाते हैं।

शेखर —- शालू, अब तुम्हे घर में कैसा महसूस हो रहा है ?

शालू —-शेखर बाबू, औरत शादी से पहले अपने पिता के घर और शादी के बाद पति के घर ही संतोष से रह सकती है। तुम्हारे साथ हालाँकि मुझे कोई परेशानी नहीं पर फिर भी कभी न कभी तो मुझे अपने पति का सान्निध्य मिलेगा ही। इसी आशा व विश्वास के चलते मैं तुम्हारे साथ एडजस्टमैंट कर रही हूँ।

शेखर — हाँ, यही बात मैं कल गुप्ता जी को कह रहा था। शालू ! अब तुम अपनी व्यथा का गुणगान शुरू करो। तुमने कल कहा था कि पिताजी की मृत्यु के बाद किसी ने सहारा नहीं दिया क्योंकि नौकरी नहीं रही व बैंक बैलेंस भी नहीं था।

शालू —- प्राइवेट कॉलेज में पिताजी के प्रभाव से ही नौकरी लगीं थीं, उनकी आँखें बंद होते ही कॉलेज कमेटी की आँखें भी बदल गई और मुझे नौकरी से निकाल दिया गया। तुम अब तक यह सवाल दिमाग़ में लिए घूम रहे हो ?

शेखर —- अब सारा दिमाग़ तुम्हारी तरफ़ ही लगा रहता है, तुम्हारी बातें सुनकर तुम्हें गले मिलने को दिल करता है।

शालू —- तुम्हें अच्छी तरह से मालूम है कि मैं किसी और की अमानत हूँ, केवल गले लगा सकते हो, दिल नहीं लगा सकते।

शेखर —- हाँ शालू, मुझे तुम्हारी उपस्थिति में ही संतुष्टि है। अब अपनी प्रेम कथा को आगे बढ़ाने का कष्ट करो।

शालू — दिनोंदिन शेखर गुप्ता सर से प्यार बढ़ता गया व Ph.D. का भार कम होता गया। शेखर गुप्ता के गाइड के ही एक मित्र मेरे सब्जेक्ट के गाइड थे जिन्होंने Thesis लिखने के कुछ आसान टिप्स मुझे दे दिए थे। Ph.D. करते-करते मैं प्यार की डॉक्टर भी बन गई थी। अब मैं शेखर गुप्ता के साथ ही उनकी गाड़ी में कॉलेज जाती व वापिसी में वे मुझे मेरे रूम पर ड्रॉप कर जाते। समूचे कॉलेज में हमारे प्यार के चर्चे थे। जब भी मैं क्लास में लेक्चर के लिए जाती, लड़के- लड़कियाँ मन ही मन मुस्कुराते व मुझसे संवाद साधने के लिए ऊल-जलूल सवाल करने लगते। हालाँकि वे यह सब प्यार के वशीभूत होकर ही करते थे। शेखर गुप्ता हर क्षण मुझे खुश रखने का प्रयास करते व मेरी परवाह करते।

शेखर बाबू —- प्रिंसिपल व स्टाफ़ ने कभी कोई किसी प्रकार का समर्थन/ विरोध नहीं जताया ?

शालू —- प्यार में डूबे दो दिलों को कोई कुछ नहीं कहता, हमने कोई अनैतिक कार्य तो नहीं किया था।किसी के आपसी प्यार से किसी को क्यों दिक़्क़त होगी ?

शेखर बाबू —- तुम्हारा सिनेमा व रेस्टोरेन्ट जाना तो अकसर होता होगा?

शालू —- सिनेमा तो कभी- कभार ही होता था, हाँ रेस्टोरेन्ट तो तक़रीबन रोज़ ही होता था। चाय, कॉफी, कोल्ड ड्रिंक ये तो सामान्य बातें थीं।

शेखर बाबू — कुछ होंठ सूखने लगे हैं, आइसक्रीम लेकर आता हूँ। तुम कौन-सी लोगी ?

शालू —बनिला चलेगी।

शेखर बाबू — ओ. के. तुम इतने तक प्यार के सागर में डुबकी लगाओ, सपने देखो, मैं अभी लौटता हूँ।

(शेखर बाबू के जाने के बाद शालू पिछली बातों में खो गईं थीं।)

शालू —- (सपने लेते हुए) शेखर, अब तुम्हे निर्णय लेना ही होगा, अपनी पसंद व माता-पिता की पसंद में एक को चुनना होगा ?

शेखर गुप्ता —(कल्पना में ही) शिवानी (शालू का पहला नाम) अभी इतनी जल्दी ना करो, Ph.D. पूरी होने पर हम फ़ैसला ले सकते हैं।हो सकता है कि मम्मी पापा का रुझान तुम्हारी तरफ़ हो जाए ?

शिवानी — मम्मी पापा को मुझसे परहेज़ नहीं है, उन्हें सिर्फ़ शादी के ढंग पर एतराज़ है। वे प्रेम- विवाह नहीं बल्कि धूमधाम से सामाजिक समारोह पूर्वक विवाह चाहते हैं।

शेखर गुप्ता — उन्हें यह भी फ़िक्र है कि विवाह के बाद ससुराल नहीं केवल लड़की या बहू पा लेना ही तो शादी नहीं है।मै तो कई बार उनको समझा चुका कि मुझे शिवानी के अलावा किसी और से शादी नहीं करना है। अब चलो तैयार हो जाओ, यूनिवर्सिटी जाना है Thesis जमा करवाने।

शिवानी —- आज क्या अंतिम तिथि है, दो दिन बाद भी जमा हो सकती है।

शेखर गुप्ता — आज गाइड ने सब स्कॉलर्स को कॉल किया है, फिर वे दो महीने के लिए विदेश चले जाएँगे।

शिवानी — Thesis तो हमें कमेटी को ही Submit करना है, बेशक गाइड चलें भी जाएं।

शेखर गुप्ता —- गाइड अनौपचारिक रूप से Thesis को चैक कर अशुद्धियों को दूर करेंगे व कुछ डॉक्यूमेंट बगैरह की ज़रूरत को भी बताएँगे। सबमिशन के लगभग छ: सप्ताह बाद मौखिक परीक्षा के लिए सूचना मिलेगी। यह तभी होगा जब Thesis चैक करवाकर प्रस्तुत करेंगे।

शिवानी — अब इतना झंझट कौन करेगा ? मेरा तो मूड नहीं बन रहा है आज।

शेखर गुप्ता — तुम्हें कुछ नहीं करना है, तुम केवल अपने डॉक्यूमेंट, फ़ोटो आदि ले चलो, मैं गाइड से निर्देश पाकर सब कर लूँगा।

शिवानी —- ठीक है चलो! चलने के नाम से जो आँखें खुली तो शेखर बाबू को सामने पाया।

शेखर बाबू — क्या कुछ सपने देख रही हो ?

शालू — हाँ शेखर बाबू, मैं भूतकाल में खो गईं थीं।

शेखर बाबू — अब वर्तमान में आओ और अपनी 'बनीला' आइसक्रीम खाओ।

शालू — (आइसक्रीम लेकर उसका स्वाद चखते हुए) तुमने भी तो बहुत देर कर दी ? कोई जान- पहचान का मिल गया था क्या ?

शेखर बाबू — इस गेट पर जो आइसक्रीम वाला था उसके पास 'बनीला' नहीं थीं, मैं दूसरे गेट से लेकर आया हूँ। अब ख़त्म करो, टाइम कुछ ज़्यादा ही निकले गया है। अभी डिनर भी लेना है।

शालू —- आज तो आइसक्रीम से ही काम चलेगा।

शेखर बाबू — शिवि ने चपातियाँ बनाकर रखीं होंगी, सब्ज़ी माइक्रोवेव करके दो- दो चपाती खा लेंगे। बस हो गया डिनर।

शालू —ओ. के. चलो ! चलने से कुछ आलस्य दूर होगा।

(दोनों घर के लिए निकल जाते हैं।)

23

एम. एम. गुप्ता का घर में संवाद व देविना की शादी को स्वीकृति

शेखर बाबू से बातचीत के बाद एम.एम. गुप्ता (ज़िला दूरसंचार अधिकारी) सीधे अपने घर के लिए निकल पड़े थे। आज उन्हें न कोई शॉपिंग करना था और न किसी मित्र- परिचित से मिलना था। शेखर बाबू से मुलाक़ात का गहरा प्रभाव पड़ा था उनके मन - मस्तिष्क पर। उनके कानों में शेखर बाबू के ये शब्द गूंज रहे थे — "गुप्ता सर, देव केवल एक लड़का नहीं देवता है। ऐसा लड़का आपको दुनिया में खोजने को भी नहीं मिलेगा।" घर में प्रवेश करते ही- देविना बेटी, कहाँ हो तुम ? देखो पापाजी ऑफिस से घर आ गए हैं।

मेधा —- आज क्या ख़ास बात है, बड़ा प्यार आ रहा है अपनी बिटिया पर ?

एम. एम. गुप्ता —- कहाँ, घर में नहीं है क्या ?

मेधा — इस समय तो वह साइबर कैफ़े गई हुईं हैं कंप्यूटर सीखने के लिए, आधे घंटे तक लौटेंगीं। आप क्या चाय- कॉफी लेंगे या नींबू - पानी ?

एम. एम. गुप्ता —- मैं ड्रेस बदलकर व फ्रेश होकर आ रहा हूँ, इतने तक तुम कॉफी बना लो। शेखर बाबू से बातें करते - करते सिर में थोड़ा दर्द महसूस हो रहा है।

मेधा —- अगर ज़रूरत समझो तो कोई सिर दर्द की दवा ले लो।

एम. एम. गुप्ता —- नहीं, ऐसी कोई ज़्यादा ज़रूरत नहीं, कुछ देर शांत रहूँगा तो चैन आ जाएगा।

मेधा —- क्या कह रहे थे शेखर बाबू ? उनका निर्णय तो अटल है, शालू भी पूरी तरह सहमत है।

एम.एम. गुप्ता —- शेखर बाबू बहुत अनुभवी एवं व्यवहारिक क़िस्म का इंसान है, मैं उसे यूँ ही अनाड़ी व निकम्मा समझता रहा।

मेधा —- बिना किसी से बातचीत व व्यवहार किए उसके प्रति कोई भी धारणा सही नहीं कही जा सकती ?

एम. एम. गुप्ता —- बिल्कुल मेधा, आज उसने मेरी आँखें खोल दी - "अगर आप समय व परिस्थिति को बदल नहीं सकते तो स्वयं में ही परिवर्तन लाना होगा।" यह पंक्ति मेरे दिमाग़ में असर कर गई है।

मेधा —- सही कहा शेखर बाबू ने, उन दोनों ने तो बड़ी समझदारी व तत्परता से अपनी शिवि बिटिया को संभाल लिया। किसी को कानों- कान खबर तक नहीं हुई।

एम. एम. गुप्ता —- अब हमें भी तो किसी तरफ़ फ़ैसला लेना पड़ेगा। तुम भी अपनी राय से मुझे अवगत कराओ।

मेधा — वैसे तो दूरगामी परिणाम वाले निर्णय पुरुष ही लेते हैं लेकिन यह मामला अपने घर से संबंधित है तो मेरी तो यही राय है कि बच्चों के फ़ैसले हमसे बेहतर निकलते हैं। वे वर्तमान जबकि हम भूतकाल के अनुभवों पर आधारित फ़ैसले लेते हैं।

एम. एम. गुप्ता —- तो शायद तुम भी वहीं चाहती हो जो देविना बिटिया चाह रही है।

मेधा - मेरी चाहत की इतनी अहमियत नहीं, तुम जो भी निर्णय करोगे, मैं तुम्हारे साथ खड़ी रहूँगी। फिर भी मैं यही चाहूँगी कि देविना बिटिया जो चाहती है, वही स्वीकार करो।

एम. एम. गुप्ता —- अब तक तो देविना को आ जाना चाहिए था। कहीं किसी नई बनीं साइबर सहेली से बातों में खो रही होंगी।

मेधा —- बच्चों का घर में दिल कम लगता है आजकल, ये तो मैं सर्विस छोड़ कर घर में हूँ तो बिटिया भी घर में है, सब काम भी सीख रही है पर कब तक रहेगी घर में ?

एम. एम. गुप्ता —- मैंने कल भी शेखर बाबू को अपने ऑफिस में बुलाया है।

मेधा —- अब शेखर बाबू और क्या कहेंगे ? समझदार को तो संकेत ही काफ़ी होता है।

एम. एम. गुप्ता —- मेधा, मैंने अब मन बना लिया है कि जैसा मेरी बच्ची कहेगी, वैसा ही होगा। मैं अपनी फूल सी गुड़िया को नाहक ही तड़पाता रहा, अब तुम्हारा फ़ैसला ही मेरा फ़ैसला होगा। हम देविना के आने के बाद भानू से भी सलाह मशविरा करेंगे।

मेधा — आपने अपना मन बना लिया, अच्छी बात है, बच्चों की ख़ुशी में ही माँ बाप की ख़ुशी निहित है।

एम. एम. गुप्ता - गेधा, क्या मैंने कॉफी ले ली है ? मेरा सिर दर्द अब ग़ायब है।

मेधा — अभी तो हम बातों में ही मशगूल रहे, कॉफी बनाने का मौक़ा ही नहीं लगा ? तनाव ख़त्म होने से ही शायद तुम्हारा सिर दर्द ख़त्म हो गया है।

देविना —- (घर में दाखिल होते हुए) लेकिन मेरा सिर दर्द लगातार बढ़ रहा है। आज चश्मा लेना भूल गईं। बिना चश्मे के कंप्यूटर चलाने से सिर दर्द हुआ है।

मेधा —- मैं तुम दोनों के लिए कॉफी तैयार करती हूँ।

एम. एम. गुप्ता — देविना बिटिया ! आज मैंने शिवि के पापा शेखर बाबू से ऑफिस में बुलाकर बातचीत की, क्या तुम भी मिली हो कभी उनसे ?

देविना —- मुझे तो कुछ ध्यान नहीं पर आपने उन्हें क्यों बुलाया ? क्या कोई ऑफिस से संबंधित काम था ?

एम. एम. गुप्ता —- ऑफिस का ही काम होता तो तुम्हें बताने की क्या ज़रूरत थी ? मैंने तो उनसे शादी के विषय में चर्चा की थी।

देविना — हाँ पापाजी, वे जल्द ही अपनी रानी बिटिया की शादी करने वाले हैं। मैं शिवि की बारात व दूल्हा देखने जाऊँगी।देखूँगी, शुभम सेहरा सजाकर कैसा लगता है ?

एम. एम. गुप्ता —- (देविना को गले लगा कर) बेटी, तेरा दूल्हा भी शुभम के साथ ही सेहरा सजाकर आएगा। मेरी रानी बिटिया जब दुल्हन बनेगी तो दुनिया देखेगी।

देविना — (हैरान सी हो कर) मम्मी ! पापा जो कह रहे हैं, क्या सच कह रहे हैं ? मुझे अपने कानों पर विश्वास नहीं हो रहा है।

मेधा —- आज तुम्हारे पापाजी जो कुछ भी कह रहे हैं, वह सच के सिवाय और कुछ नहीं है। हमने फ़ैसला कर लिया है कि अपनी बेटी की पसंद ही हमारी भी पसंद होगी।

देविना — पापाजी, क्या शिवि के पापा ने आपको ऐसा कुछ करने को कहा है।

एम. एम. गुप्ता — मैं उनकी बातों से बहुत प्रभावित हुआ बेटी ! मुझे लगने लगा है कि मैंने अपनी बेटी को बहुत दुख पहुँचाया है, उस पर अविश्वास किया है। अब मैं अपनी भूल सुधार करना चाहता हूँ, तुम भानू को फ़ोन लगाओ, उसकी राय जानना भी ज़रूरी है।

देविना — (भानू भैया को फ़ोन लगाकर पापाजी को देते हुए)

एम. एम. गुप्ता —- हैलो भानू बेटा, तुम्हारा सब ठीक चल रहा है ? कब छलांग लगा रहे हो मून पर ?

भानू —- पापाजी को नमस्ते करता हूँ, मैं यहाँ ठीक हूँ व अपने मिशन की सफलता के लिए जुटा हुआ हूँ। देश का सपना कब पूरा कर पाऊँगा, अभी निश्चित नहीं कह सकता ?

एम. एम. गुप्ता —अच्छा बेटा, मैंने तुम्हें कुछ दिन पहले देविना की शादी के बारे में ज़िक्र किया था।

भानू —- हाँ पापाजी, लगता है कि आप देविना दीदी से सहमत हो गए हैं।

एम. एम. गुप्ता —- तुम्हें किसी ने बताया है क्या ?

भानू —- आपकी आवाज़ से ही मैंने अनुमान लगाया है और दूसरी लाइन से कंफर्म भी हो गया है।

एम.एम. गुप्ता —- बड़ा समझदार हो गया हमारा बरख़ुरदार ! तुम भी ख़ुश हो न ?

भानू —- आप सब की ख़ुशी में ही मेरी भी ख़ुशी है।

मेधा —- (पापाजी से फ़ोन लेकर) सब ठीक है ना बेटा ! देविना भी बहुत खुश हैं।

भानू — मम्मी जी, एक बार देविना को फ़ोन देना।

देविना — (मम्मी से फ़ोन लेकर) क्या है भैया ?

भानू —- तुम्हें मुबारक हो देविना ! बड़े दिनों बाद घर में ख़ुशी का माहौल बना है। ओ. के. गुड लक दीदी !

देविना — तुम्हारे चांद पर पहुँचने के लिए भी गुडलक भैया ! वह दिन भारतीयों के लिए कितना गर्व का दिन होगा जब हमारा प्यारा तिरंगा चांद की शान बनेगा।

भानू — तुम्हें उस दिन मेरी तरफ़ से ग्रांड पार्टी होगी, मम्मी पापा को भी।

देविना — मैं तो मम्मी पापा की आज ही ग्रांड पार्टी कर रही हूँ। हम 'शाहीमहल' रेस्टोरेन्ट जा रहे हैं अभी।

(सब तीनों डिनर के लिए निकल जाते हैं।)

***

24

नीलिमा व कांति की शादी - 2

कुछ देर बातचीत करने के बाद सभी लोग - तीनों मेहमान, देव, कांति, राकेश व नेहा तथा राजीव डिनर के लिए तनेजा रेस्टोरेन्ट पहुँच गए थे। राजीव यह कहकर कि वह अपने घर में ही डिनर लेगा, प्रणाम कर चला आया था। कांति ने भी जाने की इच्छा जताई तो देव भैया ने डिनर लेकर ही जाने को राज़ी किया। ड्राइवर रत्नाकर डॉ. भगवत स्वरूप व रश्मि को रेस्टोरेन्ट के सामने ड्रॉप कर गाड़ी पार्किंग में ले गया था। दोनों दादा- पौत्री को देख कर राकेश व देव भैया हैरान व गेट की ओर दौड़े।

देव —- डॉ. साहब आप !

डॉ. भगवत स्वरूप —- हाँ देव बाबू, रश्मि बार- बार कह रही थी कि नेहा दिल्ली से आई हुई है, मैं मिलकर आऊँगी।

देव — नेहा तो दो- तीन दिन की छुट्टी पर यहीं रहेगी। कल आप सभी ने आना ही था।

रश्मि — देव भैया ! मुझे आज ही नेहा से मिलने का मन था।

नेहा —- (रश्मि भाभी व डॉ. दादा के पास आकर) भाभी नमस्ते ! डॉ. दादा, प्रणाम !

रश्मि —- (नेहा को गले लगा कर) तुम्हें भाभी की याद नहीं आती क्या नेहा ?

नेहा — भाभी, कल मुझे एक और भाभी मिलने वाली है। तुम अंदर आ जाओ, मैं मिलवाती हूँ।

रश्मि —- कल शादी में शामिल होंगे ही, तब मिल लेंगे।

नेहा —- देखो भाभी, डॉ. दादा जी भी सब मेहमानों से मिल कर बातचीत में लग गए हैं। तुम भी चलो मेरे साथ ?

रश्मि —- (अंदर आकर) सभी गणमान्य लोगों को प्रणाम व नीलिमा दीदी को नमस्ते !

डॉ. गुप्ता — प्रणाम बेटी ! देव बाबू, डॉ. साहब के साथ हैं क्या बिटिया?

देव — यस सर ! डॉ. दादा की पौत्री है रश्मि और डॉ. राकेश की मंगेतर।

डॉ. आर्य —- हाँ देव बाबू, तुमने बताया था कि रश्मि दांतों की डॉक्टर है।

देव — हाँ सर, तीन - चार दिन पहले ही लौटी है कोर्स पूरा करके।

डॉ आर्य —- जब कोर्स पूरा हो चुका तो शादी की रस्म भी पूरी कर लो।

देव — सर, जब भी राकेश बाबू की शादी पर विचार करते हैं तो कोई और शादी का संयोग बन जाता है। फिर डॉ. बाबू अपनी फ़िक्र छोड़ कर उस शादी में बिजी हो जाते हैं।

डॉ. गुप्ता — नीलिमा बिटिया के बाद डॉ. राकेश का ही फ़ंक्शन होगा।

देव — पहले वह शुभम व मेरा फ़ंक्शन करवा कर खुद फिर सोचेगा।।

डॉ. गुप्ता -आपके साथ ही कर देंगे, हनीमून पर भी एक साथ मिलकर जाना हो जाएगा।

डॉ. भगवत स्वरूप — गुप्ता जी, देव बाबू सही फ़रमा रहे हैं। एक दिन पहले ही मैंने इन्हें डॉ. बाबू की शादी के सिलसिले में मिलने को बुलाया था और आज ही नीलिमा बिटिया की शादी का मुहूर्त निकल आया। अब कल यह शादी संपन्न कर परसों विचार- विमर्श करेंगे। रश्मि बेटी, हम चलें ? तुमने नेहा बिटिया को घर चलने को कह दिया है ना ?

रश्मि — हाँ दादा जी, नेहा का बैग लेना है रूम से।

राकेश —- नेहा तुम वहाँ जा रही हो अश्मि के पास ?

नेहा — हाँ भैया ! यहाँ आपके पास तो सलाह- मशविरों का दौर चलता रहेगा, मैं कल सुबह ही तैयार होकर आ जाऊँगी यहाँ।

(डॉ. भगवत स्वरूप, रश्मि व नेहा रत्नाकर के साथ कार में घर के लिए निकल जाते हैं।)

देव — गुप्ता सर ! अब रात्रि विश्राम के लिए आपको होटल चलना होगा। आपके ड्राइवर ने भी डिनर ले लिया है। होटल यहाँ से मात्र आधा कि. मी. दूर है। यह बुकिंग रेफ्रेंस लीजिए। कोई परेशानी आए तो मुझे फ़ोन से सूचित कर देना और हाँ सर, मुझे ध्यान आया कि शुभम व शिवि को आप ही आमंत्रित करेंगे।

डॉ. गुप्ता —- और देविना बिटिया को भी, मेरे पास सभी के संपर्क सूत्र हैं। डॉ. गुप्ता, डॉ. आर्य व नीलिमा कार से होटल 'बजरंगी' जाकर काउंटर से रूम न. 250 व 251. की चाबी लेकर पहुँच जाते हैं।

डॉ. गुप्ता — (कुछ देर बाद नीलिमा के रूम के सामने पहुँच कर) नीलिमा बेटी, मैंने व आर्य सर ने अपनी आवश्यकता अनुसार ड्रेसेज़ मंगवाई हैं शामू से, वह कल सुबह आठ बजे तक पहुँचने की कोशिश करेगा। तुम्हें कुछ आवश्यकता है ?

नीलिमा —- हाँ पापाजी, फ़ोन मुझे दो, मैं शामू को बताऊँगी कि क्या कुछ लाना है ? शामू काका ! मेरी दो ड्रेस, साड़ी वाली एक फ़ुल ड्रेस जो अलमारी में हेंगर पर लटकी है व दूसरी जींस - शर्ट कहीं देख लेना, आसपास ही मिलेगी।

शामू — ठीक है नीलिमा बिटिया, आर्य सर की मैडम जी भी आ रही है, मैं उनसे दिखा कर रख लूँगा।

नीलिमा — उनके साथ कोई और भी हैं क्या ?

शामू काका — यह मुझे नहीं मालूम।

नीलिमा — ठीक है काका, तुम आंटीजी से पूछ कर रख लेना। (फ़ोन पापाजी को देती है)

डॉ. गुप्ता —-बेटी अगर घर में कुछ ज़्यादा नहीं है तो हम यहाँ बाज़ार से ख़रीद सकते हैं।

नीलिमा —- अब इतना टाइम कहां है पापाजी, जो है उसी में चल जाएगा।

डॉ. गुप्ता —- तुम्हें सब कुछ ठीक लग रहा है न बेटी ? देव बाबू व डॉ. राकेश बहुत अच्छे इंसान हैं, भगवान की कृपा से ही हमें इनका सहयोग मिल रहा है। तुम्हें कोई और कुछ कहना है तो बताओ, फिर तो तुम कल से मेरे घर से रुखसत हो जाओगी।

नीलिमा —- (पिताजी के गले लगकर रोने लगती है) पिताजी !

डॉ. गुप्ता — क्या हुआ बेटी ? तुम्हें कोई परेशानी है तो बताओ ?

नीलिमा — (रोते हुए ही) पापाजी, आप अकेले रह जाओगे, मेरे बिना आपका कौन ख़्याल रखेगा ?

डॉ. गुप्ता — (भावुक से होकर) शामू है न पगली, अब तक वह हम दोनों की सेवा करता रहा है।

नीलिमा —- पापाजी, शामू आपको चाय- नाश्ता, खाना- पीना आदि गतिविधियों में सहयोग कर सकता है, कोई राय- मशविरा थोड़े ही दे सकता है। मम्मी जी को भी भगवान ने हमसे छीन लिया है। अब मुझे आपकी फ़िक्र रहेगी।

डॉ. गुप्ता —- बेटी ! कौन पिता है जो अपनी बेटी को घर पर रख पाया है। तुम्हारी माँ भी तो किसी की बेटी ही थीं। यह तो समाज के रीति-रिवाज बने हैं, सभी निभा रहे हैं।

डॉ. आर्य — (रूम से बाहर आकर) गुप्ता सर, क्या वार्तालाप चल रहा है पापा- पुत्री में ?

डॉ. गुप्ता — जो इस मौक़े पर हर बापू- बेटी में चलता है, वही चल रहा है। नीलिमा बिटिया भावुक हो रहीं हैं।

डॉ. आर्य —- नीलिमा बेटी, तुम फ़िक्र मत करो, हम जो तुम्हारे पापा के साथ हैं, सब इनका ख़्याल रखेंगे। फिर जींद- भिवानी से ज़्यादा दूर भी नहीं है। ज़्यादा ही हुआ तो यहाँ कॉलेज में ट्रांसफ़र करवा सकते हैं। देव व साथियों के प्रयास रंग लाए हैं बेटी, वे हमेशा तुम्हारा ध्यान रखेंगे। अब जाओ अपनी तैयारी करो।

नीलिमा — तैयारी तो शामू काका के आने के बाद शुरू होगी।

डॉ. गुप्ता — अब आराम करो बेटी, हम भी थक से गए हैं, सारा दिन एक पल के लिए भी आराम नहीं मिला। (देव व राकेश बाबू को आता देखकर) देव बाबू, हम सब ठीक हैं। आप क्यों इतनी चिंता कर रहे हैं ?

डॉ. राकेश —- गुप्ता सर, डिनर के बाद घूमते हुए कांति भाई को रूम पर छोड़ने गए थे, सोचा कि होटल चलकर आपका हाल - चाल भी जान ले।

डॉ. गुप्ता —- देव बाबू, मैंने अंबाला कैंट से दोनों शिवि व देविना को आमंत्रित कर लिया है, फ़रीदाबाद से शुभम को भी बुलाया है।

देव — सर, हम दोनों एकांत सा पाकर ही आपके पास मिलने आए हैं। मेरी चिंता यही है कि आपका जीवन चिंतामुक्त हो।

डॉ. गुप्ता —- आप सभी के प्रयास से मेरा जीवन सुखमय होता जा रहा है। नीलिमा बिटिया को भी नया जीवन मिला है। उसके लिए मेरी अंतर आत्मा आपको आशीर्वाद दे रही है।

देव —- गुप्ता सर, हमारे छोटे- छोटे प्रयासों से अगर किसी का भी जीवन आनंद व सुखी होता हो तो इससे बड़ी प्रसन्नता की बात क्या होगी।

डॉ. आर्य — (गैलरी में आवाज़ सुनकर बाहर आकर) अरे देव बाबू व डॉ. साहब, अब आप लोग आराम करो, कल भी ख़ूब भागदौड़ करनी पड़ेगी।

देव — सर, आप दोनों मेरे आदरणीय हैं। जो यह सब हो रहा है, क्या आप इससे संतुष्ट व ख़ुश है ?

डॉ. आर्य — देव बाबू, तुमने गुप्ता जी के जीवन में जो ख़ुशियों की बरसात की है, वह अकल्पनीय है। हम तुम्हें दिल से आशीर्वाद देते हैं।

(देव बाबू डॉ. आर्य व डॉ. गुप्ता के चरण स्पर्श करता है।)

डॉ. गुप्ता — देव बाबू, मैं समझता हूँ कि तुमने जो गुरू दक्षिणा हमें दी है, वह अप्रतिम, अद्वितीय व अनुपम है।

देव —- सर, आपके शब्दों से मैं स्वयं को धन्य महसूस कर पा रहा हूँ। अब हमें इजाज़त है या कोई अन्य काम या ज़िम्मेदारी है ?

डॉ. गुप्ता — अब आप विश्राम करें।

डॉ. राकेश —गुप्ता सर, कल भिवानी से यहाँ कितने लोग शादी में शामिल हो सकते हैं ? वह लंच के लिए तनेजा को बोलना है।

डॉ. गुप्ता —- लगभग दस लोग आ सकते हैं।

डॉ. राकेश —ओ. के. सर ! अब कल ही मिलेंगे, गुड नाइट सर !

देव— सर, गुड नाइट आप दोनों के लिए !

दोनों प्रोफ़ेसर्स —गुड नाइट आप दोनों को !

***

25

नीलिमा कांति की शादी- 3

मेहमानों के आगमन का क्रम शुरू हो गया था ।फ़रीदाबाद से शुभम, दिल्ली से डॉ. कोठारी व उनके साथ एक नर्स, भिवानी कॉलेज से स्वयं प्रिंसिपल डॉ. मनोरमा सूद, अधीक्षक मि. शर्मा व एक सहायक, अंबाला कैंट से एम. एम. गुप्ता, मेधा गुप्ता व देविना, शेखर बाबू व शिवि एक ही कार में सवार होकर जींद शहर के 'बजरंगी होटल' के लिए निकल चुके थे। सबसे पहले पहुँचने वालों में शामू व डॉ. आर्या की भार्या कांता देवी थीं जो आठ बजे ही जींद शहर पहुँच गए थे। स्थानीय स्तर पर डॉ. ज्ञान चंद्र जैन, पुत्र- वधू नलिनी जैन भी शादी के लिए वधू पक्ष की ओर से आमंत्रित थे। कांति भाई की ओर से देव बाबू, राकेश बाबू, एडवोकेट राजीव शर्मा एवं सीनियर एडवोकेट रमेश दीक्षित, कांति भाई के कोर्ट के जज, डॉ. भगवत स्वरूप जी आदि गणमान्य लोग परिवार सहित आमंत्रित किए गए थे। डॉ. राकेश ने रश्मि व अश्मि दोनों को बुला लिया था क्योंकि नीलिमा को तैयार करने का ज़िम्मा कांता देवी व रश्मि दोनों पर डाला गया था। शामू, गुप्ता जी व आर्य सर के साथ मिलकर काम कर रहा था।

'बजरंगी होटल' बस स्टैंड से ज़्यादा दूर नहीं था। उसके आस-पास और भी कई होटल बने थे क्योंकि होटल में शादी- विवाह के प्रचलन से इनकी संख्या बढ़ती ही जा रही थी। सायंकाल में इन पर की गई रोशनी अनायास ही लोगों का ध्यान आकृष्ट कर लेती थी। रंग- बिरंगी रोशनी में गमलों में उगे पौधे व पुष्प अपने असली दिखने पर हर्ष से नृत्य करते प्रतीत होते। मुख्य प्रवेश द्वार से हॉल तक गलियारे के दोनों ओर लगे रंग- बिरंगे झंडे हवा में मंद-मंद लहराने हुए मानो आगंतुकों पर शीतल पवन के झोंके डालने की रिहर्सल कर रहे हों ।गलियारे से

सटी हरी घास से भरे लॉन, रात्रि में बरसे मोतियों से लबालब, नवीन आभा को प्राप्त हो रहे थे रात्रि भर से क्षुधा- संतप्त भंवरे व मधुमक्खियाँ फूलों के पराग कणों पर टूट पड़ी थी और मधु संग्रह के बहाने अपनी भूख तृप्त करने में मस्त हो गए थे। रात भर की सुनसान शांति के बाद अब आवागमन आरंभ हो गया था। शामू व कांता देवी प्रात आठ बजे ही पहुँच गए थे ताकि नीलिमा दीदी को तैयार होने में समय की कमी न रहे। देव व राकेश होटल पहुँच गए थे व इंतज़ामों का जायज़ा लेने लगे थे। तनेजा के नाश्ता बगैरह के प्रबंध को देख कर दोनों ख़ुशी महसूस कर रहे थे। नाश्ते के फलों में केला, सेब, अंगूर, पपीता, कीवी तथा अनानास व स्नैकस में पनीर- ब्रेड, पनीर- पकौड़ा, आलू- समोसा, दही- रायता, भटूरे - छोले सब टेबुल पर सलीक़े से सजे हुए थे। नाश्ता- प्रबंध मुख्य द्वार के अंदर आकर बाई ओर किया गया था जबकि दाईं ओर सोफे व कुर्सियों के बीच हवनकुंड स्थापित किया गया था। देव व राकेश होटल में रात भर ठहरे मेहमानों की कुशल- क्षेम जानकर नाश्ते वाले लॉन में पहुँच गए थे। डॉ. राकेश को लगा कि नाश्ते में किसी आइटम की कमी है तो देव भैया ने बताया कि चाय मेहमानों के आने के साथ ही गर्म- गर्म सर्व की जाएगी।

भिवानी से प्रिंसिपल डॉ. मनोरमा सूद अपने संक्षिप्त स्टाफ़ के साथ पहले ही पहुँच चुकीं थीं।

देव व राकेश ने मेहमानों की अगवानी की व नाश्ते के लिए लॉन में लेकर आ रहे थे।

प्रिंसिपल —- देव बाबू, डॉ. गुप्ता व आर्य सर कहाँ हैं? नीलिमा बिटिया भी उन्हीं के साथ होंगी ?

देव — यस मैडम ! तीनों ही होटल के कमरा संख्या 250. व 251. में ठहरे हैं। शामू काका व कांता देवी आर्य सुबह ही कुछ सामान बगैरह लेकर

पहुँचे हैं, वे भी सब रूम में ही है। आप सब नाश्ता ले लें, फिर मैं आपको उनके पास ले चलूँगा। वेटर ! मैडम व उनके साथ मेहमानों को अटैंड करो।

वेटर — यस सर, मैं गर्म चाय भी ले आया हूँ।

देव — गुड ! बिना शक्कर की है ना?

वेटर—- हां सर, थर्मस में है।

राकेश —— (डॉ. कोठारी से मिलते हुए) डॉ. कोठारी, नमस्कार !

डॉ. कोठारी — नमस्कार ! आप डॉ. राकेश, जो दिल्ली आए थे अस्पताल में पेशेंट से मिलने ?

डॉ. राकेश —- यस सर ! ये मेरे मित्र देव बाबू है, हम दोनों ने ही आपके दर्शन का लाभ प्राप्त किया था।आप कृपया नाश्ता ग्रहण करें।

डॉ. कोठारी — ओ. के. राकेश बाबू, नर्स कम ऑन ! आप के साथी शुभम हमें दिल्ली बस स्टैंड पर दिखाई दिए थे।

देव — (शुभम से गले मिलते हुए) दुनिया सूनी लगने लगी है यार तुम्हारे बिना, भिवानी से चुपके- चुपके निकल गए ?

शुभम —- क्या करता ? थके- हारे से हो गए थे एंबुलेंस में आने से, फिर ड्रेसेज़ मैली- कुचैली हो गई थी सब। घर में ही आराम मिलेगा, यही सोचकर निकल गया। डॉ. राकेश ! गुड मार्निंग !

डॉ. राकेश — गुड मार्निंग शुभम भैया ! तुम दोनों को मिलते हुए देख मन प्रसन्न हो रहा है।

शुभम — आज तो सारा दिन प्रसन्न ही रहोगे।

(डॉ. जैन का अपनी पुत्र - वधू नलिनी व लता तनेजा के साथ आगमन)

डॉ. जैन — सभी महानुभावों को नमस्कार !

(सभी उपस्थित सज्जन कर बद्ध नमस्कार करते हैं।)

डॉ. कोठारी —- सर डॉ. जैन, नमस्कार !

डॉ. जैन —- ओह सॉरी ! डॉ. कोठारी, आपकी अगवानी का अवसर चूक गए। पास रहने वाले अक्सर लेट हो ही जाते हैं।

डॉ. कोठारी —- आइए नाश्ता लीजिए?

डॉ. जैन —- जी सर ! आपको दिल्ली से यहाँ आने में कोई परेशानी तो नहीं हुई ?

डॉ. कोठारी —- आने में नहीं, अब देर से जाने में परेशानी हो सकती है। आप्रेशन पेंडिंग रहते हैं न ? मैं चाहता हूँ कि चायपान कर व नीलिमा बिटिया से मिलकर निकल जाऊँ।

डॉ. जैन —- आज का दिन तो हमारे नाम कर दीजिए डॉ. कोठारी ? यहाँ भी तो आपके पेशेंट का ही फ़ंक्शन है।

देव —- डॉ. जैन उचित ही फ़रमा रहे हैं, सात फेरों के बाद बड़ों का आशीर्वाद भी ज़रूरी है।

डॉ. कोठारी —- हमने तो अपना आशीर्वाद पहले दे ही दिया है। फिर भी आपके प्यार भरे अनुरोध को टाल नहीं सकता ?

डॉ. जैन —- आओ अब आपको नीलिमा बिटिया से मिलवाता हूँ। राकेश बाबू, ज़रा मार्गदर्शन करो ?

डॉ. राकेश — जी आइए ! देव बाबू, अपनी प्रिंसिपल मैडम को भी बुला लो, गुप्ता सर से मिल लेंगी।

(सभी मेहमान ऊपर रूम पर जाते हैं व डॉ. गुप्ता, डॉ. आर्य व नीलिमा बिटिया से मुलाक़ात करते हैं।)

प्रिंसिपल मैडम —- नीलिमा बेटी, तुम्हें शादी मुबारक हो ! बहुत समय से आज के दिन का इंतज़ार कर रहे थे। स्वास्थ्य बिल्कुल ठीक है ?

नीलिमा —- (मैडम आर्य के साथ) मैडम प्रिंसिपल नमस्ते ! आपने इस अवसर पर मुझे आशीर्वाद देने के लिए बड़ी कृपा की है, इससे मुझे बहुत सहारा मिला है। मैं अच्छा महसूस कर रही हूँ, ज़्यादा जानकारी तो डॉ. कोठारी ही देंगे जो आपके पास ही खड़े है।

प्रिंसिपल मैडम —- ओह ! डॉ. कोठारी, नमस्कार ! हमारी बिटिया का इतना अच्छा इलाज करने के लिए धन्यवाद।

डॉ. कोठारी —- नीलिमा के स्वभाव को देखते हुए यह हमारी भी बिटिया बन गई है। (नीलिमा के पास आकर लैंस से चेहरे को चैक करते हुए) बिटिया, एक सप्ताह और पिता के घर रहना होगा। रिकवरी बेहतर है, फिर भी सावधानी के लिए ही सुझाव है।

प्रिंसिपल मैडम — ओ.के. डॉक्टर ! शादी के बाद कुछ समय तो मायके में रहते ही है। कोई परेशानी नहीं, कोई और निर्देश ?

डॉ. कोठारी — सब पहले ही गुप्ता जी को बता चुका हूँ। गुप्ता सर से मिलवाइए !

डॉ. राकेश — आइए डॉ. साहब, गुप्ता सर साथ वाले रूम में ही है। (सभी रूम पर जाकर)

डॉ. कोठारी — हैलो डॉ. गुप्ता, बिटिया की शादी में आमंत्रित करने के लिए धन्यवाद ! कहिए कैसे हैं आप ?

डॉ. गुप्ता —- इतना क़ीमती समय निकाल कर बिटिया की शादी में शामिल होने के लिए आपका बहुत धन्यवाद डॉ. साहब।

डॉ. कोठारी —-शादी का दिन हमसे सलाह मशविरा करके निश्चित करते तो बेहतर होता। अब कम से कम एक सप्ताह और अपने घर में ही रखना है बिटिया को।

डॉ. गुप्ता —- जैसा आप निर्देश देंगे, आइए बैठिए ! मैडम प्रिंसिपल - नमस्ते !

प्रिंसिपल मैडम —- गुप्ता सर, आपने चुपके- चुपके कर लिया सब कुछ, कहीं कोई ज़िक्र तक नहीं ?

डॉ. गुप्ता —- डॉ. जैन साहब का धन्यवाद करने आए थे, देव बाबू ने सब इंतज़ाम कर दिया।

डॉ. राकेश —- गुप्ता सर, शादी के मंडप से मंत्रों की आवाज़ गूंजने लगी है। हम मेहमानों के साथ नीचे जा रहे हैं।आप भी शीघ्र तैयार होकर आ जाइए।

(सभी मेहमान नीचे आकर बैठ जाते हैं। रश्मि, दिव्या अश्मि के साथ डॉ. भगवत स्वरूप का आगमन)

देव —- डॉ. साहब, प्रणाम करता हूँ।

डॉ. भगवत स्वरूप — देव बाबू स्वस्थ हो ! तुम्हारे मित्र राकेश बाबू भी ठीक है ?

देव — सब आपकी कृपा का परिणाम है कि हम दोनों कुशल एवं स्वस्थ हैं। राकेश बाबू , डॉ. कोठारी व डॉ. जैन के साथ उधर बातचीत में लगे हैं। आप नाश्ता लीजिए, मैं उन्हें बुलाता हूँ।

डॉ. भगवत स्वरूप —- मैं ही वहाँ जाता हूँ। रश्मि बेटी, तुम सब नाश्ता करो, अगर अभी इच्छा नहीं है तो नीलिमा को तैयार होने में मदद करो।

देव —- डॉ. साहब, आप उनके साथ बैठिए, मैं इन सबको ऊपर रूम में नीलिमा दीदी के पास लिए जाता हूँ।

डॉ. भगवत स्वरूप —- (मेहमानों के पास आकर) डॉ. जैन गुड मार्निंग!

डॉ. जैन —- गुड मार्निंग डॉक्टर साहब ! आइए बैठिए। राकेश बाबू यह चेयर इधर खिसकाइए जरा।

(डॉ. राकेश कुर्सी लाकर डॉ. दादा के पास रखते हैं व उनके चरण स्पर्श करते हैं।)

डॉ. राकेश — (डॉ. भगवत स्वरूप जी का मेहमानों से परिचय करवाते हुए) कुछ संकोचवश डॉ. जैन से, डॉ. जैन, आप ही करवाइए ?

डॉ. जैन —- डॉ. कोठारी, प्रिंसिपल डॉ. सूद व उनका स्टाफ़, शुभम (देव बाबू का परम मित्र)

डॉ. भगवत स्वरूप आप सभी से मिलकर अपार प्रसन्नता हुई।

डॉ. जैन — (डॉ. भगवत स्वरूप जी की ओर मुख़ातिब होकर) और ये हैं जींद शहर के प्रतिष्ठित समाज- सेवक, नेता डॉ. भगवत स्वरूप जी, वित्त मंत्री बाबू राम कृष्ण जी के घनिष्ठ मित्र, मंत्री व नेता शंकर प्रसाद के रिश्तेदार, और सबसे बढ़कर हमारे डॉ. साथी राकेश बाबू के होने वाले दादा श्री।

डॉ. भगवत स्वरूप — कोठारी जी, आप ही हैं नीलिमा बिटिया का इलाज करने वाले प्लास्टिक सर्जन ?

डॉ. कोठारी — जी सर ! आपका आशीर्वाद है।

(गलियारे से शेखर बाबू के साथ अन्य मेहमानों का आगमन)

डॉ. राकेश — (अपनी चेयर से खड़े होकर) शेखर अंकल, नमस्ते !

शेखर बाबू — सभी महानुभावों को शेखर बाबू का प्रणाम ! (सभी कर बद्ध तरीक़े से अभिवादन स्वीकार करते हैं)

शुभम — (पापा श्री के चरण स्पर्श करते हुए) आप सब ठीक हैं पापा श्री ?

शेखर बाबू — यस बेटा ! सज्जन वृंद, मेरे साथ मेरे बॉस ज़िला दूरसंचार अधिकारी श्री एम.एम. गुप्ता इनकी धर्मपत्नी श्रीमती मेधा गुप्ता व पुत्री देविना। मि. गुप्ता आपसे मिलकर बड़ी ख़ुशी हुई।

डॉ. जैन — गुप्ता जी, आप शायद जींद शहर में पहली बार तशरीफ़ लाए हैं ?

एम. एम. गुप्ता — शादी- समारोह में तो पहली बार ही आया हूँ लेकिन तीन- चार महीने मैं यहाँ एस.डी.ओ. भी रहा था, फिर प्रोमोशन पाकर कैंट पोस्टिंग हो गई। मेरी पत्नी हाउस वाइफ़ व पुत्री देविना बी.एड. एग्ज़ाम अपीयर्ड है। शेखर बाबू के साथ उनकी पत्नी शालू व पुत्री शिवि है।

(दोनों सभी को नमस्कार करती हैं)

डॉ. राकेश —- (शेखर बाबू व शालू आंटी को एक ओर बुलाकर) अंकल शेखर, प्लास्टिक सर्जन डॉ. कोठारी दिल्ली अपोलो अस्पताल से हैं, आप कहें तो आंटीजी का फ़ेस चैक कर सकते हैं।

शेखर बाबू — अगर तुम्हें उचित लगे तो मुझे कोई परेशानी नहीं।

डॉ. राकेश — आप दोनों ऊपर रूम न. 252. में चलिए शुभम के साथ, मैं डॉक्टर कोठारी को लेकर आता हूँ।

शुभम — आइए पापा श्री !

(सभी ऊपर जाते हैं व राकेश डॉ. कोठारी के साथ रूम पर आकर चैक कर बताते हैं)

डॉ. कोठारी —- घाव लगभग एक वर्ष पुराना हो गया है, फिर भी अभी इलाज के योग्य है। नीलिमा से थोड़ा ज़्यादा गहरे घाव बने हैं। लगभग एक महीना आराम करना होगा।

शेखर बाबू — धन्यवाद डॉ. कोठारी ! समय मिलने पर हम आपसे संपर्क साध लेंगे।

डॉ. कोठारी — जब भी आपका मन बने, फिर भी मैं सलाह दूँगा कि अभी मौसम अच्छा है, कुछ दिनों बाद बारिश का सिलसिला शुरू हो सकता है।

(रश्मि, दिव्या व अश्मि को नीलिमा दीदी के पास छोड़कर देव बाबू नीचे आए तो देविना को देख कर)

देव —- देविना, तुम कब आई हो ?

देविना — अभी कुछ देर पहले, मम्मी पापा के साथ।

देव — (गुप्ता जी व मेधा गुप्ता को प्रणाम करते हुए) अंकल, आपने कुछ नाश्ता बगैरह लिया या नहीं ?

एम. गुप्ता — अभी आकर बैठे ही है। शेखर बाबू भी आए हैं शालू व शिवि के साथ।

देव —- पर वे तो कहीं दिखे नहीं ?

एम. एम. गुप्ता —डॉ. कोठारी के साथ ऊपर रूम पर गए हैं, आते ही होंगे।

देव —- शेखर अंकल आ ही गए, चलिए आप सभी नाश्ता ले लें।

***

26

नीलिमा- कांति की शादी- 4

सब मेहमान नाश्ता लेकर मंडप के चारों ओर रखी चेयर्स पर आसीन हो गए थे। रश्मि, दिव्या व कांता देवी ने नीलिमा को पूरी तरह से सजाकर आकर्षक लुक दे दिया था। डॉ. गुप्ता अपनी सजी-धजी पुत्री को देख कर मन ही मन आनंदित हो रहे थे व डॉ. आर्य से कह रहे थे, आर्य सर ! आज साधना होती तो कितनी खुश होतीं ? इधर-उधर तैयारी करने में दौड़ती फिरती, कभी मुझसे पूछतीं कि इसको कैसे करना है व कभी नीलिमा बिटिया से कहती बेटी- मैंने सब कर दिया है।

डॉ. आर्य —- गुप्ता सर ! साधना हम से दूर नहीं है, वह अब भी हमारे इर्द-गिर्द ही मंडरा रही होंगी। फ़रिश्ते दिखाई नहीं पड़ते लेकिन उनकी उपस्थिति हर जगह होती है। चलो अब हम नीचे चलते हैं।

डॉ. गुप्ता —- हाँ आर्य सर ! चलो, पंडित जी एक घंटे से मंडप सजाने व सामग्री जुटाने में लगे हैं। हम चलेंगे तो विवाह संस्कार आरंभ होगा।

(दोनों नीचे आकर नाश्ते के लिए लॉन में पहुँचते हैं व मेहमानों से बात करते हैं, तब मौक़ा पाकर शालू मौसी शिवि के साथ नीलिमा के पास रूम में पहुँचती है।)

शिवि —- नीलिमा दीदी, पहचाना मुझे ?

नीलिमा —- अरे शिवि ! कैसे नहीं पहचानूँगी ? शुभम भैया तो सुबह ही पहुँच गया था, तुम मिली क्या शुभम से ?

शिवि — हाँ दीदी, बस हाय- हैलो हुई थीं सब के सामने। ये मेरी प्यारी शालू मौसी हैं, तुमसे मिलने आई हैं विशेष रूप से।

नीलिमा —- नमस्ते आंटीजी !

शालू —- नमस्ते नीलिमा बेटी ! बहुत सुंदर लग रही है मेरी बेटी ! दिल में आनंद भर गया है। जैसे पहले खूबसूरत थीं, इलाज के बाद उससे भी ज़्यादा सुंदर हो गई हो, गले लगाने को जी चाहता है।

नीलिमा — आंटीजी, क्या आपने मुझे पहले भी कहीं देखा है ?

शालू — नहीं, नहीं ! नीलिमा बेटी कहीं नहीं देखा। मेरे कहने का मतलब था कि तुम बहुत सुंदर दिखाई पड़ रही हो।

नीलिमा — आंटीजी कुछ छिपाने सी की गंध आ रही है तुम्हारे शब्दों में।

शालू —- क्या छिपेगा बेटी मुझसे, अपने आप को ही छिपाती घूम रही हूँ। (चेहरे से पॉली कवर उतार कर) देखो मेरा फ़ेस, पहले तुम्हारे से भी सुंदर था।

(पुनः कवर फ़ेस पर डालती है)

नीलिमा – आंटीजी, जो आपके साथ हुआ, वही मेरे साथ भी हुआ था।

शालू — हाँ बेटी, जब मुसीबत आतीं हैं तो पूरा परिवार ही बिखर जाता है।

शिवि — मौसीजी, मैं दूसरे रूम में हूँ, आप अभी यहीं हैं न ?

शालू —- चलो नीचे ही चलते हैं बेटी, मन को कुछ शांति मिल गई है।

नीलिमा —- आंटीजी, आपने ये झुमके कहाँ से बनवाए है, बहुत सुंदर लग रहे हैं। मेरी मम्मी जी भी ऐसे ही झुमके डालती थी।

शालू —- हाँ बेटी, मैंने ये 'सरस्वती ज्वैलर्स' कैंट से बनवाए थे।हो सकता है कि तुम्हारी मम्मी ने भी वहीं से बनवाए हों।

नीलिमा —- मेरी मम्मी कहती थी कि जब तेरी शादी होगी तेरे लिए ऐसे ही झुमके बनवाऊँगी।

शालू —- फिर क्यों नहीं बनवाए ?

नीलिमा —- (कुछ रोते हुए से) मेरी मम्मी मुझे व पापाजी को छोड़कर चली गई आंटीजी, हम उनका आख़िरी संस्कार तो क्या आख़िरी बार मुँह तक नहीं देख पाए।

शालू —- मांएँ अपने बच्चों को छोड़कर कहीं नहीं जाती हैं, किसी न किसी रूप में उपस्थित ही रहतीं हैं। एक बात कहूँ बेटी, मेरी बात को टालना मत, स्वीकार करना।

नीलिमा —- ऐसी क्या बात है आंटीजी ? मैं कोशिश करूँगी कि आपकी बात का सम्मान हो।

शालू —- (अपने कानों से झुमके निकालते हुए) ये मेरी तरफ़ से तुम्हे कन्यादान।

नीलिमा —- आंटीजी ! मैंने तो प्रसंगवश ही कहा था लेकिन आपने दिल पर ले लिया।

शालू — अब ये झुमके मेरे कानों में दोबारा नहीं डलेंगे। तुम्हें ही पहनना होगा।

शिवि —- नीलिमा दीदी, मैंने सुना है कि कन्यादान से कभी इंकार नहीं करते। (शालू मौसी से झुमके लेकर नीलिमा दीदी को पहनाती है।) वाह ! क्या चार चाँद लग गए हैं चेहरे को।

शालू —-नीलिमा बेटी, तुम्हें इस रूप में देख कर मुझे अपूर्व आनंद प्राप्त हो रहा है।

नीलिमा —- थैंक्यू आंटीजी, शिवि की शादी में हमें ज़रूर याद रखना।

शालू — अवश्य बेटी, कुछ ही दिनों का बात है। शिवि बेटी ! अब चलें नीचे ? पापाजी इंतज़ार कर रहे होंगे।

समय ग्यारह बजे के पास अटक गया था, राजीव अपने मित्र कांति को दूल्हा बनाकर, फूलों से सजी गाड़ी में ले आया था। मुख्य प्रवेश द्वार पर कदम रखते ही पुष्प वर्षा होने लगीं थीं। द्वार पर मौजूद बैंड ने अपनी धुन बिखेरनी शुरू कर दी थी।मेहमान दूल्हे के साथ बाराती बनने के लिए प्रवेश द्वार की ओर कूच करने लगे। डॉ. भगवत स्वरूप, डॉ. राकेश, देव बाबू, डॉ. ज्ञान चंद्र जैन ने दूल्हे को नोटों की मालाओं से लाद दिया था। एम. एम. गुप्ता व शेखर बाबू ने भी दूल्हे को करारे व नए नोटों की माला पहनाई।अश्मि ने दूल्हे को वहीं रोक कर डांस करना शुरू कर दिया। नेहा जो दूल्हे राजा के साथ ही आई थी, अश्मि के सहयोग के लिए मैदान में कूद पड़ी व उसने रश्मि भाभी को भी बुला लिया। डांस के एक्सपर्ट शुभम व शिवि भी दंगल में उतर चुके थे। राजीव, राकेश, देव व सभी मित्र फ़ुल मस्ती में आ गए थे। शिवि देविना को भी मैदान में खींच लाई थी। पंजाबी भांगड़ा पर जो मस्ती में थिरके तो होटल के मुख्य द्वार पर दर्शकों की भीड़ एकत्रित हो गई थी।डॉ. कोठारी, प्रिंसिपल मैडम सूद, डॉ. जैन व कैंट से आए मेहमान हर्ष से फूले नहीं समा रहे थे।

डॉ. गुप्ता व आर्य सर दूल्हे को देख अपनी बेटी की क़िस्मत को सराह रहे थे। शालू व मेधा गुप्ता, मैडम आर्य, दिव्या गीतों में मस्त हो रही थी, हालाँकि

उनकी आवाज़ बैंड- बाजे के सामने क्षीण पड़ रहीं थीं। आधे घंटे तक धमाल चला फिर दूल्हे के साथ देव व राकेश, नेहा व दिव्या तथा राजीव ने डांस किया।

अब पंडित जी के मंत्रों की ऊँची आवाज़ सुर ताल लिए हुए गूंजने लगी थी। पंडित जी ने देव भैया को कहा- मुहूर्त का समय निकला जा रहा है। लड़का- लड़की को मंडप पर लाइए। देव, राकेश, राजीव के साथ दूल्हा मंडप पर विराजमान हो गया था व मैडम प्रिंसिपल, कांता देवी, शालू, मेधा गुप्ता, रश्मि के साथ नीलिमा भी मंडप पर पहुँच गईं थीं।सब मेहमानों ने अपनी जगहें संभाल ली थी व पंडित जी ने अपना कार्यक्रम शुरू कर दिया था। अग्नि प्रज्ज्वलित कर उसमें हवन - सामग्री डालते हुए 'स्वाहा' शब्द का जयघोष भी पंडित जी के निर्देश अनुसार हुआ। सभी महिलाएँ भी पंडित जी की तरह अपने गीतों में मस्त थीं। पंडित जी ने डॉ. गुप्ता को पीला रंग हाथों में लगाने को दिया जिससे उन्होंने बिटिया नीलिमा के दो हाथ पीले कर दिए। सब उपस्थित जन समूह ने करतल ध्वनि कर ख़ुशी का इज़हार किया। सात फेरों के बाद कांति व नीलिमा एक - दूसरे के हो गए थे। अब गिफ़्ट देने का सिलसिला शुरू हो गया था, कोई सोने का गहना, कोई चांदी का बर्तन, कोई गर्म सूट, सब अपनी हैसियत व संबंध के मुताबिक़ गिफ़्ट कर रहे थे। नीलिमा ने जब पापाजी को शालू आंटीजी के गिफ़्ट के बारे में बताया तो वे हैरान रह गए व झुमके देखकर बोले - वाक़ई, तुम्हारी मम्मी जी भी इसी तरह के झुमके पहनती थी, मैंने खुद 'सरस्वती ज्वैलर्स' अंबाला कैंट से ख़रीद कर दिए थे।

शालू — शिवि के पापाजी भी वहीं से ख़रीद कर लाए थे। ये रोल्ड-गोल्ड के झुमके भी वहीं से ख़रीद किए हैं, आज मौक़े पर पहनने को मिल गए।

डॉ. गुप्ता —- आपका बहुत धन्यवाद शालू जी, नीलिमा की मम्मी जी भी तुम्हारी तरह दयालु व इतने ही क़द- काठ की थी।

शालू —- हाँ शेखर गुप्ता जी ! बहुत लोगों की सूरत - शक्ल व स्वभाव आपस में मिल जाते हैं।

डॉ. गुप्ता — (हैरान होकर) शालू जी, आप मेरे नाम से कैसे परिचित हैं, मेरा नाम तो किसी को भी आज तक ज्ञात नहीं ?

शालू — शायद भूल से अपने पति का नाम भी जोड़ कर पुकार गईं। क्षमा करें।

अब लंच का टाइम नज़दीक पहुँच गया था। देव व राकेश बाबू ने सबको बताया कि सभी मेहमान यहाँ से दस मिनट का पैदल मार्च कर "तनेजा रेस्टोरेन्ट" पर चलें व लंच ग्रहण करें। लंच के बाद जो मेहमान जाना चाहे, अपना मिष्ठान बॉक्स वहीं से लेकर जाए। दूल्हा - दुल्हन राजीव एडवोकेट के साथ गाड़ी में सवार होने के लिए पहुँच जाएँ। पंडित व शामू काका भी रेस्टोरेन्ट चलें।

दूल्हा दुल्हन के लंच के लिए टेबुल हॉल के बिल्कुल मध्य में लगाया गया था जिसके साथ छः कुर्सियाँ भी रखी गई थी। दूल्हे के साथ राजीव व दुल्हन के साथ कांता देवी, नेहा व दिव्या भी लंच ले रही थी।वेटर्स टेबल के चारों तरफ़ मंडरा रहे थे व बार- बार पूछ कर हर डिमांड पूरी कर रहे थे।सभी मेहमान शांतिपूर्वक व ख़ुशी- ख़ुशी लंच का लुत्फ़ उठा रहे थे। लता तनेजा आज अपने ही रेस्टोरेन्ट पर मेहमान थीं। नलिनी जैन के साथ उसकी खूब जोड़ी जमीं थीं, दोनों ही सनातन धर्म विद्यालय में जो टीचिंग कर रही थी। सभी टेबुल्स पर गर्म- गर्म दाल- सब्ज़ियाँ, चपाती दही- रायता, मूंग दाल हलवा रखे हुए थे। खाना खाने के बाद आइसक्रीम का भी प्रबंध किया गया था जिसका मेहमानों ने जमकर लुत्फ़ लिया।

अब शुरू हो गया था बिछुड़ने का सिलसिला। डॉ. कोठारी ने ऑपनिंग की। सुश्री मनोरमा सूद ने उनका अनुसरण किया। शुभम को देव बाबू ने अभी डॉ. कोठारी के साथ जाने से रोक दिया था ताकि बाद में कुछ विचार- विमर्श कर सके। कांति व नीलिमा होटल चले गए थे जहाँ उनके लिए रूम बुक किया गया था। सभी ने दोनों को पुनः बधाई दी व विदाई ली। अब रेस्टोरेन्ट पर देव बाबू, राकेश, राजीव, शुभम, शेखर बाबू, व एम. एम. गुप्ता का परिवार ही मौजूद था। डॉ. कोठारी के निर्देश की पालना में डॉ. गुप्ता, डॉ. आर्य अपनी पत्नी के साथ ही नीलिमा को भी अपने घर भिवानी के लिए लेकर निकलने से पहले होटल चले गए थे। अब तनेजा रेस्टोरेन्ट पर डॉ. भगवत स्वरूप जी के मार्गदर्शन में जो चर्चा होनी है उसका विवरण हम अगले अंक में पा सकेंगे।

तनेजा — (देव बाबू के पास आकर) देव बाबू, कैसा रहा सब नाश्ता व लंच ?

देव — उम्मीद से भी ज़्यादा बेहतर, बिल बगैरह का अभी इंतज़ार करो।

तनेजा — ओ. के . देव भैया !

***

27

नीलिमा - कांति की शादी संपन्न व देव- शुभम की शादी की चर्चा

डॉ. गुप्ता व आर्य सर होटल बजरंगी से अपना सामान बटोर कर नीचे काउंटर पर आ गए थे। सब बिल बगैरह चुकता किया व धन्यवाद देकर पुनः तनेजा रेस्टोरेन्ट पर पहुँच गए थे। कांति को वहाँ ड्रॉप किया व सभी से विदाई ली।

डॉ. आर्य — गुप्ता सर, हमें शायद ध्यान नहीं, देव बाबू से पूछा कर जो भी तनेजा रेस्टोरेन्ट का लंच व नाश्ते का कोई हिसाब किताब हो, वह चुकाना है।

डॉ. गुप्ता —- मुझे ध्यान है। (देव बाबू को पुकारते हैं) मेरे साथ चलो व तनेजा का हिसाब क्लीयर करो।

कांति — (सामने आकर) पापाजी, ऐसी कोई ज़रूरत नहीं है, आप मुझ पर छोड़ दें सब।

डॉ. गुप्ता —- हाँ कांति बेटा, सहभोज का आयोजन तो लड़की वालों की ओर से ही होता है।

देव —- हाँ कांति भाई, सर वाजिब फ़रमा रहे हैं। आप बैठें, हम तनेजा के पास जा रहे हैं।

(डॉ. राकेश, देव बाबू, गुप्ता सर व आर्य सर तनेजा का बिल चुका कर व धन्यवाद कर सभी से पुनः विदाई लेते हैं।)

शालू — नीलिमा होटल में ही है गुप्ता सर ?

डॉ. गुप्ता — अभी यहीं बाहर गाड़ी में है।

शालू — (मेधा गुप्ता को साथ लेकर गाड़ी के पास आकर) नीलिमा बेटी, तुम्हें फिर से बधाई दे रही हूँ। भगवान ने चाहा तो हम शिवि की शादी में फिर मिलेंगे।

नीलिमा — आंटीजी, आपका व्यवहार मुझे माँ की याद दिलाता है। आपकी बातें बिल्कुल मम्मी जैसी है।

शालू —- तुम्हें मम्मी से बहुत प्यार था बेटी, जो अब तक भुला नहीं पाई हो।

नीलिमा — आंटीजी, कुछ रिश्ते ऐसे होते हैं जिन पर समय की गर्दिश का कोई असर नहीं पड़ता। जब भी परिवार में कोई सुख- दुख का मेला लगता है तब इन रिश्तों के रेखाचित्र हमारी आँखों के सामने तैरने लगते हैं।

शालू — बहुत बढ़िया संवाद किया बेटी, माँ को तो चाह कर भी कोई नहीं भूल सकता ? तुम्हारे पापाजी ने दूसरी शादी क्यों नहीं की ?

नीलिमा — आंटीजी, पापाजी मम्मी से बहुत प्यार करते थे, मम्मी के बालों की डिजाइनिंग देख कर उन्हें 'साधना' कहकर बुलाते थे जबकि उनका नाम शिवानी था। आंटीजी, अब मम्मी की और बात करने में मुझे रोना आ रहा है।

शालू — बेटी तेरी बातें सुनकर तो मुझे ही रोना आ रहा है। तुम्हारी तो माँ थी इसलिए तुम्हारे आँसू छलकना स्वाभाविक है।

(डॉ. गुप्ता व डॉ. आर्य का देव बाबू के साथ आगमन)

डॉ. गुप्ता —- शालू जी, नीलिमा बिटिया को देखने से आपका जी नहीं भरा ? आपका कन्यादान का गिफ़्ट हमें हमेशा आपकी याद दिलाता रहेगा।

शालू —- बिल्कुल शेखर बाबू, ओह सॉरी, गुप्ता सर, कुछ घटनाएँ, यादें, गिफ़्ट, दुआएँ ऐसा प्रभाव छोड़ती हैं जो हमें जीवन भर रिश्तों से जोड़े रखती हैं। मैं भी शादी के इन रंगीन लम्हों को आप दोनों की यादों का आधार बना कर जीवन गुज़ार दूँगी।

डॉ. गुप्ता — लगता है कि आपको नीलिमा बिटिया से कुछ ज़्यादा ही लगाव हो गया है।

शालू —माँ का दिल तो बच्चों को देखकर ही धड़कता है, नीलिमा को मैंने बेटी की तरह देखा है।

मेधा गुप्ता —शालू बहन ! ज़्यादा भावुक नहीं होते ! प्यार नज़दीकियाँ चाहता है। आज नीलिमा बिटिया से है, कल शिवि बिटिया पर शिफ़्ट हो जाएगा। चलो, अब जाने दो बिटिया को।

शालू —- रोतीं हुई सी हल्के- हल्के हाथों को लहराते हुए- बाय-बाय !

डॉ. गुप्ता —- बाय शालू जी व मेधा जी !

नीलिमा —- बाय आंटीजी, शिवि के साथ कभी भिवानी आना ? कॉलेज भी देख जाना, हमसे भी मिलना-जुलना हो जाएगा।

शालू — तुम कहाँ भिवानी रहोगी बेटी! शादी के बाद तो ससुराल ही औरत का घर होता है। (गाड़ी की ओर से मुख मोड़ कर अपने आप में) क्या क़िस्मत पाई है शिवानी, अपनों को भी अपना नहीं कह सकते ? (प्रकटत:) चलो मेधा बहन, चाहते हुए भी मुँह नहीं खोल पाते, रिश्ते यों ही सिसक- सिसक कर दम तोड़ लेते हैं।

अपने दोनों प्रोफ़ेसर्स को विदा कर देव बाबू अपने कर्तव्य की पूर्ति से संतुष्ट व प्रसन्न रेस्टोरेन्ट पर आ गया था।मेधा गुप्ता व शालू भी उसके साथ ही आ रहीं थीं।

मेधा गुप्ता — देव बेटा, तुम्हारे अंकल तुमसे कुछ बात करेंगे, पॉज़िटिव ही रहना।

देव — यस आंटीजी, बड़ों के सामने ज़्यादा मुँह खोलना अच्छा नहीं रहता।

शालू —- मेधा बहन ! देव बाबू के बारे में क्या कहूँ, धूल भरा हीरा है। शिवि बिटिया को देव बाबू ने ही बचा लिया व अब जीवन धारा बदल दी।

मेधा गुप्ता —- देविना ने मुझे सब बताया है, अब हम सब कुछ देर इसीलिये रुके हैं कि कुछ बातचीत कर फ़ैसला ले सके।

शालू —- मेधा बहन, रिश्ते तो स्वर्ग से ही बनकर आते हैं। आप और मैं उन्हें बदल नहीं सकते ? हमने तो देव बाबू पर विश्वास कर शिवि की पसंद को तुरंत स्वीकार कर लिया।

मेधा गुप्ता —- गुप्ता जी का मन भी हमने बनाया है, शायद मान जाएँगे।

शालू —- अगर ना ही करना है तो आने की क्या ज़रूरत थी ? शिवि व देविना दोनों आ सकती थीं।

मेधा गुप्ता —- सही कहा शालू बहन, निमंत्रण तो केवल इन दोनों का ही था।

(दोनों अंदर आकर बैठती हैं।)

शेखर बाबू —- शिवि बेटी, अब चलें या कुछ रहा है करने के लिए ?

शिवि —-गुप्ता अंकल कुछ बात करना चाहते होंगे देव भैया से।

शेखर बाबू— क्यों गुप्ता जी ? संकोच त्याग कर बताइए ?

एम. एम. गुप्ता —- सर्व प्रथम मैं डॉ. राकेश, देव बाबू व राजीव एडवोकेट को बधाई एवं शाबाशी देना चाहूँगा कि बड़े त्याग- तपस्या एवं बुद्धिमत्ता से विवाह का सफल आयोजन किया। हम इस शादी में आमंत्रित नहीं

थे फिर भी आए हैं शादी की ही बात करने के लिए ।हमें लगा कि सब लोग एकत्रित होंगे तो खुलकर बातचीत होगी।

डॉ. भगवत स्वरूप —- गुप्ता जी, आप ज़िला स्तर के अधिकारी है, अपनी बेटी का भला- बुरा सब समझते हैं। बच्चों ने आपस में दोस्ती कर ली है। मेरी तो आपको यही सलाह है कि इस दोस्ती को जीवन भर की दोस्ती में बदल दें।

(सभी उपस्थित जनों के मुखों पर मुस्कान तैरती है।)

एम. एम. गुप्ता — मैं जीवन भर का साथ होने के विरूद्ध नहीं हूँ, मेरी चिंता यह है कि देव बाबू ने अपना घर - परिवार सब त्याग दिया है, मै किससे संपर्क करूँ ? शादी में कौन अगुआ होगा ? बिटिया कहाँ रहेंगीं ?

डॉ. भगवत स्वरूप —- गुप्ता जी, आज जो शादी हुई है उसमें कांति के किसी भी रिश्तेदार को देखा है आपने ? न कांति के पास घर है, न कोई बंधु- बांधव, केवल चार यार हैं। आप बेफ़िक्र रहें, मैं देव बाबू के पिता की तरह शादी में अगुआई करूँगा। (सभी ख़ुशी से खिल जाते हैं।) आप इसे अपनी लड़की दें, मैं आपकी लड़की को नौकरी भी दूँगा और घर भी दूँगा। साथ ही बी. एड. का परिणाम घोषित होने के बाद देव बाबू को पदोन्नति भी।

एम. एम. गुप्ता — डॉ. भगवत स्वरूप जी, मैं आपकी भावनाओं की कद्र करता हूँ लेकिन जब समाज में ज़िक्र होगा तो क्या कहूँगा ? न गाँव- शहर का नाम, न माता-पिता की उपस्थिति, और न परिवार की जानकारी ? मैं नौकरी लेने- देने जैसा सौदा नहीं चाहता बल्कि मान- सम्मान की इच्छा रखता हूँ।

डॉ. भगवत स्वरूप —- गुप्ता जी, आपके सवाल वाजिब हैं स्थिति आपके सामने है, देव बाबू को आपने अच्छी तरह देख- परख लिया है। मेरा यह भी विश्वास है कि देव बाबू आपकी स्वीकृति के बिना कोई अनैतिक कदम नहीं उठाएगा। कवि व लेखक समाज के लिए अच्छा ही करके जाते हैं।

एम.एम. गुप्ता — मुझे देव बाबू की प्रतिभा व नेक नीयती पर कोई शंका नहीं है, बस मेरी इच्छा घर- परिवार से जुड़ी है।

डॉ. भगवत स्वरूप —- बच्चे आज कल शहरों में काम - नौकरी करते हैं, माँ- बाप कहाँ गाँव छोड़ते हैं ? मैंने राकेश बाबू के घर- परिवार के बारे में जानकारी तो ली पर उसे बाधा नहीं बनने दिया। राकेश बाबू के पास यहाँ न अपना घर हो न गाँव में माँ बाप। दोनों भगवान को प्यारे हो चुके हैं। अब भगवान की मर्ज़ी की सजा बच्चों को क्यों दे ? आप निश्चिंत होकर रिश्ता जोड़िए। बुद्धिमान व्यक्ति कुछ भी न होने पर भी मेहनत से सब कुछ पा लेता है और मूर्ख सब कुछ होते हुए भी गँवा देता है।

शेखर बाबू —- गुप्ता जी, सब आपकी ओर टकटकी बाँध कर देख रहे हैं। लोगों की इच्छा ही भगवान की इच्छा होती है।आप इस रिश्ते को स्वीकृति प्रदान करें।

एम. एम. गुप्ता —- मैं आप सभी से क्षमा चाहूँगा, (पत्नी व पुत्री को एक तरफ़ ले जाकर) देविना बेटी ! मैं तुम्हारे भविष्य को लेकर चिंतित हूँ।

देविना — पापाजी, "होई है वही जो राम रचि राखा" फिर भी मैं आपकी स्वीकृति के बिना कोई अनुचित कदम नहीं उठाऊँगी।

एम.एम. गुप्ता —- मेधा तुम कुछ कहो, मेरी मदद करो, मैं इस समय भँवर में फंसा महसूस कर रहा हूँ।

मेधा— जब मनुष्य की बुद्धि असमंजस में उलझी हो तो निर्णय उस परवरदिगार पर छोड़ देना चाहिए जो हम सबका पालक, जनक व संहारक भी है। मुझे तो अपने बेटे देव व अपने इष्ट पर भरोसा है। मुझे लगता है कि घर में गंगा आई है, डुबकी लगाओ वरना हम डूब जाएँगे।

एम. एम. गुप्ता —- तुम दोनों की व भानू की एक ही राय है तो मैं क्यों अलग राह बनाऊँ ? (सभी के पास आकर) डॉ. साहब, मैं देव बाबू को अपना

दामाद मानने को स्वीकृति देता हूँ। आज से ही हम देव बाबू के सास- ससुर व माता-पिता होंगे। दोनों जहाँ पर भी रहें, ख़ुश रहें। कांति जी ने एक अच्छी शुरूआत की है।

देव —- मैं श्री एम. एम. गुप्ता जी को अपना पिता श्री व मेधा गुप्ता जी को अपनी माता श्री मानता व स्वीकार करता हूँ व आपको सभी की उपस्थिति में विश्वास दिलाता हूँ कि देविना को वह सब दूँगा जो एक मां- बाप अपनी बेटी के लिए चाहते हैं।

शुभम — (खड़े होकर देव भैया के गले से लिपट कर) हम दोनों की बारात एक ही दिन जाएगी और एक ही दिन शादी भी होगी।

देव —- मैं डॉ. भगवत स्वरूप जी से प्रार्थना करूँगा कि वे बातचीत करने की पूरी ज़िम्मेवारी स्वयं लें या किसी को सौंपे।

डॉ. भगवत स्वरूप —- मेरी उम्र को देखते हुए सब काम शायद न कर पाऊँ इसलिए डॉ. राकेश बाबू सब कुछ सँभालेंगे व कांति तथा राजीव एडवोकेट सहयोग करेंगे।

देव —- डॉ. साहब, मेरा एक निवेदन है कि पहले राकेश। बाबू की शादी होगी, फिर हम मैदान में उतरेंगे।

डॉ. भगवत स्वरूप — हमें आपकी यह प्रार्थना स्वीकार है।हम एक-दो दिन में फ़ैसला कर लेंगे।

शेखर बाबू —- डॉ. साहब, आज कैंट जाकर क्या हमें दो दिन बाद फिर लौटना होगा ?

डॉ. भगवत स्वरूप —- शेखर बाबू, दो दिन में फ़ैसला लेंगे, शादी की तिथि अभी निश्चित नहीं।

शिवि —- (देविना दीदी से गले मिलते हुए) आख़िर मेहनत रंग ले ही आईं। मुबारक हो देविना दीदी !

देविना पहले अपने मम्मी पापा व फिर डॉ. भगवत स्वरूप के चरण स्पर्श करती है। देव बाबू भी एम.एम. गुप्ता व मेधा गुप्ता के चरण स्पर्श करता है । एक प्याली चाय - कॉफी के बाद शेखर बाबू व गुप्ता जी की कार अंबाला कैंट की ओर सरपट दौड़ रही थी।

***

28

देव व मित्रों की सरिता सैर

शेखर बाबू व एम. गुप्ता के जाने के बाद एक खामोशी सी रेस्टोरेन्ट में छा गई थीं जिसे नेहा ने भंग करते हुए पूछा — कांति भाई, तुम अकेले ही रह गए, नीलिमा भाभी कहाँ है ?

कांति — अपने घर चली गई। सप्ताह भर वहाँ रहकर फिर आएगी।

नेहा —- कांति भैया, तुम ये कैसी शादियाँ करते हो, अकेले ही रह जाते हो ? शुभम भैया ने रिंग पहनाईं, शिवि भाभी बनी लेकिन शिवि भाभी पढ़ने चली गई। राकेश भैया ने "रोका" किया, रश्मि भाभी पढ़ने चली गई। अब तुमने शादी की, वही हाल है सब जैसा। हाँ राजीव भैया के काले कोट से डरकर दिव्या भाभी जरूर घर में है। देव भैया ने शादी की हामी भरी तो देविना भाभी चली गई।

देव —- नेहा बहन, अगले सप्ताह रश्मि भाभी को यहाँ घर लाएँगे धूम-धड़ाके के साथ, उसके बाद कांति भाई और फिर मै।

नेहा —- देव भैया, तब तक मैं कैसे इंतज़ार करूँगी ? मुझे पढ़ाई के लिए दिल्ली भी तो जाना है। तुम सब मुझे सताने के लिए शादियाँ करते हों। डॉ. दादा ! तुम हमेशा कहते रहते हो कि जोड़ियाँ ऊपर से बनती हैं, क्या ये सिंगल- सिंगल शादियाँ भी ऊपर से ही बनी है ?

डॉ. दादा —- तुम घबराओ नहीं बेटी, तुम्हारे लिए तो काला कोट वाला दूल्हा लाएँगे जो तुम्हें अपने पास रखेंगे।

नेहा —- डॉ. दादा, पहले इन तीनों रोगियों का उपचार करो, मुझे अभी उधार में ही रहने दो। अभी तो मैंने कोचिंग शुरू की है, काला कोट मिलने में बहुत समय लगेगा।

राकेश — कांति भाई, रूम पर जाकर ड्रेस बगैरह चेंज कर आओ, फिर घूमने निकलेंगे।

कांति — क्या इसी ड्रेस में पैदल चला जाऊँ, गाड़ी नहीं है क्या ?

राकेश — (बाहर आकर देखता है) हाँ कांति भैया, फूलों वाली गाड़ी अभी यहीं खड़ी है। (देव भैया से) शायद पेमेंट की इंतज़ार में है।

देव — (ड्राइवर से) भैया, दूल्हे को जहां से लाए थे, वहीं छोड़कर आना है। लौटकर पेमेंट ले लेना।

ड्राइवर — ओ. के. सर !

चारों मित्र जब नदी पर पहुँचे तो सूरज मानो नाराज़ होकर क्षितिज की ओर यह कहता हुआ भाग रहा था कि मित्रों ! तुमने मुझे भी शादी में क्यों नहीं आमंत्रित किया ? सरिता भी बिना हलचल सूरज की किरणों से पीतवर्ण हुईं मानो कुपित नायिका सी कह रही हो कि मुझे भी तुम्हारी शादी देखने का चाव था। बचीं - खुची किरणों को पीकर नशे में मस्त तिमिर ने भी अपनी मित्रता की दुहाई दी। श्यामल मेघ, सुगंधित पवन आज सब अपनी नाराज़गी ज़ाहिर कर रहे थे। मानो कह रहे हो कि तुम रोज़ यहाँ नदी किनारे आकर हमारे मित्र हो गए हो और सुख- दुख के भागीदार बन गए हो। तुमने हमें अपने सुख व ख़ुशी में याद नहीं करके आदमीयता छोड़ कर आदमी का परिचय दिया है।

राजीव — कांति भाई, आज प्रकृति कुछ अनमनी सी प्रतीत हो रही है ?

देव —- कांति भाई नहीं बता पाएँगे, यह दार्शनिक जिज्ञासा है।

राजीव —- तुम्हें भी ऐसा ही लग रहा है क्या देव भैया ?

देव —- हाँ राजीव भाई ! जिस तरह शुभ कामों में हम अपने पितरों से आशीर्वाद माँगते हैं, उनकी याद कर पूजा अर्चना करते हैं, उसी तरह पवन, अग्नि, जल, पृथ्वी और आकाश इन पाँच तत्वों की भी पूजा करते हैं।

राजीव —- देव भैया, वह तो पंडित जी ने अपने मंत्रों द्वारा कर ली होगी ?

देव —- ये सभी देव सामग्री कम श्रद्धा ज़्यादा चाहते हैं। शायद पूजा या श्रद्धा में कोई कमी रह गई है। हमें अब इन्हें श्रद्धापूर्वक नमन करना होगा। इनका अभिप्राय प्राणी मात्र को दुखी करना नहीं बल्कि अपने अस्तित्व को स्वीकार कराना मात्र है।

राकेश — देव भैया, इनका अस्तित्व मानव कल्याण के लिए है, इनको न याद करने से मानव निरंकुश होकर व्यभिचारी हो सकता है।

देव —-वाह ! डॉक्टर साहब भी दार्शनिक हो गए। बिल्कुल सही कहा राकेश बाबू, ये सभी देवगण प्राणी के मन पर नियंत्रण रख उसे दिग्भ्रमित होने से सुरक्षित रखते हैं।

राजीव — देव भैया, आज कुछ ऐसी ही कथा कहानी सुनाओ, जिससे इनके अस्तित्व का आभास हो।

देव —- राजीव भाई, क़िस्सा- कहानी तो कांति भाई ही सुनाता है, मैं तो तुम्हें उस लकड़हारे की कहानी याद दिलवा रहा हूँ जिसमें जल देवता कई तरह की कुल्हाड़ी लाकर दिखलाते हैं।

राजीव — देव भैया, मैं इन देवताओं के अस्तित्व पर प्रश्न चिह्न नहीं लगा रहा, मै तो जिज्ञासा वश पूछ रहा था। कांति भाई, आज कुछ सुनने को मिलेगा या तुम्हारी शादी की तरह ख़ाली लौट जाएं।

कांति —- राजीव भाई, कुछ दिल सा नहीं लग रहा है। जिन प्रकृति तत्वों व देवताओं की बात आप कर रहे हैं, वैसे ही मन की अवस्था बनी हुई है।

राजीव — कांति भाई, मनुष्य को अपने मन की गति का ज्ञान होता है कि वह क्यों प्रसन्न व क्यों उदास व खिन्न हैं। बस किसी परिस्थिति, कारण या यूँ ही हम उसे व्यक्त नहीं करते। इस मामले में महिलाएँ खुल कर बोल लेती हैं।

राकेश — राजीव भाई, ठीक कह रहे हो, कांति शायद अपनी भूतकाल की स्मृतियों में उलझा हो, पर व्यक्त नहीं कर पा रहा हो।

देव — वाक़ई राकेश बाबू, कांति का अतीत भयावह व दुखदाई रहा है।ऐसे अवसरों पर इन लम्हों की स्मृति सतातीं है।

राकेश — कांति भाई, आप वर्तमान में जिएँ तो काफ़ी मामला सुलझ सकते हैं। जीवन में हर व्यक्ति कुछ न कुछ इतिहास लिए होता ही है।देव भैया की तरह सब भुलाकर परोपकार में मन लगाओ तो निराशा दूर होगी।

कांति — राकेश बाबू, आज तुम ही कुछ सुनाओ ?

राकेश — कोशिश कर सकता हूँ, आपकी तरह तो नहीं सुना सकता।

राजीव — जैसे भी सुनाओ, हम साथ देंगे।

राकेश —- एक रोमन इतिहासकार ने अपनी पुस्तक में एक घटना का ज़िक्र किया है कि पुराने रोम में साइरन नाम के एक वृद्ध व्यक्ति को आजीवन भूखे रहने की सजा दी गई। उसे एक काल कोठरी में बंद कर दिया गया और सख़्त आदेश दिया गया कि इसे कुछ भी खाने- पीने को न दिया जाए, यहाँ तक की पीने को पानी भी न दिया जाए।

राजीव — डॉक्टर साहब ! आज ख़ुशी के दिन क्या सुना रहे हो, बूढ़े व जेल की कहानी, कुछ अच्छा कहो ?

राकेश — ध्यान से सुनोगे तो अच्छा ही लगेगा। बूढ़े आदमी की फेरू नाम की एक पुत्री थी, उसने राजा से फ़रियाद की कि उसे अपने पिता से मिलने की इजाज़त दी जाए। राजा ने इस शर्त पर फेरू को इजाज़त दी कि जेल में कुछ भी खान-पान की वस्तु न लेकर जाए। फेरू रोज़ पिता के पास आने लगी, उसकी गहन तलाशी ली जाती, तब जेल में पिता के पास जाने दिया जाता। दो-तीन सप्ताह बीत गए, जेलर ने सोचा कि भूख- प्यास से साइरन बदहवास हो गया होगा, हो सकता है कि मृत्यु की कगार पर पहुँच गया हो। वह स्वयं जेल के अंदर गया और उसे देखा तो वह न तो ज़्यादा कमजोर हुआ और न ही ज़्यादा स्वस्थ। साइरन की दशा देख कर जेलर को लगा कि इतने दिनों तक पानी भी नहीं मिला फिर भी इसकी हालत ख़स्ता नहीं हुई है।उसने यही सोचकर कि कहीं उसकी पुत्री कुछ खाद्य सामग्री छुपाकर तो नहीं ले जाती।

राजीव — राकेश बाबू, फेरू की तलाशी तो पहले ही बहुत गहनता से की जाती थी फिर जेलर को उस पर शक क्यों हुआ ?

राकेश — राजीव भाई, और कोई व्यक्ति तो साइरन से मिलता नहीं था। अब जेलर ने सुरक्षा और बढ़ा दी थी तथा फेरू की तलाशी में भी ज़्यादा समय लगाना शुरू कर दिया था। बावजूद इसके साइरन को जीवित देख कर उसे हैरानी हुई और उसने एक दिन छुप कर निगरानी करने की ठानी।

कांति— और क्या निगरानी होगी, पहले ही सुरक्षा इतनी कड़ी थी कि परिंदा भी पर न मार सके।

राकेश —- जेलर छुप कर देखने का मन बना चुका था। ज्यों ही फेरू अपने पिता से मिलने पहुँची तो उसने सुरक्षा कर्मियों की ओर पीठ की व अपनी चोली उठाई तथ अपना स्तन पिता के मुँह में डाल दिया।

राजीव —- राकेश भाई, क्या सुना रहे हो, यह तो अविश्वसनीय सा प्रतीत होता है।

देव — वाक़ई, डॉ. बाबू कुछ गड़बड़झाला तो नहीं ?

कांति —- ऐसा तो कभी देखने / सुनने में आया नहीं ?

राकेश — जिस तरह आप सभी विस्मित हैं उसी तरह जेलर भी यह सब देखकर बहुत हैरान हुआ और उसने अगले दिन सारी घटना का ज़िक्र राजा के समक्ष किया। राज दरबार में बात पहुँचने से जंगल की आग की तरह पूरे राज्य में फैल गई। राजा ने साइरन और उसकी पुत्री को बहुत डांटा और एक निश्चित दिन उस पर फ़ैसले के लिए फ़रमान सुनाया। निश्चित दिन आने से पहले लोगों में तरह-तरह की चर्चा ने जन्म ले लिया था।कइयों का विचार था कि यह एक अनैतिक कार्य है, एक पुत्री कैसे अपने पिता को स्तनपान करा सकती है ?

राजीव — बिल्कुल सही सोच रहे थे लोग। यह तो वाक़ई अनैतिक कार्य है।

राकेश —- कुछों की विचारधारा थीं कि यद्यपि यह अनैतिक कार्य तो है पर पुत्री ने पिता की जान बचाने के लिए प्रेम वश ऐसा किया।यह प्रेम का एक अनूठा उदाहरण है व मानवीय मूल्यों पर खरा उतरता है। इस प्रकार के लोगों की संख्या बढ़ती जा रही थी। राजा के गुप्तचरों ने भी जनता की आवाज़ सुनकर राजा तक पहुँचाई। फ़ैसले के दिन राजा ने दरबार के बाहर भारी भीड़ जमा देखकर एक भावनात्मक फ़ैसला सुनाया।

राजीव— राजा पर भीड़ का दबाव अवश्य पड़ेगा।

कांति —- राजा भीड़ की ज़्यादा परवाह नहीं करते राजीव भाई ?

राकेश — राज्य में विद्रोह की आशंका को देखते हुए राजा ने दोनों पिता- पुत्री को दोष मुक्त करार देकर रिहाई के आदेश दिए।

देव —- वाह राकेश बाबू ! आख़िर निर्मल व उदात्त प्रेम की विजय हुई।

कांति —- वास्तव में अतुलनीय उदाहरण है प्रेम का।

राजीव —- अब चलें घर ?

राकेश —- चलिए, अगली बार कुछ दिनों के बाद यह वाक्य कांति भाई बोलने पर विवश होगा।

राजीव — नीलिमा भाभी जो आ जाएगी एक सप्ताह बाद ! कांति भाई, इतने तक तुम कोई बड़ा घर ढूँढ लो, कहो तो मैं भी कुछ मदद करूँ ?

कांति —- सभी अपनी ओर से प्रयास करेंगे, तभी बात बनेगी।

देव — राकेश बाबू, नेहा कल सुबह ही जाएगी दिल्ली ?

राकेश — हाँ, सुबह ही जाने का प्रोग्राम बना है।

देव —- हम सब तुम्हारे साथ चलेंगे व नेहा बहन से बातें करेंगे।

कांति —- मिल तो लेंगे पर बात नहीं करेंगे।

राकेश —- कांति भाई ऐसा क्यों कह रहे हो ?

कांति —- क्योंकि हम जानते हैं कि वह क्या बात करेगी ?

राकेश — क्या ?

कांति —- भाभी कब लाओगे कांति भैया ?

(सभी ठहाका लगाकर हंसते हैं व अपने घर की राह लेते हैं।)

***

29

राकेश व नेहा, रश्मि के घर, रश्मि के विवाह एवं इंटर्नशिप पर डॉ. दादा के साथ चर्चा

सुबह से बाद दोपहर तक विवाह समारोह में ही व्यस्त रहे डॉ. भगवत स्वरूप कुछ थकान सी महसूस कर रहे थे इसलिए क्लीनिक पर जाने की बजाय तनेजा रेस्टोरेन्ट से घर ही आ गए थे। एक- दो घंटे आराम किया व अब स्नान कर डिनर के लिए डाइनिंग टेबल पर आ गए थे।

डॉ. दादा — रश्मि बेटी, सब आ जाओ डिनर के लिए।

अंजना —- पिताजी, दोनों बहनें पार्क में गईं हैं, कह रही थी कि हमें ज़्यादा भूख नहीं है, शादी में खाने से, पहले ही भारीपन हो रहा है, अब और नहीं ले सकते। आज अश्मि का मैट्रिक स्टैंडर्ड का रिज़ल्ट घोषित हो गया पिताजी, मेरिट लिस्ट में स्कूल में तीसरा स्थान पाया है। आप उस समय आराम कर रहे थे। आलोक का प्रवेश:-

आलोक — पिताजी, कैसा रहा सब शादी का प्रोग्राम ?

डॉ. दादा —- सब अच्छा रहा पर एक बात अच्छी नहीं रही ?

आलोक—- क्या पिताजी ?

डॉ. दादा —- यह तो तुम्हें पता ही है कि लड़की की फ़ेस सर्जरी पंद्रह दिन पहले ही हुईं थीं।

आलोक —- हाँ पिताजी, देव बाबू ने एक बार ज़िक्र किया था, पर वह तो सब कुछ ठीक हो गया था। अब क्या दिक़्क़त रही ?

डॉ. दादा — सर्जरी करने वाला डॉक्टर कोठारी दिल्ली से शादी में आया था , एक दो बार सप्ताह में हिसार भी पेशेंट को देखते हैं, आज समय निकालकर आ गए थे यहाँ।

आलोक —-डॉक्टर्ज के पास इतना समय निकालना कठिन होता है।

डॉ. दादा —- डॉ. ज्ञान चंद्र जैन के कारण ही आए थे। डॉ. जैन का उत्तर भारत में पूरा सम्मान व प्रभाव हैं। कई बड़ी संस्थाओं से सालों से जुड़े हुए हैं इसलिए परिचितों की तादाद ज़्यादा ही है।

आलोक —- तो डॉ. कोठारी के आने से कुछ परेशानी हुई ?

डॉ. दादा —- डॉ. कोठारी ने लड़की को चैक किया तो एक सप्ताह और आराम करने की ज़रूरत बतलाई। शादी के बाद लड़की पति के घर जाने की बजाय पिता के घर चली गई। हमने तो जीवन में पहली बार ऐसा देखने को मिला है।

आलोक —-हाँ पिताजी, बीमारी के कारण कई बार जीवन में असाधारण व अप्रत्याशित घटनाएँ घट जाती हैं। आपका तो सब कुछ ठीक रहा है।

डॉ. दादा —- देव बाबू का भी मामला सेट हो गया।अंबाला कैंट से गुप्ता जी अपनी लड़की देविना से शादी के लिए मान गए। देव बाबू के साथ ही कोर्स कर रही थी।

आलोक —- चलो अच्छा ही हुआ, बहुत दिनों से अकेले ही दिन बिता रहे थे।

(रश्मि- अश्मि के साथ नेहा व राकेश बाबू का प्रवेश)

अश्मि —- दादा जी हम आ गए, जीजू व नेहा को भी साथ ले आए हैं, वहीं पार्क में घूम रहे थे।

नेहा —- हाँ डॉ. दादा, अशिम ने मेरिट लिस्ट में तीसरा स्थान दर्ज किया है।

डॉ. दादा —- हां, तुम्हारी मौसी ने अभी बताया था, पर यह तीसरा दर्जा स्कूल की सूची में है, बोर्ड की सूची में नहीं। राकेश बेटा, बैठो, यहीं मेरे पास बैठ जाओ।

राकेश —- (कुर्सी पर बैठते हुए) पार्क में घूमने निकले थे, नेहा का अपनी मौसी से मिलने का मन बना था।

नेहा —- हाँ डॉ. दादा, दो दिन हो गए थे मिले हुए, कल सुबह ही दिल्ली जाना है, दिल कर पड़ा मौसी जी को मिलने के लिए, कहाँ हैं मौसी जी?

डॉ. दादा — यहीं किचन में खाना बना रही होंगी बेटी।

नेहा —- (किचन में पहुँच कर) मौसी जी नमस्ते !

अंजना —- नेहा बेटी तुम ! भैया के साथ आई हो ?

नेहा —- हाँ मौसी जी, भैया डॉ. दादा के साथ बैठे हैं।मेरा तो आपसे मिलने को जी करने लगा था। आप शादी में क्यों नहीं आईं ?

अंजना —- सब तो गए हुए थे, एक को तो घर में रहना ही पड़ेगा। अब तुम्हारी कोचिंग कब तक रहेगी दिल्ली में ?

नेहा — जून के आख़िर तक, फिर टेस्ट पास कर जुलाई महीने में रेगुलर दाख़िला मिलेगा। तब तक अशिम का भी दाख़िला हो जाएगा। भैया की शादी भी हो जाएगी।

अंजना —- तुम्हें कौन बताया ?

नेहा — शादी में तो शादियों की ही बातें चलती हैं। कुछ दिनों में देव भैया भी मेरे लिए देविना भाभी लाएँगे। मौसी जी, मैं डॉ. दादा को कह दूँगी कि

देव भैया का "रोका" न करवाएँ वरना राकेश भैया की तरह महीनों अकेले ही घूमते नज़र आएँगे।

अंजना —-क्या दादा जी ने ही रिश्ता करवाया है?

नेहा —-हाँ मौसी जी, डॉ. दादा ने पूरी ज़िम्मेदारी ली है देव भैया की क्योंकि देव भैया के भी मां- बाप यहाँ नहीं हैं। चलो अब डिनर लगाते हैं टेबुल पर, सब भूख के मारे इंतज़ार कर रहे होंगे।

(डिनर लग जाने के बाद राकेश व नेहा को देख कर)

डॉ. दादा —- राकेश बाबू, डिनर लो। नेहा बेटी, तुम भी शांत बैठी हो।

राकेश —- हम डिनर लेकर ही पार्क में सैर करने के लिए निकले थे। आप सब ले, इतने तक हम लिविंग रूम में जाकर बैठते हैं।

डॉ. दादा — यहीं बैठो, बातचीत करेंगे। अब तो नेहा भी यहीं है।

नेहा —- डॉ. दादा जी, आप ही मेरा बहुत ख़्याल रखते हैं। कांति भैया की शादी के बारे मैं किसी ने कुछ नहीं बताया, वह तो मैं ख़ुद ही छुट्टी में आ गई।

डॉ. दादा —- भैया की शादी में तुम्हे जरूर बुलाएँगे। तुम्हारी कोई फ्रेंड भी बनी है तो उसे भी साथ लेती आना।

नेहा —- कब है भैया की शादी ?

डॉ. दादा — जिसकी शादी, वही बताएगा।

नेहा —- बताओ भैया कब है शादी ?

राकेश —- जिसकी शादी हो वह नहीं कहता नेहा, दादा जी इंचार्ज है।

नेहा —- शुभम कह रहा था कि मैं शिवि के साथ शादी करूँगा।

राकेश —- पर तारीख़ तो नहीं बताया होगा न ? वह तो पंडित जी ही बताएँगे।

नेहा —- अपने गाँव का पंडित जी भी तो उसी मंदिर में है जहां शुभम-शिवि की शादी होनी थी। उसको कांति भाई की शादी में बुलाकर पूछ लेते ?

राकेश —- नेहा बहन, देव भैया ने उसे आमंत्रित किया था पर उसके पिताजी बीमार हो गए और वह गाँव चला गया।

नेहा —- ठीक है भैया, जब वह आए तो पूछ कर डॉ. दादा को व मुझे भी फ़ोन करके बता देना, और रश्मि भाभी को भी।

राकेश —- अच्छा ठीक है, अश्मि ने डिनर कर लिया, तुम उसके साथ बातें करो, मैं दादा जी से बात करूँगा।

डॉ. दादा, आलोक व रश्मि डिनर ख़त्म कर कुल्ला करके वापिस चेयर्स पर बैठ गए थे।

डॉ. दादा —- रश्मि बेटी, तुम सब के लिए स्वीट डिस, मिठाई या आइसक्रीम जो भी उपलब्ध है, ले आओ।

रश्मि —- आपके लिए भी ?

डॉ. दादा — नहीं बेटी, मुझे मिठाई व चिकनाई दोनों से परहेज़ करना पड़ेगा। बेटा आलोक ! मेरे कमरे में भुने हुए सौंफ की शीशी रखी होगी टेबुल पर, वह ले आओ।

आलोक सौंफ की शीशी व रश्मि आइसक्रीम लेकर लौटते है।

डॉ. दादा — (मुँह में सौंफ चबाते हुए) राकेश बाबू, अब रश्मि बिटिया का कोर्स पूरा हो गया है। हम सब चाहते हैं कि समाज के रीति-रिवाज के अनुसार तुम दोनों परिणय सूत्र में बंध जाओ।

राकेश —- इस विषय पर आप देव भैया से बात करें तो ज़्यादा उपयुक्त रहेगा।

डॉ. दादा —- मैंने देव बाबू से बात की थी, उसने तो मुझ पर ही सब छोड़ दिया।

राकेश — मैं भी आप पर ही छोड़ रहा हूँ पर इतना चाहता हूँ कि शादी कांति भाई की तरह सिंपल ढंग से ही हो।

डॉ. दादा — बेटा, आलोक के बच्चों की पहली शादी धूमधाम से करेंगे। शहर में अपना रूतबा, प्रभाव व पहचान है। तुम्हें व देव बाबू को कुछ नहीं करना, सब हम ही करेंगे।

राकेश —- आपकी जैसी मर्ज़ी, देव भैया से विस्तृत चर्चा कर लेना।

डॉ. दादा — अब रही रश्मि की इंटर्नशिप की बात, बेटी रश्मि ! तुमने कुछ जानकारी प्राप्त की कॉलेज से ?

रश्मि —— हाँ दादा जी, जिस कॉलेज से डिग्री ली है, उसी से इंटर्नशिप भी करनी होगी। आर्थिक सहयोग (Stipend) भी वहीं से मिलेगा पूरे एक साल तक लगभग दस हज़ार प्रति माह।

आलोक —- इतनी राशि तो मासिक खर्च के लिए नाकाफ़ी है।तुमने कैसे किया था राकेश बाबू ?

राकेश —- पिता श्री, मैं तो हॉस्टल में रहता था व खाना भी हॉस्टल की मेस से ही लेता था। कोई पैसा नहीं मिलता था कॉलेज से।

डॉ. दादा —- यहाँ जींद में तुम्हारे पास अस्पताल में भी कर सकते हैं क्या ?

राकेश — कर सकते हैं पर यहां पैसा बगैरह नहीं मिलेगा।

डॉ. दादा — क्यों नहीं मिलेगा ? जब काम करेंगे तो उसकी एवज़ में पैसा तो मिलना ही चाहिए।

राकेश — यह तो सरकारों की नीतियाँ होती हैं, सभी को मानना होता है।

डॉ. दादा — सरकार में भी तो अपनी भागीदारी है, बाबू राम कृष्ण, पं. शंकर प्रसाद दोनों ही तो मंत्री हैं पर देखा जाए तो पाँच- दस हज़ार रुपये के लिए क्या ज़िक्र करेंगे उन्हें ?

राकेश —- मेरे विचार में तो यहीं पर करना चाहिए इंटर्नशिप, पैसे बेशक ना मिले।

डॉ. दादा —-चाहते तो हम भी यहीं हैं पर शादी के बाद एक तनख़्वाह में कैसे काम चलेगा ? कल नेहा की पढ़ाई का खर्च शुरू हो जाएगा।

राकेश —- पहले एक साल ही दिक़्क़त पेश आएगी, हम नेहा के लिए एजुकेशन लोन भी ले सकते हैं, उसके लिए किश्त भी नहीं चुकानी पड़ती।

डॉ. दादा — मेरे ज़हन में एक योजना है, ध्यानपूर्वक सुन कर विचार करना ? आलोक बेटा तुम भी।

आलोक — आप कहें पिताजी !

डॉ. दादा —- हम रश्मि के लिए एक दांतों का अस्पताल (क्लीनिक) खुलवा देते हैं। वह कुछ देर अस्पताल में हाज़िरी देकर अपने क्लीनिक पर पेशेंट्स को अटैंड कर सकती है। मैं डॉ. जैन से इस बारे में राय ले सकता हूँ।

राकेश — आप सभी मिलकर विचार- विमर्श कर लेना, जो भी निर्णय करेंगे, मुझे कोई परेशानी नहीं। अब मैं जाना चाहूँगा क्योंकि नेहा को सुबह दिल्ली जाना है।

डॉ. दादा — रश्मि बेटी, नेहा बिटिया को बुलाओ और रत्नाकर को बोलो कि बाबू जी को घर छोड़कर आए।

रश्मि — मैं देखती हूँ दादा जी ! (बाहर आकर कार में सोए रत्नाकर को जगाकर) रत्नाकर काका, बाबू जी व नेहा को घर छोड़कर आना है।

रत्नाकर — हाँ बिटिया, मैं तैयार हूँ।

राकेश व नेहा अंदर से आते हैं, पीछे- 2 आलोक, अंजना व रश्मि भी आ रहे हैं।

नेहा —- नमस्ते मौसी जी, भाभी व मौसाजी।

आलोक — ख़ुश रहो बेटी ! खूब दिल लगाकर पढ़ाई करो।

कार स्टार्ट कर रत्नाकर ने रेस पर पाँव रखा, रश्मि ने कनखियों से राकेश व नेहा को निहारा।

***

30

एम. गुप्ता व शेखर बाबू की सफ़र में बातचीत

सर ! जिस रास्ते से आए थे उसी से चलें या जल्दी पहुँचना है तो दूसरे से जा सकते हैं। ड्राइवर ने गाड़ी स्टार्ट कर पूछा।

एम. गुप्ता — एक ही रास्ता तो है अंबाला- चंडीगढ़ के लिए।

ड्राइवर —- सर, आपका काफ़ी समय पहले जींद शहर में आना हुआ होगा, कुछ समय पहले बना है चंडीगढ़- सिरसा हाइवे, क्या सड़क बनाई है साहब, गाड़ी में बैठे हैं या हवाई जहाज़ में, पता ही नहीं चलता ?

एम. गुप्ता — क्यों शेखर बाबू ?

शेखर बाबू —- जी गुप्ता जी, कुछ समय रहते घर पहुँच जाएँ तो डिनर बगैरह आराम से लेकर रात्रि में पूरा विश्राम लेंगे तो सुबह ऑफिस में तरोताज़ा महसूस करेंगे।

एम. गुप्ता — ठीक है तो हाइवे से ही चलो ड्राइवर। तुमने नाश्ता - लंच बगैरह सब ले लिया था ?

ड्राइवर —- सर ! बहुत उम्दा क़िस्म का लंच बना था और सर्विस उससे भी उम्दा तरीक़े की। शायद ही सायंकाल में भूख लगे।

एम. गुप्ता —- शेखर बाबू, आपको कैसा लगा शादी का आयोजन ?

शेखर बाबू —-गुप्ता सर ! खाने- पीने की बात का कोई ख़ास महत्व नहीं होता, जिस मिशन को लेकर निकले थे, वह ख़ुशी- ख़ुशी पूरा हो गया।

एम. गुप्ता —- शेखर बाबू, आप बात बड़े पते की करते हैं ।शायद आपका तज़ुर्बा कुछ ज़्यादा ही है।

शेखर बाबू —- गुप्ता सर, शादी के बाद मेरा जीवन बेहद संघर्षपूर्ण रहा और संघर्ष जीवन को कुंदन बना देता है।

एम. गुप्ता —- हमारा लड़का भानू भी बहुत संघर्ष कर रहा है। कहता है कि एक दिन चांद पर कदम रख के ही दम लूँगा।

शेखर बाबू —- वह संघर्ष परिश्रम है, लाभ देने वाला है। हमारा संघर्ष व्यर्थ, विवादित व तनावपूर्ण था जिससे हानि के सिवाय कुछ नहीं मिला, बस यही लाभ मिला कि जीवन का सार समझ में आ गया। हमारी श्रीमती जी ने भी बहुत संघर्ष किया है पर मिला कुछ नहीं सिवाय दुख व निराशा के।

मेधा — हाँ शेखर बाबू —-शालू वैसे साधारण सी दिखती है पर बातों में गहराई झलकती है।

शालू —- आज मैं बहुत खुश हूँ, शादी में शामिल होने के लिए बहुत दिन बाद मौक़ा मिला और वह भी आप जैसे महा पुरुषों के साथ।नीलिमा बिटिया को देखकर आत्मा तृप्त हो गई।

मेधा गुप्ता — मुझे लगता है कि नीलिमा बिटिया के साथ आपका कोई पुराना (पूर्वजन्म) का रिश्ता रहा है। इतना लगाव, प्यार- स्नेह कोई सामान्य बात नहीं है।

शिवि —- हाँ आंटीजी, मौसी जी ने अपने कानों की सोने की बालियाँ भी नीलिमा दीदी को गिफ़्ट कर दी।

शालू —- तेरी शादी में भी अच्छे गिफ़्ट लाएँगे। देविना बिटिया के साथ एक ही दिन दोनों को मंगलसूत्र पहना देंगे।

शेखर बाबू —- आइडिया अच्छा है शालू तुम्हारा, क्यों गुप्ता जी, क्या विचार है आपका ?

एम. गुप्ता —- तुम्हारा ही अनुभव ज़्यादा है इन मामलों में, जैसा कहोगे, कर लेंगे।

शेखर बाबू —- अब तो हमें कम समय में ही सब फ़ैसले लॉन्च करने होंगे। बच्चों के रिज़ल्ट्स भी शायद घोषित होने वाले हैं।

शिवि — हाँ पापाजी, मेरा परिणाम तो शायद एक दो दिन बाद ही आ जाएगा।

देविना —- हमारा भी अगले सप्ताह तक मिल सकता है।

मेधा गुप्ता —- और उस रिज़ल्ट के बाद शादी का रिज़ल्ट दोनों का एक साथ ही निकाल देंगे।

एम. गुप्ता —-देव बाबू, शायद राकेश के बाद ही का विचार कर रहे हैं, डॉ. दादा को कह रहे थे।

शेखर बाबू —- हाँ गुप्ता जी, राकेश बाबू का रोका हुए महीनों बीत गए है, पिछले साल दीवाली पर हुआ था। शालू ! तुम्हें याद है हम जब इनके यहाँ गए थे।

शालू —- हाँ, अच्छी तरह से याद है। सब मित्रों का आपसी प्यार व व्यवहार अनुकरणीय है। आज भी देखा होगा सभी ने, कांति भाई की शादी का सारा काम तीनों साथियों का संयुक्त प्रयास है।

मेधा —- अब ऐसे ही प्रयास हम सबको मिलकर करने होंगे। कांति भाई की तरह ही होटल में करेंगे दोनों बच्चों की शादी।

शालू —- होटल में ही करेंगे लेकिन धूमधाम से करेंगे। एक ही शादी तो करनी है फिर निश्चिंत।

एम. गुप्ता—- ड्राइवर भाई, कहाँ तक पहुँच गए हैं ?

ड्राइवर —- सर ! अभी 'कैथल' पार किया है, पिहोवा आने वाला है। कुछ मिनट ही लगेंगे।

शेखर बाबू —- वहाँ कुछ समय के लिए रुकेंगे, प्यास लगने लगीं है, कुछ ठंडा- वंडा हो जाएगा।

ड्राइवर —- ओ. के. सर ! सॉरी सर, मुझे ध्यान नहीं रहा, हम हाइवे से जा रहे हैं। कोई भी शहर नहीं आएगा, हम बाहर से ही निकल जाएँगे।अब तो कैंट जाकर ही प्यास बुझेगी।

शेखर बाबू — ठीक है, चलते रहो। एक घंटा तो लगेगा ही कैंट पहुँचने में ?

ड्राइवर — हाँ सर ! इतना तो लग ही जाएगा। हम सूरज ढलने से पहले ही पहुँच जाएँगे।

शेखर बाबू —- गुप्ता सर, अगले सप्ताह तक भानू आ सकता है घर या नहीं ?

एम. गुप्ता —- यह तो उससे बात करके ही बता सकता हूँ। देविना बेटी, घर जाकर मुझे फ़ोन से बात करवाना भानू भैया से।

देविना —- अभी भी कर सकते हैं, फ़ोन मिलाऊं क्या ?

एम. गुप्ता —- अभी गाड़ी में इतनी स्पष्ट आवाज़ नहीं मिलेगी।

देविना —- ओ. के. पापाजी।

एम. गुप्ता —- शेखर बाबू, तुम मुझे अनुमानित समय बता दो, मैं उसी हिसाब से बात करूँगा।

शेखर बाबू — सर गुप्ता जी, हमारी तो पूरी तैयारी है, शालू तब से लगीं हुईं है जब शिवि के एग्ज़ाम शुरू हुए थे। जब भी भानू बाबू को अवकाश मिले तभी हम उसकी सुविधा के अनुसार प्रोग्राम तय कर लेंगे।

मेधा —- मेरे विचार में तो यह सब जून माह में ही निपटा देना होगा क्योंकि जुलाई मास में अपने यहाँ बरसात का आगमन शुरू हो जाता है।

शेखर बाबू — यस मैडम ! हो सकता है रिज़ल्ट घोषित होने के बाद किसी बच्चे की नौकरी लग जाए ?

शालू — हमें इस बात के लिए भी तैयार रहना होगा कि दोनों की शादी अलग-अलग करनी पड़े।

शेखर बाबू —- मेरी तो अभी शुभम के पापा से भी बात नहीं हुई।

शालू —- आज घर जाकर तुम भी कर लेना, वैसे शुभम से तुम्हारी कोई बात नहीं हुई ?

शेखर बाबू —- अब बच्चों से भला क्या बात करें, प्रोग्राम तो सब बड़े ही बनाते है।

ड्राइवर —- सर, अपना डेस्टीनेशन आ गया है, घर चलना है या कहीं गर्म- ठंडा लेना है ?

एम. गुप्ता —- अब तो घर ही जाएँगे, पहले शेखर बाबू को घर छोड़ दो।

शेखर बाबू ——हाँ सर, धूल- मिट्टी से निजात पाने के लिए नहाना ज़रूरी है, उसके बाद ही कुछ कहीं डिनर की बात होगी।

एम. गुप्ता —- हाँ, गर्मी में पसीने से धूल- मिट्टी क्विक फ़िक्स की तरह शरीर पर चिपक जाती है

शेखर बाबू —- (गाड़ी से बाहर आकर) ओ. के. गुप्ता सर ! आज तो हम सब जगह बिना बुलाए मेहमान रहे।

(सब बिना हँसी की बात पर भी हँसते हैं।)

***

31

नेहा की चातुर्य पूर्ण संवाद शैली व कांति का चिंतन

सैर के बाद सभी मित्र नेहा से मिलने राकेश बाबू के रूम पर पहुँच गए थे। नेहा कल दिल्ली जाने की तैयारी में जुटी हुई थी, सभी को देखकर आश्चर्य से बोली — कांति भैया, बारात लिए घूम रहे हो, भाभी कहाँ है ? (सभी मित्र ठहाका लगाकर हंसते हैं) ऐसा मैंने क्या कह दिया कि सब इतना ज़ोर से हँसे।

कांति भाई ने प्यार से कहा — नेहा बहन, ये सब मेरा मज़ाक़ उड़ा रहे हैं। कह रहे हैं - "बिना दुल्हन का दूल्हा" और तुमने भी कह दिया - भाभी कहाँ है ? इसलिए ये मेरा ही मज़ाक़ बना रहे हैं, तुम्हारा नहीं।

नेहा — कांति भाई, जब मैं फिर आऊँगी तो भाभी नीलिमा के साथ हमारे घर आना, मैं भाभी कीं गोदी में बैठकर बोलूँगी- "भाभी को पुत्र- मुझे घी शक्कर !"

कांति - तुम कब आओगी नेहा बहन?

नेहा —- जून के आख़िर में, जुलाई में तो मेरा दाख़िला ही हो जाएगा। फिर तो कभी- कभार ही आना होगा।

कांति —- तुम राकेश बाबू की शादी में शामिल नहीं होंगी ?

नेहा —- भैया की शादी की इंतज़ार करते- करते आंखें पथरा गईं। "रोका" के बाद कितनी ही शादियाँ हो चुकी हैं। आज रात को मैं रश्मि भाभी के घर जाऊँगी मौसी जी से मिलने, डॉ. दादा जी को स्पष्ट बोल दूँगी कि भैया व देव भैया दोनों की शादी जून में ही संपन्न करा दें।

कांति —- नेहा बहन, राकेश भैया की शादी भी मेरी तरह होगी, इसकी दुल्हन भी शादी के बाद कहीं चली जाएगी।

नेहा —- कांति भैया, मैं रश्मि भाभी को कहीं भी नहीं जाने दूंगी।

कांति —- तुम तो पढ़ाई के लिए चली जाओगी ना बहना ?

नेहा —- मुझे सब पता है कि तुम क्यों कह रहे हो ? रश्मि भाभी को अभी इंटर्नशिप करना है, इसलिए ? डॉ. दादा जी से सब इंतज़ाम यहीं अस्पताल में करने के लिए कह दूँगी। देव भैया, अब तुम भी अपना मन बना लो, देविना भाभी आएँगी तो तुम्हारी क़िस्मत खुल जाएगी।

देव —- नेहा बहन, पहला हक़ राकेश भैया का है, मैंने सब डॉ. दादा पर ही निर्णय छोड़ दिया है। जब डॉ. दादा चाहेंगे तभी ढोल नगाड़ों की आवाज़ सुनाई पड़ेगी।

राजीव —- अब चलो सब, घर में दिव्या इंतज़ार कर रही होंगी।

(सब अपने अपने घर के लिए निकल जाते हैं।)

देव — कांति भाई, अगर तुम कहो तो मैं तुम्हारे साथ चल सकता हूँ व रात्रि विश्राम वहीं कर लूँगा।

कांति — नहीं देव भैया, तुम अपने रूम पर ही आराम करो, कल ड्यूटी पर मौजूद रहना होगा।

देव — हां, कांति भाई, ड्यूटी तो करना ही होगा, रूम पर बैठे रहने से क्या लाभ ?

कांति —- तुम आगे भी तो अपनी पढ़ाई जारी रखे हुए हो ? नॉवेल भी रचना करते हो फिर तुम्हें टाइम पास करने में क्या दिक़्क़त हो सकती है ?

देव —- स्कूल में स्टाफ़, बच्चों व लोगों से मिलना-जुलना हो जाता है, इससे दिल लगा रहता है।

कांति —- तो घर में भी दिल लगाने का इंतज़ाम कर लो देव भैया ? अब तो गुप्ता जी ने "हाँ" कर दी है। राकेश डॉक्टर के फेरे डलवा कर अपना भी घर बसा लो।

देव — कांति भाई, तुम्हें सब प्रबंध अच्छा लगा, शादी में कोई कमी तो नहीं रही ?

कांति —- देव भैया, प्रबंध तो ठीक रहा पर शादी तो नहीं ?

देव —- क्या कह रहे हो कांति भैया ?

कांति — जब तक दुल्हन घर ना आए, क्या शादी ?

देव — एक सप्ताह ही कीं तो बात है। इतने तक तुम बड़ा घर ढूंढ लो, सामान बगैरह जोड़ लो। कहो तो मकान के लिए मैं बच्चों को कह दूँगा।

कांति —- मैं स्वयं ही करूँगा, बच्चों की तो गर्मी की छुट्टियाँ शुरू हो गई होंगी।

देव — हमारे स्कूल में कुछ टॉपर बच्चों की ग्रीष्मकालीन क्लास चलती है।

कांति —- तभी स्कूल की मेरिट लिस्ट लंबी होती है।तुम्हारा बी. एड. का रिज़ल्ट कब आ रहा है ?

देव — बस कुछ ही दिनों की बात रह गई है।

कांति —- रिज़ल्ट के बाद तुम्हें क्या फ़ायदा मिलेगा ?

देव —- कांति भैया, मेरी कक्षाओं का स्टैंडर्ड तो वही रहेगा, बस हिंदी विषय की बजाय इंगलिश व सोशल साइंसेज़ पढ़ाना होगा।

कांति —- तुम्हारे लिए तो हिंदी विषय ही ठीक है, हिंदी में ही सब रचनाएँ करते हो न ?

देव —- हाँ सब हिंदी भाषा में ही चल रहा है। कांति भाई, कुछ थकान अनुभव होने लगी है। रूम पर जाकर नींद लेने से चैन मिलेगी। गुड नाइट !

कांति —- गुड नाइट देव भैया ! आप सब मेरे लिए जो कुछ भी कर रहे हैं, अमूल्य है।

देव बाबू के निकल जाने के बाद कांति सोचने लगा। कांति भाई क्या थे, क्या हो गए ? एक भी रिश्तेदार, एक भी पुराना मित्र शादी में शामिल नहीं। माता-पिता, भाई-बहन सब नाता तोड़ गए। शायद ही दुनिया में मुझसे बेचारा कोई और हो ? धन की, सामान की, मित्रों की न्यूनता को अधिकता में बदला जा सकता है पर माँ- बाप को कहाँ से लाऊँ ? जिस निर्दयता से पिताजी को गोलियों से छलनी कर दिया गया और माँ पिताजी के निश्चेष्ट शरीर को देखकर खुद निश्चेष्ट हो गई थी, वह घटना मेरे जीवन को तबाह कर गई। तब से आज तक वर्षों बीत गए, जीवन असार व निरर्थक ही बीता।अब कुछ समय से मित्रों का मेला जीवन में ख़ुशियों लेकर आया है। राजीव, देव व राकेश भैया मुझे पूरा प्यार व सम्मान देते हैं।कौन किसी दोस्त की शादी करता है ? यह तो देव भैया ही है जो सहयोग, दया व परोपकार की मूर्ति है, बिना कुछ कहे ही सब निभा दिया, कांति का घर आबाद कर दिया। देव भैया ! कैसे चुकाऊँगा तुम्हारा यह ऋण ? मैं क्या कर सकूँगा तुम्हारे लिए ? कांति भाई, ज़्यादा भावुक मत बनो, देव भैया ने जो तुम पर ऋण चढ़ाया है, वह इसके बदले एक कौड़ी भी नहीं लेगा। यह तो देव भैया का स्वभाव है। वाह देव भैया ! कितने उत्तम संस्कार पाए हैं। शिवि जब घर छोड़कर यहाँ आईं थीं तब बहन- बेटी की तरह सम्मान दिया। शुभम को फ़रीदाबाद से बुलाया, मंदिर में शादी की योजना बनाई, वह तो ऐन वक़्त पर शिवि के मौसी- पापा पहुँच गए वरना शादी संपन्न हो जाती। राकेश का रोका भी ख़ुद ही करवाया और भिवानी कॉलेज में भी पूरा स्टाफ़ देव भैया का प्रशंसक है। कांति भाई, तू धन्य हैं जो तुम्हें इस प्रकार के दोस्त मिले। देव भैया, मुझसे जाने- अनजाने, मूर्खतावश कोई भूल, अपराध हो गया हो तो क्षमा कर देना। और यह कहते- कहते निद्रा रानी ने कांति भाई को अपने आग़ोश में समा लिया था।

32

लक्ष्मी- तान्या संवाद व तान्या का चिंतन

"रोका" सेरेमनी के बाद हॉस्टल से अपना सामान किताबें व बिस्तर बगैरह लेकर तान्या अपने मम्मी पापा व भाई तरुण- भाभी लक्ष्मी के साथ घर लौट आईं थीं। बहुत लंबा सफ़र है यमुनानगर से दिल्ली तक का, अमूमन 5-6 घंटे लग जाते हैं। लंच के बाद चलकर सायं तक ही पहुँच पाए थे सभी। हल्का-फुल्का डिनर लिया व रात्रि विश्राम के लिए चले गए थे सब लोग। तान्या भी अपने रूम में गईं तो बिल्कुल साफ़- सुथरा, बिना किसी धूल- मिट्टी के।

माँ तृप्ता से पूछ बैठी— मम्मी जी, मेरा रूम कब - किसने साफ़ किया था ?

तृप्ता —- मुझे नहीं मालूम बेटी, लक्ष्मी ने ही किया होगा जो भी कुछ किया है।

तान्या —- अच्छा ! लक्ष्मी भाभी की करतूत है, धूल का एक धब्बा भी नहीं छोड़ा।

लक्ष्मी — (रूम से बाहर आकर) तान्या दीदी क्या हुआ ?

तान्या —- भाभी, इतनी सफ़ाई की क्या ज़रूरत थी, तुमने कितनी मेहनत व टाइम लगाया होगा ?

लक्ष्मी —- तुम्हारे भैया ने कहा था कि तान्या को सफ़ाई बहुत पसंद है, उसके आने से पहले रूम साफ़ कर देना, सो मैंने कर दिया।

तान्या —- अब मैं तुमसे कहूंगी कि मेरे रूम में आकर मुझसे गले मिलो तो मिलोगी ?

लक्ष्मी —- कुछ छुपा रही हो दीदी ?

तान्या — कुछ बात छुपा नहीं रहीं, बात कहना चाह रही हूँ।

लक्ष्मी— अब क्या बात करोगी दीदी? "रोका" हो गया, एक दो सप्ताह में शादी हो जाएगी और हमारी प्यारी ननद पराई हो जाएगी।

तान्या — भाभी, तुम्हारा तो अनुभव है, कैसा लगता है अपने मां-बाप के घर से विदा हेना ?

लक्ष्मी —- तान्या दीदी, हम बाहर रहकर पढ़ने वाले युवा जब माँ- बाप से बिछुड़ कर स्वदेश या विदेश में जाते हैं तो उन्हें क़तई याद नहीं करते क्योंकि हम फ्रेंड्स मे, पढ़ाई मे, खेलो में मस्त रहते हैं। इसी तरह मायके से विदा होकर यदि ससुराल में पूरा प्यार व सम्मान मिलता है तो मां- बाप की याद कम ही सताती है। वह याद स्वाभाविक होती है, पीड़ादायक नहीं।

तान्या —- बहुत अच्छा उदाहरण देकर समझाया भाभी, पर मैं जानना चाहती हूँ कि वह प्यार व सम्मान मिलेगा कैसे ?

लक्ष्मी —- मां- बाप के सामने सब चल जाता है पर ससुराल में आपको करवा चौथ के चांद की तरह बारीक छलनी से देखा जाता है।माँ बाप की नज़रें आपको अवतल लेंस से व ससुराल की नज़रें उत्तल लेंस से देखती है।

तान्या — आपका अभिप्राय कमियों व ग़लतियों से है।

लक्ष्मी —- बिल्कुल सही पकड़ा, मायके से ससुराल तक की यह यात्रा हनुमान कूद की तरह है। मायके में आप अल्पज्ञ व ससुराल में सर्वज्ञ समझी जाती हैं।

तान्या — लक्ष्मी भाभी, इंसान तो ग़लती का पुतला है।

लक्ष्मी —- यह सब किताबों व लोगों की भाषा है जो व्यवहारिक नहीं है। तान्या दीदी ! एक बात गाँठ बाँध लो, "अपने पति का कभी तिरस्कार न करो। पति आपके साथ हैं तो सब साथ हैं।" दूसरी बात भी अति आवश्यक है, "अपनी अकड़ व घमंड का थैला मायके में ही छोड़ कर जाओ।"

तान्या — आपका मतलब ससुराल में सभी से समझौता कर रहना है।

लक्ष्मी — बिल्कुल ठीक समझीं ननदी, अगर हम शिक्षित हैं तो शिक्षा का मतलब ही वातावरण व परिवार से सामंजस्य बनाए रखना है। आपकी शिक्षा अहंकार नहीं, नम्रता लाने वाली होनी चाहिए। अब चलूं, तुम्हारे भैया इंतज़ार कर रहे होंगे ?

तान्या —- अब भैया की इंतज़ार ख़त्म व चुनमुन की इंतज़ार शुरू हो गई है।

लक्ष्मी —- अभी तो एक महीना ही हुआ है, बहुत समय बचा है।

तान्या —- भाभी, तुमने तो अपने ननदोई समीर को पहली बार ही देखा होगा ?

लक्ष्मी — हां, हमारी शादी में उनको निमंत्रण तो था पर वे किसी आवश्यक काम के चलते शादी में नहीं पहुँच सके थे। अब गौर से देखा है, भगवान सब जोड़ियाँ कर्मों के फल के रूप में बनाता है।

तान्या — भाभी, दार्शनिक मत बनो, असलियत बयां करो ?

लक्ष्मी — मैं दार्शनिक इसलिए बनी थी कि कहीं ननदोई जी को नज़र न लग जाए।

तान्या —- भाभी.......। गले से चिपक जाती है। अब भैया की इंतज़ार पूर्ण करो, गुड नाइट !

लक्ष्मी — गुड नाइट दीदी !

लक्ष्मी भाभी के चले जाने के बाद तान्या मन ही मन विचार करने लगी थी- कितने भले घर की भाभी मिली है मुझे, दीवाली के दिन जब मम्मी जी के साथ मार्केट में शॉपिंग करने गईं थीं, तब अचानक भैया के अस्पताल की ओर मुख हो गया और वहीं मैंने व माँ ने लक्ष्मी भाभी को तरुण भैया के लिए पसंद

कर लिया था।सच ही कह रही थी भाभी- "स्वर्ग से जोड़ियों की बात।" तरुण भैया भी लक्ष्मी भाभी को जी-जान से प्यार करते हैं। भाभी को हनीमून के लिए देर से ही सही अमेरिका लेकर गए। कौन विदेश इतना खर्च करके जाता है हनीमून पर सिर्फ़ एक सप्ताह के लिए। नीतिका को भी भैया कितना स्नेह- प्यार करते हैं, एक दो बार घर आई है, स्पेशल ढोकला लाते हैं "बीरू स्वीट्स इस्ट पंजाबी बाग" से, और नीतिका भी कितना हँसी- मज़ाक़ करती है, कभी भोली दिखलाई पड़ती है तो कभी बड़ी समझदार सी। कभी मालूम ही नहीं पड़ता कि अनजाने में हो रहा है या जानबूझकर कर रही है। बार- बार कहतीं रही कि मुझ 'रोका' पर क्यों नहीं याद किया ? अब शादी में उसे ज़रूर बुलाना है। दौड़ी- दौड़ी काम करेगी, मम्मी की मदद करेगी। मैं जब ससुराल चली जाऊँगी तो कभी - कभार सप्ताहांत। (वीकेंड) पर मम्मी जी की मदद के लिए आ सकती है। जब भाभी को भगवान कोई खिलौना देगा तब नीतिका ही उसे गोदी में लेकर रोते हुए को शांत करवाएगी। भाभी को जब छुट्टियाँ ख़त्म होने पर अस्पताल जाना होगा ड्यूटी के लिए तब मम्मी पर काम का व बच्चे के सँभालने का दोनों ज़िम्मेदारी आ जाएँगी तब नीतिका ही मदद करेगी। मम्मी पापा का भी क्या जीवन है ? दिन- रात काम में ही बिताते हैं। न कोई थियेटर, न कहीं आने-जाने की इच्छा, जाएं भी तो जाएं कहाँ ? किसी के पास फ़ुरसत नहीं बात करने की और हो तो भी मम्मी जी को इतनी चर्चा चुग़ली करने की आदत भी नहीं है। तरुण भैया की शादी में भी कुछ ज़्यादा रिश्तेदार व मित्रों को नहीं बुला सके, पास- पड़ोस व सोसायटी में जानकारी - परिचय तभी बढ़ता है जब घर में कोई धार्मिक, वैवाहिक आयोजन हो। अक्की बार सब कमियाँ दूर करेंगे। रश्मि ने भी घर पहुँच कर मोबाइल फ़ोन का बटन तक नहीं दबाया, लगता है कि विवाह- शादी की बातें ज़ोरों से चल रही होंगी। इंटर्नशिप पर चर्चा होगी कि कहाँ पर की जाए ? मुझे तो इस झंझट से मुक्ति मिल ही जाएगी, वहीं ससुराल वहीं कॉलेज, अच्छा टाइम भी निकल जाया करेगा।

(दरवाज़ा खुलने की आवाज़ से चौंककर)

तृप्ता —- तान्या बेटी, तू अभी तक सोई नहीं ? मैं काफ़ी देर से देख रही हूँ कि तुम्हारे रूम की लाइटें ऑन हैं। क्या कुछ पढ़ाई कर रही हो ?

तान्या —- नहीं मम्मी, अब तो एग्ज़ाम सब ख़त्म हो गए, अगर आगे एम. डी. एस. में दाख़िला लिया तो अलग बात है।

तृप्ता —- शादी के बाद कौन पढ़ने देगा ? परिवार में कामों से ही आराम नहीं फिर तुम्हारी तो फ़ैमिली ही बड़े बिज़नेस में लगी है। माल तैयार करवाना, भेजना, पेमेंट्स बगैरह लेना- देना, मीटिग अटैंड करना बहुत काम हैं बड़े व्यापार में। अब तुम सो जाओ, रात्रि में ग्यारह बजने को आए हैं। इस उम्र व अवस्था में रात में व दिन में भी मन में ख़्वाब चलते रहते हैं।

तान्या — हाँ मम्मी जी, अब इतना घूमना- फिरना भी नहीं होता इसलिए बिना थकान के नींद भी आसानी से नहीं आती।

तृप्ता —- ज़्यादा सोचतीं- विचारती रहोगी तो नींद कैसे आएगी ? लाइट बंद कर दो। गर्मी तो नहीं लग रही ?

तान्या — आप भी सो जाओ मम्मी जी ! पंखे की स्पीड एक प्वाइंट बढा देना। एक आध मच्छर शायद आक्रमण करने लगा है।

तृप्ता —- हाँ, मेरी नींद भी शायद मच्छर काटने से ही खुली है।फिर तुम्हारे रूम की लाइट दिखाई पड़ी तो तुम्हें देखने को आ गई। अब सो जाओ बेटी, दो- चार दिन की मेहमान हो।

तान्या —- हाँ मम्मी जी, फिर तो दो- चार दिन के लिए भी निकलना मुश्किल हुआ करेगा। (तृप्ता, तान्या के रूम की लाइटें बंद कर अपने रूम पर जाकर सो जाती है।)

***

33

स्टूडेंट्स के परीक्षा परिणाम

अशिम का मैट्रिक स्टैंडर्ड का परिणाम बहुत शानदार रहा था, उसने मेरिट लिस्ट में जगह बनाकर स्कूल में तीसरा स्थान प्राप्त किया था और अब 10+1 कक्षा में प्रवेश ले लिया था। स्कूल की नियमित पढ़ाई के साथ -2 उसने अपनी प्राइवेट ट्यूशन भी जारी रखी थी। काम्या भी अच्छा परिणाम दिखाकर 10+1 कक्षा में दाखिल हो गई थी। आशु (समीर का अनुज) अपने इंजीनियरिंग के दूसरे वर्ष में प्रवेश कर गया था। नीतिका व नताशा MBBS के अगले कोर्स में पहुँच गईं थीं। सपना व अल्पना ने क्रमश 10+2 व मैट्रिक स्टैंडर्ड की कक्षाएँ अच्छे अंकों से उत्तीर्ण की थी। सपना का लक्ष्य डॉक्टर बनकर लोक सेवा करना था व अल्पना ने अभी अपना लक्ष्य निर्धारित नहीं किया था। वह कह रही थी कि शुभम भैया व शिवि भाभी से सलाह मशविरा करके ही फ़ैसला लेगी। नैतिक तनेजा IIT रुड़की से इंजीनियरिंग के चतुर्थ वर्ष (अंतिम) में चला गया था। उसने अपना तीसरा वर्ष क़रीब सत्तर प्रतिशत अंकों से उत्तीर्ण किया।

डॉ. जैन के सुपुत्र कुमार नीलेश IIT Kanpur से M.Tech. के अंतिम वर्ष में जगह बना चुका था व सुपुत्री हरीतिका सरकारी लॉ कॉलेज, मुम्बई में अंतिम वर्ष में पहुँच गईं थीं। नताशा के मामा जी की लड़की नीरू मनिपाल यूनिवर्सिटी से MBBS के अगले कोर्स में चली गई थी व मामा जी का लड़का हीरू लॉ डिग्री एक विषय में कंपार्टमैंट के साथ अंतिम वर्ष पास कर गया था।रश्मि व तान्या का भी पास होने का समाचार मिल गया था। समीर बाबू ने तान्या को फ़ोन कर बधाई संदेश पहुँचा दिया था। शिवि का रिज़ल्ट तो कुछ

दिन पहले ही आ गया था, उसने अपनी ट्रेनिंग क़रीब पैंसठ प्रतिशत अंकों से उत्तीर्ण की। जिस पेपर में शिवि फूट- फूट कर रोने लगी थी, उसमें भी अच्छे अंक मिले थे। फिलॉसिफी में केवल पैंतालीस प्रतिशत अंक मिले वरना आँकड़ा पैंसठ की बजाय सत्तर फ़ीसदी होता। देव, शुभम, देविना ने शिवि को उसकी सफलता के लिए बधाई दी व पिता शेखर बाबू व मौसी शालू ने ख़ुशी ज़ाहिर की। राकेश ने जब नेहा को बताया कि तुम 10+2 पास कर गईं तो उसकी ख़ुशी का कोई ठिकाना नहीं रहा।

नेहा — राकेश भैया, भाभी का क्या रहा ?

राकेश — रश्मि प्रथम श्रेणी में उत्तीर्ण हुई है व उसकी सहेली तान्या भी मेरिट लिस्ट में स्थान पा गईं हैं।

नेहा — भैया, आपको बधाई हो रश्मि भाभी की सफलता की। मैं एक दो दिन में घर आ रहीं हूँ, मेरे दाख़िले के लिए भी सूचनाएँ आने लगी है। यहाँ तीन महीने की मेरी कोचिंग पूरी हो गई है। सभी क़ानून के स्टूडेंट्स घरों को लौट रहे हैं।

राकेश —- अब तुम कल सायंकाल तक घर पहुँच जाओ तो तुम्हारे लिए एक ख़ुशख़बरी है।

नेहा —क्या शादी की तिथि निर्धारित हो गई है ?

राकेश —- नहीं पगली, कांति भाई नीलिमा भाभी को लेने भिवानी जा रहा है परसों, कह रहा था कि नेहा बहन को साथ लेकर जाऊँगा।

नेहा — अच्छा ! फिर तो कल दोपहर तक ही पहुँच जाऊँगी।

राकेश — और सुनो, देव भैया, शुभम- शिवि, देविना भी परसों भिवानी कॉलेज में जाएँगे अपना रिज़ल्ट का प्रमाण लेने।

नेहा — भैया, यह तो पिकनिक जैसा ही हो जाएगा। हम ख़ूब आनंद व मस्ती करेंगे। मैं देव भैया के कॉलेज में ज़रूर जाऊँगी।

राकेश —- अब कॉलेज में कोई स्टूडेंट नहीं है, केवल स्टाफ़ मेंबर्स ही आते हैं। हाँ, देव भैया की वॉल मैगज़ीन देख सकती हो। ठीक है तुम कल दोपहर तक पहुँच जाओ। कोई ड्रेस बगैरह की ज़रूरत होगी तो कल शाम को ख़रीद लेंगे।

नेहा —- सुबह जाकर सायं तक लौट आएँगे या रात्रि में भी वहीं रहेंगे ?

राकेश —- कांति का तो पक्का नहीं पता मगर देव भैया तो लौट आएँगे, उन्हें अगले दिन ड्यूटी भी करना है। शुभम शिवि व देविना के लिए लौटना मुश्किल होगा, उनका सफ़र लंबा है। तुम यहाँ आओगी तो सब मालूम पड़ जाएगा।

नेहा — ओ. के. भैया, नमस्ते !

निश्चित दिन व पूर्व निर्धारित कार्यक्रम के अनुसार सब अपने अपने ठिकानों से भिवानी के लिए निकल पड़े थे। अंबाला कैंट से शिवि व देविना अपनी कार लेकर निकली थी, उन्होंने देव को जींद शहर से साथ लेने का प्लान उसे बताया था पर देव ने उन्हें वापसी पर साथ आने का निर्णय सुनाया। इससे वे दोनों अपने समय की सुविधा के अनुसार क़रीब पाँच बजे घर से निकलीं ताकि पाँच घंटे की यात्रा करके कॉलेज में ठीक टाइम पर पहुँच सकें। फ़रीदाबाद से शुभम को अकेले ही आना था। एक बारगी तो सपना बहन ने साथ आकर शिवि भाभी से मिलने का विचार किया था पर सायंकाल में देर हो जाने के भय से माँ रंजना ने मना कर दिया था व कहा था कि अब जल्द ही शुभम की शादी कर देंगे व तुम्हारे दाख़िले व कॉलेज जाने से पहले ही शिवि को अपने घर ले आएँगे। देव ने अपना आने का प्लान कांति व नेहा के साथ ही बनाया था। कांति ने किराए की एक कार मँगवा ली थी जिसमें सवार होकर तीनों क़रीब आठ बजे घर से चल पड़े थे। कांति व नेहा को छोड़कर सब का डेस्टीनेशन

ट्रेनिंग कॉलेज का मेन गेट बनाया गया था। जो भी पहले पहुँच जाए, वहाँ चाय की दुकान पर इंतज़ार करे।

डॉ. गुप्ता ने आज कॉलेज में देरी से पहुँचने की बाबत प्राचार्या को पहले दिन ही कारण सहित सूचित कर दिया था। अब घर में वे अपने दामाद कांति का इंतज़ार कर रहे थे। शामू को भी उन्होंने बार-बार गेट पर नज़र रखने के लिए कह दिया था। शामू ने अपनी परिचित एक महिला को काम में सहयोग करने के लिए बुला लिया था। दोनों नीलिमा के निर्देशानुसार काम में जुटे हुए थे। सुबह की चाय व नाश्ते के लिए ऑरेंज जूस, ब्रेड पनीर पकोड़ा, गाजर - धनिया चुकंदर जूस की तैयारी कर ली गई थी। इडली - साँभर व प्लेन डोसा- मसाला की भी तैयारी थी। ठीक साढ़े दस बजे देव व कांति नेहा बहन के साथ कॉलेज के गेट के सामने थे जहाँ देव को ड्रॉप करके कांति भाई अपनी ससुराल के लिए निकल गए थे। देव ने चाय शॉप पर कदम रखा ही था कि दोनों देवियों पर नज़र पड़ी तो ठिठक गया।

देव —- शिवि- देविना तुम लोग ? इतनी दूर से और इतनी पहले ? क्या कल सायंकाल में ही भिवानी पहुँच गए थे ?

शिवि —- देव भैया, हम दोनों देविना दीदी की कार से आए हैं प्रात क़ाल में सड़कों पर भीड़भाड़ नहीं रहतीं इसलिए पाँच बजे चल कर हम नौ बजे के क़रीब यहाँ पहुँच गए थे व आते ही चाय के लिए आर्डर कर दिया था।तुम भी चाय लोगे क्या ?

देव — देविना, तुम भी चाय ले रही हो ? मम्मी पापा कैसे हैं ?

देविना —- काफ़ी देर तक कार में बैठे रहने से आलस सा चढ़ गया था, सोचा कि शिवि का साथ भी हो जाएगा।मम्मी पापा बिल्कुल ठीक है, अभी एक सप्ताह पहले ही तो मिले थे आप सब से। अब कांति भाई के साथ आए हो ?

देव —- हाँ देविना, कांति व नेहा गुप्ता सर के घर चले गए, मुझे यहाँ ड्रॉप कर। शिवि ! शुभम कहाँ तक पहुँचा है ?

शिवि —- मैंने जींद शहर में फ़ोन लगाया था, तब दिल्ली से निकल चुका था, क़रीब डेढ़ घंटे पहले बात हुई थी।

देव —- नहीं शिवि, तुम्हारी दो घंटे पहले बात हुई थी, क्योंकि आठ बजे चलकर तो मैं जींद शहर से भिवानी तुम्हारे से बाद में पहुँचा हूँ।

शिवि —- हाँ, हो सकता है। इतनी बारीकी से ध्यान नहीं किया। अब तुम फ़ोन लगाकर मालूम कर लो ?

देव — ओ. के. (फ़ोन लगाकर) शुभम भैया, कहाँ तक पहुँचे हो ?

शुभम — भिवानी बस स्टैंड पर खड़ा हूँ। ऑटो रिक्शा की दो घंटे की सांकेतिक हड़ताल चल रही है, शायद पैदल ही आना पड़ेगा।

देव —- शुभम, तुम वहीं ठहरो, बल्कि बस स्टैंड के बाहर आ जाओ ऑटो रिक्शा स्टैंड के पास, मैं कार लेकर आ रहा हूँ।

शुभम —- ओ. के. मैं इंतज़ार में हूँ।

देव — (शिवि व देविना से) मैं तुम्हारी कार लेकर बस स्टैंड से शुभम को लेने जा रहा हूँ, वह बस स्टैंड पर पहुँच गया है।

शिवि — क्या देव भैया, शुभम ऑटो रिक्शा से भी आ सकता है ?

देव — ऑटो रिक्शा की हड़ताल चल रही है।

शिवि —- तो फिर ठीक है, हम दोनों भी साथ चलेंगी।

देव — जैसी तुम्हारी इच्छा।

(तीनों कार में सवार होकर बस स्टैंड पहुँचते हैं व शुभम को साथ लेकर लौटते हैं।)

देविना — अब कहाँ चलना है ? कॉलेज तो गुप्ता सर के आने के बाद ही जाएँगे।

शिवि —- देविना दीदी, गुप्ता सर तो आज घर पर ही होंगे न ?

देविना — पर हमें तो pass out Certificate चाहिए जो कार्यालय से मिलेगा।शायद उसके लिए "No Dues" करना होगा।

देव —- वह तो हमने रोल नंबर लेने के समय पर कर लिया था।अब बार- बार कौन करेगा ?

देविना —- रोल नंबर के वक़्त लाइब्रेरी की किताबें नहीं जमा होतीं क्योंकि उनसे एग्ज़ाम की तैयारी करनी होती हैं।साथ ही भित्ति पत्रिका का प्रमाण पत्र भी लेना है।

शिवि —- फिर तो गुप्ता सर की ज़रूरत पड़ेगी। पुस्तकें बगैरह तो Marks Sheet लेने आएँगे, तब जमा कर देंगे।

शुभम —- मुझे लगता है कि हम सब अपने प्रिय मंदिर चलें, वहीं से कॉलेज के लिए निकल लेंगे।

शिवि — हाँ ठीक है मंदिर चलो। देविना दीदी, लगता है कि शुभम का शैतान विश्राम पर चला गया है वरना तो फ़िल्म जाने की बात करते ?

देविना —- शैतान कुछ देख कर ही जगता है, बहुत दिनों के बाद हम दिखे है, अब जाग जाएगा।

शिवि —- बहुत दिन कहाँ ? अभी एक सप्ताह पहले ही तो मिले थे सब।

देविना —- वो मिलना भी क्या मिलना था शिवि, एक पल भी बात नहीं कर सके ?

शिवि —- लंच के बाद फ़िल्म के लिए जा सकते हैं।

शुभम —- मंदिर जाने के बाद हम कॉलेज जाएँगे, शायद गुप्ता सर भी आ ही जाएँगे उस समय तक। कांति व नेहा को अपना कॉलेज दिखाने के लिए।

(मंदिर पहुँच कर भगवान श्रीकृष्ण के दर्शन कर कॉलेज पहुँच जाते है।)

शुभम — देव भैया, पहले भित्ति पत्रिका को देखने के लिए चलते हैं।

देव — हाँ शुभम, शायद सब आर्टिकल लगे ही होंगे अब तक ?

देविना —- कोई चेंज करने वाला नए दाख़िले में ही आएगा।

शिवि —- दाख़िले के बाद गुप्ता सर टेस्ट लेकर नया संपादक चुनेंगे, फिर आर्टिकल एकत्रित होंगे, तब जाकर चेंज होगा सब।

(सभी चारों भित्ति पत्रिका के पास आकर)

शुभम — देव भैया, यहाँ तो सब चौपट है। न पत्रिका, न आर्टिकल, न बॉक्स, केवल भित्ति (दीवार) मौजूद हैं।

देव —- शायद भित्ति पत्रिका की जगह बदली जाएगी।या बॉक्स पेंट के लिए गया होगा ?

देविना —गुप्ता सर के रूम पर चलें, शायद आ गए होंगे। (रूम पर पहुँच कर) अंदर से कोई आवाज़ सुनाई पड़ रही है। (दरवाज़ा खटखटा कर)

डॉ. गुप्ता —- (दरवाज़ा खोलकर) अरे चारों संपादक फिर एक साथ ? आ जाओ, कांति जी व नेहा बिटिया यहीं बैठे हुए हैं।

(सभी अंदर आकर)

देव — अरे नेहा बहन, खूब दिल लग रहा है ?

नेहा — नाश्ता करके ही निकले हैं। बहुत अच्छा कॉलेज है देव भैया तुम्हारा। ताज़ा हवा, खुला वातावरण, कहीं कोई प्रदूषण नहीं।

(चारों प्रणाम कर बैठते हैं)

डॉ. गुप्ता —- आप सभी अपना Pass Out Certificate बनवा ले, फिर सब लंच के लिए घर चलेंगे।

शुभम —— सर कोई No Dues की ज़रूरत तो नहीं ?

डॉ. गुप्ता — अभी कोई ज़रूरत नहीं है, जब अंक तालिका लेने आओगे तक कोई किताब हो तो जमा करवा देना। अंक सूची दस पंद्रह दिन में ही मिल जाएँगी।

(चारों प्रमाण पत्र प्राप्त करने के लिए निकलते हैं, रूम पर डॉ. आर्य सर का प्रवेश, कांति व नेहा खड़े होकर उनका अभिवादन करते हैं।)

डॉ. आर्य — ख़ुश रहो सब ! सुबह ही आए हो ?

कांति — यस अंकल श्री, नेहा, मेरे दोस्त डॉ. राकेश की छोटी लाड़ली बहन।

डॉ. आर्य — गुप्ता सर, नीलिमा आज या कल जा रही है ?

डॉ. गुप्ता —- अभी तो कांति बाबू को आए कुछ ही समय हुआ है, घर पहुँच कर विचार कर लेंगे।

डॉ. आर्य — घर किससे विचार करोगे ? साधना भाभी तो है नहीं, नीलिमा बेटी, जैसा आप कहेंगे, मान लेंगी बेचारी।

डॉ. गुप्ता —- तो आप बताएँ क्या करें ?

डॉ. आर्य — क्यों कांति बाबू, क्या विचार हैं आपका ?

कांति —- आज चार- पाँच बजे निकलना चाहता हूँ, कल कोर्ट में ड्यूटी भी करना है।

डॉ. आर्य —- गुप्ता सर, बिल्कुल सही कह रहे हैं कांति बाबू। लंच के बाद चाय तक काफ़ी समय है बातें करने के लिए। मैं फ़ोन करके तुम्हारी भाभी को नीलिमा बिटिया के पास भेज देता हूँ व मेरा लंच आप सभी के साथ होगा।

डॉ. गुप्ता — वैरी गुड ! एक वाक्य में ही सारी समस्याएँ हल कर दी।

(चारों संपादक मित्रों का रूम पर आगमन)

देव —- सर आर्य सर ! सभी का अभिवादन स्वीकार करें।

डॉ. आर्य ——आप चारों जवाँ दिलों को एक साथ प्रेममय देखकर मुझे लगने लगता है कि मैं ही आप सभी को प्रणाम करूँ।

शुभम — सर हमने पास होने का सर्टिफिकेट प्राप्त कर लिया है, आपकी टीचिंग आज पूरी व सफल हुई पर आप गुरुजनों की याद जीवन भर ज़ेहन में बनी रहेगी।

देविना —- हाँ सर ! आप दोनों में न जाने क्या औरों से अलग है जो हमें प्रभावित करता है व आपसे जुड़े रहने को प्रेरित करता है।

शिवि —- सर, आप दोनों ने हमें एक नई राह दिखाई है।

डॉ. गुप्ता —- आप सबको बी. एड. कोर्स सफलतापूर्वक पूर्ण करने पर बधाई व आशीर्वाद व इस ख़ुशी में अब लंच के लिए प्रस्थान करें।

देव —- सर ! नीलिमा दीदी पर काम का बोझ ज़्यादा हो जाएगा, हम मारवाड़ी ढाबे पर ही लंच ग्रहण कर लेंगे।

डॉ. आर्य —- नीलिमा बिटिया अकेली नहीं है, तुम्हारी गुरूपत्नी (कांता आर्य) भी वहाँ आई हुई है व सब काम में सहायता कर रही है।

डॉ. गुप्ता —- शामू काका भी अपनी एक महिला साथी को सुबह ही लेकर आया था।

डॉ. आर्य —- यह लंच केवल एक लंच (खाने की क्रिया मात्र) नहीं है, हमारे नए बने संबंधों की प्रगाढ़ता का भी द्योतक है। कभी जींद शहर में विवशतावश ठहरना पड़ जाए और नीलिमा बिटिया कहीं गए हों तो देव बाबू के रहते हुए हम रेस्टोरेन्ट में खाना नहीं ले सकते।

देव — आर्य सर ! आप बहुत गहरी व नज़दीकी की बात कह रहे हैं। हम सब लंच के लिए चलेंगे व सब एक साथ आनंदपूर्वक भोजन व बातों का मज़ा उठाएँगे।

शुभम —- सर ! हम भी अब जल्द ही आपको लंच व डिनर दोनों के लिए आमंत्रित करेंगे।

डॉ. आर्य —- हम कोई बहाना नहीं खोज करेंगे व ख़ुशी-ख़ुशी आशीर्वाद देने पहुँच जाएँगे।

शुभम — धन्यवाद सर ! नीलिमा दीदी की शादी के दिन आप लोगों के चले आने के बाद देविना के मम्मी पापा ने भी शादी के लिए अपनी स्वीकृति दे दी थी। अब हम दोनों की एक ही दिन एक ही बारात होगी।

***

34

शेखर शालू प्रसंग

कार से बाहर आकर तीनों प्राणी घर में प्रवेश कर गए थे। बैठे- बैठे भी थकावट होती है जिसे उतारने के लिए कुछ शारीरिक गतिविधियों की आवश्यकता होती है। इस समय स्नान करने से ज़्यादा कोई गतिविधि नहीं हो सकतीं थीं इसलिए शेखर बाबू स्नान के लिए बाथरूम में घुसे व गुनगुनाते हुए शीतल जल शरीर पर उंडेलने लगे। शिवि भी अपने रूम में आराम करने चली गई थी।शालू भी सोच रही थी कि क्या किया जाए ? ज़्यादा भूख भी नहीं थी पर बिना कुछ खाए नींद भी शायद कोसों दूर भाग जाए।

शालू —- (शिवि को आवाज़ लगाते हुए) बेटी शिवि, तुम डिनर में क्या लेना चाहोगी ?

शिवि —- मौसी जी, ज़्यादा भूख तो नहीं है, थोड़े कुछ में ही चल जाएगा। मेरे विचार में दो प्लेट नूडल्स मँगवा लेते हैं, सभी मिल बैठकर खा लेंगे।

शालू — हाँ, शादी में मिठाई खा खाकर मुँह मीठा हो गया है। तुम फ़ोन से आर्डर कर दो।

शिवि — पापाजी स्नान करके आते होंगे ?

शेखर बाबू —- आ गया बेटी ! बोलो, पापा को क्या करना है ?

शिवि —- पापाजी को हाँ या ना करना है।

शेखर बाबू —- लो अभी कर देते हैं, हाँ व ना, अब तो बिटिया ख़ुश हो ना ?

शिवि — ऐसे नहीं पापाजी, मैं कुछ पूछूँगी, तब करना ? आपको डिनर में कुछ चाहिए ?

शेखर बाबू — हाँ !

शिवि —- हम दो प्लेट नूडल्स आर्डर कर रहे हैं। आपको भी ठीक रहेगा ?

शेखर बाबू —- हाँ !

(दोनों पिता- पुत्री ठहाका लगाकर हंसते हैं।)

शालू —- अब दोनों इसी तरह हंसते रहोगे या आर्डर भी करोगे ?

शिवि — (फ़ोन लगाकर) यह लो मौसी जी, दस मिनट में पहुँच जाएगा फ़ूड। अब तो ख़ुश हो न आप ? अब कुछ कांति भाई की शादी की बात कर लो तब तक फ़ूड आ जाएगा।

शालू – - सारे रास्ते में शादी की ही तो चर्चा करते रहे, अब तुम्हें कुछ कहना - सुनना- पूछना है तो बताओ ?

शिवि — मुझे ऐसा लगता है कि आप शादी में कुछ ज़्यादा ही भावुक सी रही। यह आपका स्वभाव है या कोई अन्य अवस्था ?

शालू —- शिवि बेटी, शादियों में ही तो भावनाएँ प्रधान होती हैं। न जाने सालों से बिछुड़े लोग किस रूप में मिलते हैं, कौन ग़ायब हो जाते है ?

शिवि —- हाँ मौसी जी, लगता है कि आपको कोई अपना मिला या आपने अपना बना लिया वरना इतनी क़ीमती सोने की बालियाँ कौन किसी को गिफ़्ट करता है ?

शालू —- रिश्ते अमूल्य होते हैं बेटी ! धन- दौलत तो हाथ का मैल है।नीलिमा बिटिया ने मुझमें माँ का साया दिखाई पड़ा तो मैंने उसे बेटी का दुलार दिया ।माँ- बेटी का रिश्ता बड़ा संजीदा होता है शिवि बेटी !

शिवि — हाँ मौसी जी, जब भी मुझे माँ की याद आती है, कलेजा बाहर दौड़ने को तैयार रहता है।

(डोर बेल बजा कर डिलीवरी मेन नूडल्स के पैकेट के साथ)

शालू — (दरवाज़ा खोल कर पैकेट लेते हुए) थैंक्यू भाई साहब !

डिलीवरी मेन — थैंक्यू मैडम !

(सभी पैकेट खोलकर नूडल्स का आनंदपूर्वक सेवन करते हैं)

शेखर बाबू —- शिवि बेटी, तुम अब आराम करो, हम ज़रा पार्क में घूमने जा रहे हैं, सारा दिन बैठने का ही काम रहा।

शिवि — रोज़ की तरह देर से आना है तो बाहर से लॉक कर जाना। मैं भी थकान महसूस कर रही हूँ, शायद जल्दी नींद आ सकती है।

शेखर बाबू —हाँ, तुम सो जाना बेशक, हम देर से ही आएँगे शायद ?

(दोनों पति पत्नी पैदल ही निकल जाते हैं।)

शेखर बाबू — (पार्क में पहुँच कर) शालू, आज कौनसी आइसक्रीम का मूड है ?

शालू —- आज तो दिन में तनेजा रेस्टोरेन्ट पर भी ले लिया था फिर भी मुँह चलाने व ठंडक के लिए 'अमूल' ही ले आओ।

(पार्क के एक कोने में आइसक्रीम का आनंद लेते हुए)

शेखर बाबू — शालू, फिर तुम्हारी Ph.D. व प्यार का क्या रहा ?

शालू — अब कॉलेज के अतिरिक्त आस-पास भी चर्चा होने लगी थी हमारे प्यार की और एक दिन शेखर गुप्ता के माता-पिता ने अपने बच्चे की ख़ुशी के लिए अपनी ज़िद का त्याग कर हमारी शादी को स्वीकृति प्रदान कर दी। दिल्ली के एक शानदार होटल में धूमधाम से सब रिश्तेदार व मित्रों के बीच हमारी शादी संपन्न हुई।

शेखर बाबू —- और Ph.D. का क्या हुआ ?

शालू — Ph.D. पूरी होने पर ही मेरी शादी हुई थी। हम हनीमून के लिए कश्मीर चले गए थे।

शेखर बाबू —- वाह ! कश्मीर तो धरती का स्वर्ग है।

शालू —- कई दिन बिताए हमने वहाँ पर और जब लौट कर आए तो मेरी गोद हरी हो गई थी।

शेखर बाबू —- तो हनीमून यात्रा सफल रही, प्रकृति ने तुम्हें वरदान दे दिया।

शालू —- शादी के एक साल बाद ही नीलिमा बिटिया मेरी गोद में आ गईं थीं।

शेखर बाबू — (आश्चर्य से) क्या ! नीलिमा बिटिया, जिसकी आज शादी थी, वह तुम्हारी कोख़ से ही जन्मी थी ?

शालू —- हाँ शेखर बाबू, जब सब ख़ुलासा हो ही रहा है तब कुछ भी छिपाने से क्या होगा ?

शेखर बाबू —- धरती फट जाएगी शालू, आसमान नीचे गिरने लगेगा, सागरों में हलचल मच जाएगी, पहाड़ दरकने लगेंगे, उससे जो तुम कह रही हो।

शालू —- चाहे कुछ भी हो शेखर बाबू , सत्य तो सत्य ही रहेगा और सत्य हमें स्वीकार करना पड़ेगा।

शेखर बाबू —- मुझे शादी में तुम्हारे नीलिमा व गुप्ता सर के प्रति झुकाव, प्रेम- प्यार व सहानुभूति का भाव देखकर कुछ शंका सी तो उत्पन्न हुईं थीं पर बिना आधार के कैसे विश्वास कर पाता ? तुमने नीलिमा बिटिया को कर्णाभूषण (कानों की सोने की बालियाँ) दिए व गुप्ता जी को "शेखर गुप्ता" कहकर पुकारा,

मुझे कुछ संदेह में उलझा गए थे। पर आज तुमने ख़ुद ही सब परदा उठा दिया। नीलिमा व शेखर गुप्ता ने तुम्हें पहचाना क्यों नहीं ?

शालू — कैसे पहचानते ? मास्क लगा था और मास्क के पीछे एक भयावह चेहरा।

शेखर बाबू —- पर तुमने जब पहचान लिया था फिर खुलासा क्यों नहीं किया ?

शालू — अभी मेरी जीवन गाथा का बहुत हिस्सा शेष है। मैंने जो आपको शुरू में ही कहा था, वह याद है या भूल गए ?

शेखर बाबू — बिल्कुल कंठस्थ हैं। आगे मैं तुम्हारी व्यथा- कथा धैर्य पूर्वक सुनूँगा पर तुम्हें मुझे विश्वास दिलाना होगा कि कहीं कुछ गड़बड़ नहीं है राजू की तरह।

शालू —- शेखर बाबू ! मैंने जीवन में धोखा खाया है, अन्याय का शिकार हुई हूँ, पति व पुत्री के होते हुए लावारिस हूँ, तुमसे क्या विश्वासघात करूँगी ? लगता है कि तुम्हारे विश्वास को ठेस पहुँची है।

शेखर बाबू — निःसंदेह ! इस बात से नहीं कि तुम नीलिमा व शेखर गुप्ता की जान- प्राण हो बल्कि इस बात से है कि तुमने दोनों को अपनी पहचान क्यों नहीं बताई ?

शालू —- आप बेताब न हों, समय आने पर सब हिसाब- किताब होगा और जब तुम ख़ुद कहोगे तब मैं शेखर गुप्ता व नीलिमा बिटिया के पास जाऊँगी। क्या आप समझते हैं कि मैं उनसे अनजान थीं ? जब से तुम्हारे पास घर में आईं हूँ तब भी मुझे पति- पुत्री की सुध व स्मृति थीं। मेरा फ़ेस बेशक विकृत हुआ है पर दिमाग़ दुरुस्त हैं। आज तक मैंने ऐसा कोई कार्य नहीं किया जिससे आपको विश्वास में क्षीणता प्रतीत हो।

शेखर बाबू — इसमें कोई संदेह नहीं पर तुमने खुलासा क्यों नहीं किया ? क्या कोई विवशता है ?

शालू —- आप पूरी व्यथा सुनोगे तो यह सवाल नहीं पूछोगे। बल्कि मुझे असली जगह पर पहुँचा दोगे। "अगर कुछ विवशता नहीं होती तो क्या मैं अपने पति व पुत्री से अलग किसी पर पुरूष के घर का अलंकरण बनती ?" आप मुझ पर पहले की तरह विश्वास बनाए रखे, आपके साथ कोई कुछ अनुचित नहीं होगा ?

शेखर बाबू — मुझे यह तो लग रहा है कि आज तक तुमने जो मेरे साथ आत्मीयता व विश्वास का व्यवहार निभाया है वह भविष्य में भी जारी रहेगा और अगर कुछ अविश्वसनीय होता तो मुझे यह सब तुम ख़ुद क्यों कहती ? सब कुछ छुपा कर भी रख सकती थी।

शालू —- आज तक जो भी नहीं कह सकी वह मजबूरी ही रही होगी, ऐसा तुम्हें सोचना चाहिए और उस मजबूरी- लाचारी को दूर करने का प्रयास करना चाहिए।

शेखर बाबू —- वहीं विवशता तो मैं तुमसे जानना चाहता हूँ।

शालू —- शेखर बाबू ! नीलिमा के आने के बाद हम दोनों का जीवन खूब हँसी-ख़ुशी में बीतता रहा व हमें एक बच्चे की चाह भी सालती रही।तमाम मेडिकल जाँच दुरुस्त होने पर भी हमें भगवान ने लड़का नहीं दिया और हम इसे ईश्वरीय अभिशाप मानकर जीवन को सुखपूर्वक जीते रहे। इस दौरान हम कई कॉलेजों में ट्रांसफ़र हुए और आख़िर जब भिवानी ट्रेनिंग कॉलेज में हम दोनों का तबादला हुआ तो जीवन में कुछ सुख समाप्त होने की झलक मिली।

शेखर बाबू —- क्या किसी से कोई मनमुटाव या विवाद उत्पन्न हुआ ?

शालू —- नहीं, शायद प्रकृति ही हमसे ख़फ़ा हो गई थी और पूरा परिवार विषाद में घिरने लगा।

शेखर बाबू — ऐसी क्या आपत्ति आन पड़ी ?

शालू —- अब शायद समय कुछ ज़्यादा निकल गया है, पार्क का चौकीदार अपना काम पूरा करने वाला है। हमें घर चलना चाहिए।

शेखर बाबू —- आज ही सब जान लेता तो जिज्ञासा शांत हो जाती।

शालू —- चाहती तो मैं भी बहुत दिनों से यहीं थी पर जो भी होना होता है वह निश्चित समय पर ही होता है।

शेखर बाबू —- वह निश्चित समय कब होता है वह भी निश्चित नहीं होता पर अब घर लौटना हमारा निश्चित है।

(दोनों पार्क से निकलकर घर की राह लेते हैं।)

***

35

नीलिमा को लेकर कांति का जींद शहर लौटना

भरपेट भोजन का आनंद लेकर अब लिविंग रूम में सब लोग बातों में मशगूल हो गए थे। डॉ. गुप्ता, डॉ. आर्य, देव व उसके बी. एड. के साथी, कांति नीलिमा व कांता देवी सब आइसक्रीम का स्वाद चखते हुए बातों के भी चटखारे ले रहे थे। नेहा नीलिमा भाभी के पास बैठी पूछ रही थी-

नेहा — कांति भाई, मेरी भाभी तुम्हारी क्या लगेगी ?

कांति —- मेरी तो पत्नी है ना नेहा बहन।

नेहा —- तो क्या मेरी दिव्या भाभी भी तुम्हारी पत्नी लगेगी ?

कांति   सभी भाभियाँ पत्नी नहीं होती नेहा ?

नेहा —- लेकिन सभी पत्नियाँ तो मेरी भाभी होती हैं कांति भैया।

कांति —- कैसे ?

नेहा — बुद्धु भैया ! इतना भी नहीं जानते ? राजीव की पत्नी दिव्या, देव, शुभम, राकेश सभी की पत्नियाँ तो मेरी भाभी हैं ना ? तुम कोर्ट गें हो फिर भी तुम्हें तर्क करना नहीं आता ?

कांति —मैं एडवोकेट नहीं हूँ, राजीव भैया हैं एडवोकेट, वही कोर्ट में तर्क पेश करते हैं।

नेहा —- क्या तुम कोर्ट में काला कोट नहीं पहनते ?

कांति —-काला कोट सिर्फ़ वकील व जज साहब पहनते हैं।

नेहा —- ठीक है कांति भैया, मैं जब जज बनूंगी तो काला कोट पहन लूँगी। फिर क्या मुझसे सभी डरेंगे ? क्योंकि काले कोट वाले से सभी डरते हैं।

कांति — काले कोट वालों से डरते नहीं, उनका सम्मान करते हैं सब। तुम जब जज बनोगी तो सब तुम्हारा भी आदर - सत्कार करेंगे।

नेहा —- फिर तो मैं खूब मेहनत करके जज बनूँगी। गुप्ता अंकल। फिर आप भी मेरी इज़्ज़त करेंगे न ?

डॉ. गुप्ता — मैं तो अब भी तुम्हारी बहुत इज़्ज़त करता हूँ नेहा बेटी ।

नेहा —- अब मैं कोई जज थोड़े ही हूँ जो इज़्ज़त करने की बात कह रहे हो, क्या कोई और कारण भी हो सकता है ?

डॉ. गुप्ता — तुम मेरे दामाद कांति बाबू के साथ आईं हो न ?

नेहा —- अगर मुझे कभी अकेला या राकेश, देव या शुभम के साथ आना पड़ा तो फिर क्या आप मेरी इज़्ज़त नहीं करेंगे ? (उपस्थित सभी जन हंसते हैं) नीलिमा भाभी, देखो सब मेरी हंसी उड़ा रहे हैं। तुम तो मेरी पूरी इज़्ज़त करती हो ना ?

नीलिमा —- हाँ नेहा दीदी, तभी तो तुम्हारे साथ जा रही हूँ।

नेहा — नीलिमा भाभी, तुम्हारे लिए कांति भैया ने खूब बड़ा घर लिया है व खूब सजाया भी है। कांति भैया अच्छे हैं ना ?

नीलिमा —- तुम भी अच्छी हो नेहा, जो अच्छों के साथ रहता है, वह अच्छा ही होता है या हो जाता है।

नेहा — वाह भाभी ! तुम तो बड़ी अच्छी बातें करती हो। कांति भैया तो बुद्धु है, उसे भी तुम अच्छी- अच्छी बातें सिखाना। देव भैया, अब तुम आराम से अपनी बातें कर लो, मैं व नीलिमा भाभी अंदर जाकर आराम से बात करेंगे।

देव — (ओ. के. नेहा बहन) आर्य सर ! हम सब को पुनः एकत्रित हो कर आपके दर्शनों का सौभाग्य प्राप्त हुआ है। मैं आपसे निवेदन करना चाहता हूँ कि हमसे कोई भूल हुई है तो वह क्षमा कर देंगे ।

डॉ. आर्य —- जो भूल अनायास ही हो जातीं हैं वह हमेशा क्षम्य होती है और जो जान-बूझकर व शरारत पूर्ण ढंग से की जाती है वह कभी क्षम्य नहीं होनी चाहिए। उसका परिणाम तो भोगना ही पड़ता है। आप चारों स्टूडेंट्स के व्यवहार ने तो हमारा मन प्रभावित किया ही है, आपके सभी साथियों ने भी हमारा दिल जीता है। हमारा तो बस यही आशीर्वाद है कि एक अध्यापक होने के नाते आपके जो कर्तव्य व दायित्व समाज व राष्ट्र के प्रति हैं, उन्हें हमेशा स्मृति में रख कर निभाते रहिए।

देविना — सर, आप दोनों का वरद हस्त हमारे सिर पर रहा है, उम्मीद करते हैं कि हम सन्मार्ग से विचलित न हों व नैतिकता से भरपूर ईमानदारी से अपने पावन दायित्व को निभाने की शक्ति अर्जित करेंगे।

डॉ. गुप्ता —- आप चारों स्टूडेंट्स जैसे लाखों व करोड़ों युवाओं पर देश का विकास आधारित है, काम करते रहिए व औरों को भी अपने साथ जोड़ते रहिए। देश के लिए यह मेहनतकश लोगों का कारवाँ बन जाएगा।

शिवि — - सर, हम आपकी शिक्षाओं का पालन रूचि लेकर करेंगे।

शुभम —- सर दिल्ली प्रवास के दौरान कोई भूल हुई है या कर्तव्य पालन में कोई कोताही बरती गई है तो क्षमा करेंगे।

डॉ. आर्य — जो त्याग तुमने किया है, वह अतुलनीय है। तुमने जो सात दिन का समय वहाँ लगाया है, मैं भगवान से प्रार्थना करूँगा कि तुम सात दिन में सात फेरे ले लोगे।

शुभम — तुमने कुछ सुना शिवि, सर क्या कह रहे हैं? पापाजी को घर जाकर बता देना।

शिवि —- सर की इच्छा का सम्मान दोनों मिलकर करेंगे। अब हमें इजाज़त दें सर, सफ़र बहुत लंबा है, पहुँचनें में सायंकाल भी निकल जाएगी। देविना दीदी भी मेरे साथ होगी।

देव —- जींद शहर तक तो हमने भी वादा किया था आप दोनों के साथ चलने का, हम वादा निभाएँगे।

डॉ. गुप्ता —- नीलिमा बेटी, सब तैयारी हो गई हो तो शामू काका को चाय के लिए बोल दो। सब चाय लेकर ही निकलेंगे।

देविना — सर गर्मी ज़्यादा है, चाय की इच्छा नहीं है।

डॉ. गुप्ता —- शामू काका, नींबू पानी या शिकंजवी बनाकर ले आओ, प्यास भी बुझ जाएगी।

शामू — ठीक है सर जी !

(देविना, शिवि, कांता देवी सभी अंदर आकर नीलिमा से मिलती हैं)

देविना —- दीदी, भगवान ने हम पर कृपा की है, सब ठीक रहेगा।

शिवि —जल्दी ही आपको बारात में शामिल होने के लिए शुभ मुहूर्त मिलेगा। जरूर आना दीदी, सर को भी आमंत्रित करेंगे, वहीं सबसे मिलना-जुलना हो जाएगा।

कांता देवी — अपनी ससुराल को अपना घर समझ कर ही रखना। पति को सदा सम्मान की दृष्टि से देखना। खूब मस्ती व आनंद से रहना, अब गर्दिश के दिन बीत गए। "साधना" दीदी होती तो अपनी लाड़ली को ख़ुशी- ख़ुशी विदा कर देती।

(नीलिमा फूट पड़ती हैं व ज़ोर- ज़ोर से रोने लगती है।)

नीलिमा — (रोते हुए ही) माँ, तुम मुझे व पापाजी को क्यों छोड़ गईं, किसके सहारे छोड़ गईं ? अब मैं जा रही हूँ, पापाजी कैसे रहेंगे अकेले ? इतने बड़े संसार में पापाजी कैसे रहेंगे ?

कांता देवी —- नीलिमा बेटी, यह तो समाज की रीति- परंपरा है, सबको एक दिन बाबुल का घर छोड़कर इसे निभाना पड़ता है। तुम्हारे पापाजी के पास हम सब हैं, इनका पूरा ख़्याल रखेंगे। तुम कब तक पापा के पास रह सकती हो ?

नीलिमा — आंटीजी, आदमी को जीवन में मित्र, रिश्तेदार व अपनों का सहारा होता है। घर में बिना अपनों के दीवारें काटने लगती हैं, कुछ अच्छा नहीं लगता।

(लगातार रोते रहने से सभी लोग नीलिमा के पास अंदर आ जाते हैं)

नीलिमा — (पापाजी के गले से लग कर रोते हुए) पापाजी मैं आपको छोड़ कर कहीं नहीं जाऊँगी। माँ के बिना मैं आपका सहारा बन गई थी, अब मेरे जाने के बाद कौन तुम्हें खाना पूछेगा, कौन चाय - नाश्ता सोना- जागना आना - जाना पूछेगा ?

डॉ. आर्य — नीलिमा बेटी, तुम अधीर न हो, हम हैं सब, फिर शामू काका है, तुम बिल्कुल चिंता छोड़कर अपना घर बसाओ बेटी, एक ऐसा घर,जिस पर सभी को फ़ख़्र हो।

डॉ. गुप्ता -- (कुछ नम आँखों से) बेटी, 'साधना' के बिना मैं अपना फ़र्ज़ कठिनता से निभा पा रहा हूँ क्योंकि यही दुनिया की रीति है। समय तो जैसे- तैसे निकल जाता है, आदमी आख़िर में अकेला ही रह जाता है। अभी तो मेरी सर्विस है, टाइम निकलने में कोई परेशानी नहीं होगी।

नीलिमा — पापाजी, आपको घर का हर कोना ख़ाली सा दिखेगा, हर चीज उदास सी लगेगी। कुछ भी अच्छा नहीं लगेगा।मुझे आपकी बहुत फ़िक्र है पापाजी।

डॉ. गुप्ता —- मेरी चिंता न करो बेटी, तुम ससुराल में ख़ुश रहोगी तो मै भी ख़ुशी- ख़ुशी जीवन बिता लूँगा। मुझे अब अच्छे जीवन के संकेत मिलने लगे हैं। सब बिल्कुल अच्छा होगा।

देव —- नीलिमा बहन, अगर (गुप्ता जी) तुम्हारे पापा को कोई परेशानी होगी तो हम जींद कॉलेज में इनका तबादला करवा लेंगे। मंत्री जी को सच्चाई बताएँगे तो वे मान जाएँगे। तुम रोना छोड़ कर अपनी जाने की तैयारी करो।

नीलिमा —- ठीक है देव भैया, अब तक तुम सबने अच्छा ही किया है, आगे भी अच्छा ही होगा।

नेहा — देव भैया, नीलिमा भाभी क्यों रो रही है ?

देव —- नेहा बहन, शादी के बाद लड़की जब ससुराल जाती है तो अपनों से अलग होने पर रोने के लिए विवश हो जाती है।

नेहा —-देव भैया, मै भी जब ससुराल जाऊँगी शादी के बाद, तब क्या मुझे भी रोना पड़ेगा ? (सब मुँह छुपा कर हँसी रोकने का प्रयास करते हैं।) फिर तो मैं भैया को कह दूँगी कि मैं ससुराल नहीं जाऊँगी, तो मेरे राकेश भैया ख़ुश हो जाएँगे।

देव —- ख़ुश नहीं, दुखी हो जाएँगे। हर लड़की को ससुराल जाना ही पड़ता है, चाहे अमीर हो या गरीब, शादी के बाद उसका घर ससुराल हो जाता है।

नेहा —-नीलिमा भाभी, जब ससुराल ही लड़की का घर हो जाता है तो चलो, संभालो अपने घर को। आज से पिता - पुत्री का घर अलग- अलग हो गया।

डॉ. आर्य —- गुप्ता सर, आप ज़्यादा भावुक न हों, यह घर नीलिमा बेटी का अब भी है और आगे भी रहेगा। शादी के बाद लड़की के दो घर हो जाते है।

नेहा —- भाभी अब चलो, सभी को बहुत दूर- दूर जाना है।

(श्री मती कांता देवी, शिवि, देविना, नेहा सब मिलकर नीलिमा को कार तक ले ज़ाती हैं, कांति सबसे विदाई लेकर गाड़ी में बैठता है, ड्राइवर गाड़ी स्टार्ट कर आगे बढ़ जाता है।)

डॉ. आर्य — गुप्ता सर, आपने पिता का फ़र्ज़ निभा दिया है, आपको मुबारक ! हर पिता का सपना अपनी दुहिता को सम्मानपूर्वक ससुराल के लिए विदा करना होता है।

(देव, शिवि व देविना अंबाला कैंट के लिए व शुभम फ़रीदाबाद के लिए निकल जाते हैं।)

***

36

तान्या - समीर की शादी

अब की बार कोई कोर कसर नहीं छोड़ना चाहते थे तरसेम लाल, पूरा का पूरा 'मूनलाईट' होटल बुक कर लिया था अपनी तान्या बेटी की शादी के लिए। तरुण ने भी पापाजी को कहा था कि पहले जो शीघ्रता के कारण कमियाँ रह गई थी, अब उन्हें दूर करना है। मित्रों, रिश्तेदारों, पड़ोसियों को समय रहते शादी के लिए आमंत्रित कर लिया गया था। तान्या ने अपनी दोनों पक्की सहेलियों रश्मि व श्रेया को भी फ़ोन के साथ- साथ निमंत्रण पत्र भी भेज दिया था। मेहमानों का आगमन होने लगा था, डॉ. दादा ने दोनों पक्षों को सूचित कर दिया था कि वे दिल्ली ही जाएँगे जबकि आलोक अपनी पत्नी के साथ अश्मि को लेकर यमुनानगर चले गए थे। रश्मि ने दादा जी के साथ ही जाने का निश्चय किया था। तनेजा अपनी पत्नी लता के साथ कार में सवार होकर निकल चुके थे। उनकी कार में अपनी बेटी की ननद के लिए इतने गिफ़्ट, फल व मिठाइयाँ रख ली थी कि किसी और के लिए सीट ख़ाली नहीं रह गई थी इसलिए कांति भाई अपनी नई - नवेली पत्नी नीलिमा के साथ नेहा को भी दिल्ली ले जा रहे थे। अब की बार देव, राकेश व राजीव को न्योता नहीं मिल सका था क्योंकि तनेजा व डॉ. दादा दोनों खुद मेहमान थे।

एक बार जब तरुण अपनी ससुराल जींद शहर में आए थे तो कांति से मिले बिना ही लौट गए थे। उसी नाराज़गी को दूर करने के लिए कांति को तरुण ने बुला लिया व साथियों को भी साथ लाने को कहा। तान्या ने भी रश्मि को राकेश बाबू व अपने पसंदीदा लेखक देव बाबू को साथ लाने को कहा था इसलिए देव व राकेश भी दिल्ली के लिए निकल जाने को तैयार हो चुके थे।

रश्मि ने दिव्या को इसलिए नहीं लिया क्योंकि अब उसे शायद डिलीवरी के लिए एक दो मास ही बचा था। दिल्ली से ही मामा व मामी तथा उनके दोनों बच्चे अखिल व अनिता सुबह ही पहुँच गए थे।

डी. डी. शर्मा के परिवार में ख़ुशियों का सागर ठहाठें मार रहा था, रेखा शर्मा के पाँव धरती पर नहीं पड़ रहे थे। उसकी चिरप्रतीक्षित इच्छा पूरी जो हो रही थी। परिवार में काफ़ी दिनों के बाद शादी- समारोह का आयोजन हो रहा था। आशु ने कुरुक्षेत्र इंजीनियरिंग कॉलेज से अपने कई फ्रेंड्स को बुलाया था। शर्मा परिवार के रिश्तेदार, मित्र गण व अन्य आमंत्रित सज-धज कर बारात लेकर निकल चुके थे। पानीपत में बस स्टैंड के पास कुछ समय के लिए हॉल्ट (ठहराव) था जो एक अस्पताल में था। समीर के कोई दोस्त शायद इस अस्पताल के स्वामित्व में थे। सभी बारातियों ने ज़रूरत के मुताबिक़ चाय - कॉफी, शिकंजवी, कोल्ड ड्रिंक का आनंद लिया व कुछ देर चहलक़दमी भी की। पानीपत से निकल जाने पर डी. डी. शर्मा ने तरसेम लाल जी को सूचना भेज दी थी। परिवार व सभी रिश्तेदारों को बारात के आने का इंतज़ार था।

तरसेम लाल ने जब डी. डी. शर्मा के फ़ोन की जानकारी सबको दी तो हलचल तेज हो गई। होटल रोशनी से नहाने लगा था व सुस्ताते लोग अलर्ट मोड पर आ गए थे।टेबुल्स पर अनेक प्रकार के व्यंजन सजने शुरू हो गए थे। फलों वाले काउंटर पर रंगीन पोलीथीन से ढके सजे फल चमकने लगे थे। तरुण बाबू ने राकेश व देव भैया की ड्यूटी लगाई थी सब पंडालों को चैक करना व आवश्यक प्रबंध करने की व खुद पिताजी के साथ आगंतुकों का सम्मान करने वाली टोली में शामिल हो गए थे। अखिल व कांति की ड्यूटी लगी थी 'कन्यादान' की राशि एकत्रित करने की। नेहा को नीतिका का साथ मिल गया था, वे दोनों मौसी तृप्ता की मदद कर रही थी। नीलिमा व रश्मि तथा लक्ष्मी तान्या के साथ ब्यूटी पार्लर के लिए चली गई थी। राज व लता तनेजा डॉ. भगवत स्वरूप जी के पास बैठे सब गतिविधियों पर नज़र रखे हुए थे। उनके

पास ही मंद- मंद ध्वनि में शहनाई वादन हो रहा था। फूलों की महक वातावरण को ख़ुशनुमा बना रही थी। डॉ. तरुण अपने पिता के साथ डॉ. भगवत स्वरूप के पास आकर पुनः नमस्कार करते हैं।

तरसेम लाल —- डॉ. साहब, सब आपके आशीर्वाद का फल है जो ख़ुशियों के दरिया बह रहे हैं।

डॉ. भगवत स्वरूप —- सब बच्चों की अपनी क़िस्मत है, उसी के अनुसार आयोजन होता है।

तरसेम लाल —- हाँ डॉ. साहब, तरुण की शादी में इतना ताम- झाम नहीं कर पाए थे। सब मित्र, रिश्तेदार अपना चाव दबाकर ही रह गए थे।

डॉ. भगवत स्वरूप —- शायद वह कमी अब पूरी हो रही है।वैसे तो शादी दो दिलों का ही सौदा है पर इस सौदे की ख़ुशी में परिवार जनों, मित्रों को शामिल करना ख़ुशियों को बहुगुणित करना है।

तरसेम लाल—- सुख व ख़ुशी जितना बाँटा जाए, बढ़ते ही हैं। शादी विवाह के आयोजन इसी विचारधारा पर आधारित है।

(बारात के पहुँचने की खबर मिलते ही सबने अपनी- अपनी ड्यूटी संभाल ली थीं।)

तरुण —- (माँ तृप्ता के साथ) अभी तान्या दीदी ब्यूटी पार्लर से लौटी नहीं है क्या मम्मी जी ? आज शादियाँ बहुत ज़्यादा है, आप ब्यूटीशियन से फ़ोन लगाकर पूछो जरा ?

तृप्ता —- (फ़ोन लगाकर) हाँ डेज़ी, तान्या बिटिया का क्या हुआ ?

डेज़ी —- आंटीजी, अभी एक घंटा तो लगेगा ही, दो भी लग सकते हैं?

तृप्ता —- डेज़ी बेटी, दो से अधिक नहीं लगना चाहिए।

डेज़ी —आज बहुत कस्टमर है आंटी, मैं तान्या को प्राथमिकता के आधार पर ले रही हूँ। आप निश्चिंत रहें। डॉ. तरुण गुप्ता ने मेरे पिताजी के लिए जो किया, वह सब मुझे याद है।

तृप्ता —- डेज़ी बेटी, ये कोई बदला नहीं होता, इलाज करना तो डॉक्टर का फ़र्ज़ बनता है।

डेज़ी —- आंटीजी, मैं भी अपना फ़र्ज़ ही निभाऊँगी। मेरी आत्मा व मन मुझे अपना कर्तव्य निभाने को प्रेरित कर रहा है।

तृप्ता — डेज़ी बेटी, कितने उच्च स्तर के विचार हैं तुम्हारे।ऐसी ही सुंदर मेरी रानी बिटिया को करना।

डेज़ी —- यस आंटी, आप बेफ़िक्र रहें।

तृप्ता —- ओ. के. बेटी ! (फ़ोन रखती है) तुमने सब सुन लिया होगा तरुण बेटा ?

तरुण — हाँ मम्मी जी, दो घंटे में हो जाए तो भी अच्छा है।

घोड़ी पर सवार दूल्हा व आगे -2 नृत्य का धमाल मचाते आशु व उसके कॉलेज के दोस्त व फ़िल्मी गीतों की स्वर लहरियाँ गुंजाते बैंड के साथ बारात पहुँच गईं थीं। प्रवेश द्वार से ही सब बारातियों पर पुष्प वर्षा होने लगी थी और पंडाल तक पहुँचते -2 भी जारी थीं।शहनाई की आवाज कुछ ऊँची हो गई थी पर मनमोहक लग रही थी। डॉ. भगवत स्वरूप जी, तरसेम लाल, तरुण गुप्ता, डॉ. राकेश, देव बाबू व मामा राम शाह ने बारातियों का अभिनंदन किया। डी. डी. शर्मा तो डॉ. भगवत स्वरूप से बतियाने में ही लग गए थे। सब रिश्तेदार एक - दूसरे से मिल रहे थे व पंडाल में नाना प्रकार के व्यंजनों का मज़ा लेने लगे थे।भोजन की व्यवस्था भी एक अलग लॉन में कर दी गई थी जहां अब बाराती पहुँचने लगे थे।इधर बाराती खाने- पीने में मस्त थे उधर मंच पर जयमाला के लिए समीर बाबू मित्रों सहित पहुँच चुके थे।

अब इंतज़ार था दुल्हनिया का जो लगभग बीस मिनट बाद पूरा हुआ। चाँद सा चमकता चेहरा, हरिणी सी कृशकाया व मस्त गजराज सी मस्तानी चाल से तान्या अपनी सहेलियों रश्मि, भाभी लक्ष्मी, नीलिमा भाभी, रविता शाह, अनिता एडवोकेट, नेहा व नीतिका के साथ मंच पर पहुँच कर कुर्सी पर समीर बाबू के साथ ही बैठ गईं थीं। गणमान्य व ज़िम्मेदार लोग मंच के सामने सब सोफों पर बैठे हुए थे। सभी के समक्ष दुल्हन तान्या ने समीर के गले में सुगंधित फूल माला डाल दी। उपस्थित जनसमूह ने तालियों की गड़गड़ाहट से दोनों का अभिनंदन किया। एक तरफ़ डीजे की धुन के साथ ताल में ताल मिला रहे थे आशु व उसके दोस्त, दूसरी ओर नेहा, नीतिका, काम्या को भी आज थिरकने का सुअवसर मिला था। चारों ओर उत्साह व ख़ुशी का माहौल था।

अब पंडित जी ने भी अपनी ड्यूटी संभाल ली थी, मंडप पर बेदी बनाई व मंत्रोच्चार के साथ -2 उसे सजाने लगे थे। उधर दोनों तरफ़ के रिश्तेदार मिलनी की रस्म निभा रहे थे और मंच पर दूल्हा- दुल्हन आशीर्वाद व शुभकामनाएँ प्राप्त कर रहे थे।खान - पान व भोजन के बाद कुछ पड़ोसी व मित्र अपना कन्यादान देकर निकल चुके थे व पंडाल में अब दोनों ओर के रिश्तेदार ही जमा थे। पंडित जी के बार - बार बुलाने पर दूल्हे राजा मंडप पर पहुँच गए थे। डी. डी. शर्मा व रेखा शर्मा पुत्र समीर के पास बैठ गए थे। कुछ देर बाद दुल्हन को लाने के लिए पंडित जी की आवाज़ गूंजी तो भाभी लक्ष्मी, नीलिमा, रश्मि के साथ तान्या मंडप पर सुशोभित हो गई थी। एक घंटे की पूजा- पाठ व मंत्रोंच्चार के बाद दूल्हा- दुल्हन ने अग्नि के समक्ष सात फेरे लिए व एक - दूसरे के लिए सात जन्मों के हो गए। अब चल पड़ा गिफ़्ट भेंट करने का दौर। लक्ष्मी अपने मम्मी पापा के साथ गिफ़्ट लेकर पहुँची थी मंच पर, लता तनेजा ने गिफ़्ट भेंट किए व तान्या - समीर के साथ फ़ोटो शेयर की। एक एक कर काफ़ी रिश्तेदारों ने गिफ़्ट भेंट कर दुल्हन व दूल्हा को आशीर्वाद दिया। रश्मि जब मंच पर पहुँची तो बोले

बिना नहीं रह सकीं - अकेले ही जा रही हो हनीमून पर, मुझसे पहले ही बाज़ी मार गई तान्या ?

तान्या —- यह सब तुम्हारा ही किया-धरा है। तुमने बड़े लगन व चाव से जुदा से हो गए दिलों को मिलाया है। हनीमून से लौट कर हम दोनों तुम्हारी शादी के लड्डू खाएँगे।

रश्मि —- अभी क़तार में खड़े हैं, कब बोर्डिंग होगी, राम जाने ?

***

37

एम. एम. गुप्ता की अपने पुत्र भानू व शेखर बाबू से बातचीत

कांति- नीलिमा की शादी से लौटते हुए शेखर बाबू व एम. गुप्ता ने तय किया था कि अब बच्चों की शादी में विलंब नहीं करना चाहिए। शेखर बाबू ने अगले दिन ही ऑफिस जाकर शुभम के पापा जी से फ़ोन पर काफ़ी देर तक बात की।

शेखर बाबू —- (फ़ोन पर) प्रणाम गुप्ता जी ! मैं शिवि का पापा शेखर बोल रहा हूँ। काफ़ी दिनों से इच्छा हो रही थी आपसे मुलाक़ात करने की।

रंजन गुप्ता —- नमस्कार शेखर बाबू ! मैं भी हैरान था कि आपने हमें अब तक क्यों याद नहीं किया ? क्या हम इस लायक़ नहीं हैं ?

शेखर बाबू —-— गुप्ता जी, आप मुझे शर्मिंदा न करे, आप और हम तो कभी के रिश्तेदार बन चुके हैं। आपकी शगुन की अंगूठी बिटिया ने कब की धारण कर रखी है। अब तो केवल सामाजिक परंपराओं का निभाना ही शेष है।

रंजन गुप्ता —- सामाजिक परंपराओं का भी अपना महत्व है, समाज में रहकर इन्हें इग्नोर नहीं कर सकते।

शेखर बाबू — दरअसल क्या हुआ कि कुछ दिन तो शुभम बाबू दिल्ली में अपने प्रोफ़ेसर के साथ रहे और फिर उनकी बिटिया की शादी में व्यस्त रहे। कल सायं ही लौटे हैं वहाँ से। शुभम बाबू भी कुशल पूर्वक पहुँच गए होंगे घर ?

रंजन गुप्ता —- हाँ शेखर बाबू, मैंने पंडित जी को शुभ मुहूर्त देखने के लिए कहा था, बहुत जल्दी का शुभ मुहूर्त बताया है पंडित ने। केवल एक सप्ताह का समय है।

शेखर बाबू —- बहुत ही अच्छी बात है हमारी पूरी तैयारी है। बारात लेकर आ जाइए, आपका दिल खोलकर स्वागत करेंगे।

रंजन गुप्ता —- मैं एक बार और घर में बच्चों व उनकी मम्मी से सलाह मशविरा कर लूँ, हम एक दो दिन बाद बातचीत करेंगे। शादी- विवाह के गंभीर मामलों में जल्दबाज़ी ठीक नहीं रहती।

शेखर बाबू —- गुप्ता जी, मैं एक निवेदन करना चाहता हूँ, उम्मीद करता हूँ कि आपका सहयोग मिलेगा ?

रंजन गुप्ता — अब हम एक दूसरे के काफ़ी क़रीब आ गए, आप जो कहेंगे, उस पर गंभीरता से विचार होगा।

शेखर बाबू — आपकी कृपा बनी रहे ! निवेदन यह है कि शिवि बिटिया की एक सहेली है जो शुभम बाबू के मित्र देव के प्यार में है। उसके पिता मेरे विभाग में बड़े अधिकारी हैं व मेरे बॉस हैं। क्यों न एक ही दिन दोनों को मंगलसूत्र का शुभ तोहफ़ा दे दें ?

रंजन गुप्ता —- यह तो बड़ा नेक विचार है आपका, हमें किसी तरह की परेशानी नहीं।

शेखर बाबू — पर अभी एक अड़चन और भी आ सकती है।

रंजन गुप्ता — वह भी कह डालो, दोनों जब मिले हैं तो हर अड़चन दूर करेंगे।

शेखर बाबू —- देव बाबू अपने दोस्त डॉ. राकेश की शादी अपने से पहले होते देखना चाहते हैं, अभी तक उनका प्रोग्राम सिरे नहीं चढा है, हालाँकि "रोका" हुए लगभग एक साल होने को है।

रंजन गुप्ता —- मुझे लगता है कि इनकी मित्र- मंडली भी अजीब है, एक- दूसरे के लिए सब कुछ करेंगे पर अपने लिए कुछ नहीं करेंगे।

शेखर बाबू — निराली मित्रता है इन सब की, द्वापर युग के कृष्ण- सुदामा जैसी । मैं अपने बॉस से भी विचार-विमर्श करूँगा फिर आप को सारी परिस्थितियों से अवगत करवाऊँगा।

रंजन गुप्ता —- मैं भी शुभम को कहूँगा कि वह अपने मित्र देव बाबू से प्रोग्राम तय करने को कहे।

शेखर बाबू — ठीक है गुप्ता जी, हम कल या परसों फिर फ़ोन पर होंगे ।मैं अभी अपने बॉस के ऑफिस जाकर कुछ करता हूँ।

रंजन गुप्ता — ओ. के. गुड लक जी !

शेखर बाबू —- (एम. गुप्ता के ऑफिस में प्रवेश कर) सर ! मैं आपसे कुछ विश्वसनीय विचार- विमर्श के लिए आया था, अगर आप कुछ समय निकाल पाएं तो ...... ।

एम. गुप्ता —- शेखर बाबू, मैं तो ख़ुद ही आपको याद कर रहा था पर काम की अधिकता के कारण बुला नहीं पाया। आइए बैठिए ! कैसा चल रहा है सब ?

शेखर बाबू —- अभी शुभम के पिताजी से गुफ़्तगू चल रही थी फ़ोन पर, उन्हें हमारे दोनों के इकट्ठे ही समारोह करने पर कोई ऐतराज नहीं है।

एम. गुप्ता —- यह तो बहुत अच्छा समाचार हैं पर एक मुश्किल मेरे सामने आ खड़ी हुई है।

शेखर बाबू —- क्या सर ?

एम. गुप्ता —- कल रात बिटिया ने भानू को फ़ोन लगाकर मेरी बात करवाई थीं। भानू का "चंद्र मिशन" अंतिम चरणों में है और वह जुलाई के बाद

ही घर आ सकता है। साथ ही कह रहा था कि दीदी की शादी में मेरी उपस्थिति आवश्यक नहीं है। उसने शिवि का नाम लेकर कहा - क्या उसका कोई भाई है जो शादी में आएगा ?

शेखर बाबू — जिनके नहीं हैं वह अलग बात है, जिनके है, उन्हें तो आना ही चाहिए।

एम. गुप्ता — मैंने भी ऐसा ही कुछ कहा था पर वह टस से मस नहीं हुआ। अब बताइएगा क्या करें ?

शेखर बाबू —- अगर कोई ज़रूरत पड़ी तो हम उसे वर्चुअल शामिल कर लेंगे।

एम. गुप्ता — गुड आइडिया ! शेखर बाबू आप प्रत्युत्पन्नमति प्राणी हैं। अब मेरी तरफ़ से कभी भी ढोल- बाजे बजवा सकते हैं।

शेखर बाबू —- आपका फ़ैसला अंतिम है या और विचार- विगर्श करेंगे घर में ?

एम. गुप्ता —- हम कल भी फ़ैसले को अंजाम दे सकते हैं ?

शेखर बाबू — बिल्कुल, मैं भी घर में शालू व शिवि से सहमति ले लूँगा।

(ऑफिस का टाइम समाप्त होने पर दोनों घर के लिए निकल जाते हैं।)

शालू —- (घर आए शेखर को देखकर) लगता है कि आज शुभम के पापा से फ़ोन लग गया ?

शेखर बाबू — हाँ शालू, पर तुमने कैसे मालूम किया ?

शालू —- इस उम्र में, इस मोड़ पर यदि हाँ मिल जाए तो ख़ुश, यदि ना मिले तो दुःखी

शेखर बाबू —- सही कहा, आज दोनों ओर से हाँ मिली। शिवि बेटी कहाँ है ?

शालू —- आती ही होगी साइबर से, चाय लेंगे आप ?

शेखर बाबू —-हाँ, ले सकता हूँ, बहुत समय तक बोलने की आदत नहीं है, आज सिर कुछ घूम रहा है।

शालू —- गोल है न ? सब बाल बगैरह छुट्टी कर गए।

शेखर बाबू —- अगर बाल होते तो उनके साथ भी घूमता पर बालों की शीतल हवा से ठंडा जरूर रहता।

शालू —- लो चाय से गर्म कर लो। मुझे भी काफ़ी देर से इच्छा हो रही थी, तुम्हारी ही राह देख रही थी।अब बताओ क्या रहा ?

शेखर बाबू —- शिवि को आने दो, दोनों को एक साथ ही बता दूँगा।

(शिवि का प्रवेश)

शिवि — पापा जी ! ख़ुश खबरी लाई हूँ। पूछो क्या है ?

शेखर बाबू — मैं भी ख़ुशख़बरी लाया हूँ, पूछो क्या है ?

शिवि — क्यों पूछूं? जब मुझे पहले ही पता है।

शेखर — बताओ ?

शिवि —- आपकी शुभम के पापाजी से बातचीत हुई है। बोलो, सही कहा ?

शेखर — मेरी बिटिया बहुत समझदार हो गई है।

शिवि —- अब मेरी ख़ुशी का खुलासा करो ?

शेखर —- पापाजी इतने समझदार नहीं रहे, तुम ख़ुद ही करो।

शिवि — दोनों ध्यान से सुनो। देव भैया के दोस्त डॉ. राकेश की शादी का दिन निश्चित हो गया है

शालू —- तुम्हें कहाँ से खबर मिली ?

शिवि —- देव भैया ने देविना दीदी को फ़ोन लगाकर बताया है। मैं कैफ़े से निकल रहीं थीं और देविना दीदी घर से आईं ही थीं।

शेखर —- फिर तो देविना ने अपने पापाजी को भी बता दिया होगा ?

शिवि —— हाँ पापाजी, दीदी कह रही थी कि पहली बार ही उसे देव बाबू का फ़ोन मिला है। वे सब लोग डॉ. दादा के साथ किसी के शादी- समारोह में दिल्ली गए थे, वहीं राकेश- रश्मि की शादी की तिथि भी तय हो गई।

शेखर बाबू —-तुम्हें जाना पड़ेगा जींद शहर शादी में शामिल होने के लिए ?

शिवि —- शुभम बाबू भी आएँगे पापाजी।

शेखर बाबू —- अभी तो भिवानी में गुप्ता जी के घर मिलकर आईं हो शुभम बाबू से ?

शिवि —- सारा दिन आने-जाने में ही बीत गया, कुछ देर गुप्ता सर के घर लंच में निकल गया।

शेखर बाबू —- नीलिमा भी कांति के साथ जींद शहर आ गई होगी ?

शिवि —- हाँ पापाजी, बहुत रोने लगी थी पापा से जुदा होने पर।

शेखर बाबू —- सब लड़कियाँ ही रोती हैं ऐसे अवसरों पर।

शिवि —— अच्छा पापा जी।

(कुछ गंभीर सी होते हुए)

शेखर बाबू —- क्या हुआ शिवि बेटी ?

शिवि —- पापा मुझे मम्मी जी की याद आने लगी है।

(रोने लगती है, शालू अपने गले से लगा कर उसे पुचकारती है।)

शालू —- मैं तेरी माँ ही हूँ बेटी ! तुम रोओ मत ?

शिवि — मुझे लगने लगा है कि मेरी शादी के बाद तुम भी माँ की तरह पापाजी को छोड़कर चली जाओगी।

शेखर बाबू —- शिवि बेटी, वर्तमान में जियो, आगे क्या होगा ? उसकी फ़िक्र मत करो। कल अपनी मौसी जी के साथ मार्केट चली जाना, डॉ. राकेश की शादी में शामिल होने के लिए कुछ ड्रेसिस बगैरह ख़रीद कर लेना, अब तुम डिनर करके सो जाओ, हम पार्क में घूमने जाएँगे। शालू, लाओ डिनर ले ही लेते हैं सब मिलकर।

शालू — आज हल्का ही कुछ चावल पुलाव बनाया है।

शेखर बाबू — वाह ! शिवि की भी पसंद है।

शिवि — यस पापा जी !

***

38

नीतिका की मौसी तृप्ता से बातचीत व मित्रों का नदी भ्रमण

तान्या की विदाई के बाद सभी जींद शहर से पहुँचे मेहमान अब लौट रहे थे। राज व लता तनेजा अपनी पुत्री डॉ. लक्ष्मी की कुशल- क्षेम जानकर बहुत ख़ुशी महसूस कर रहे थे। नीतिका से भी उनकी बातें हो गई थी।रश्मि ने तान्या से गले मिलकर विदाई दी व इंटर्नशिप शुरू होने से पहले ही हनीमून यात्रा पर जाने की सलाह दी व कहा कि हनीमून पर जाने के लिए किसी के साथ की ज़रूरत ज़्यादा नहीं होती। डॉ. भगवत स्वरूप अपने रिश्तेदारों से मिलकर बातचीत में खो गए थे, अब सपरिवार कार में सवार हो गए थे। सभी मित्र कांति, राकेश व देव बाबू गाड़ी में बैठ चुके थे।नेहा भी नीलिमा के साथ ही बैठीं हुईं थीं। नीतिका अभी घर में ही थीं अपनी मौसी तृप्ता की मदद करने के लिए। तरसेम लाल का सारा परिवार मेहमानों के जाने के बाद होटल से अपने घर पहुँच गया था।रात भर की थकान व नींद की कमी के कारण कोई कुछ नहीं कर पा रहा था।सब अपने-अपने रूम्स में जाकर नींद में खो गए थे लेकिन नीतिका अभी भी मौसी जी से बतिया रही थी।

नीतिका —- मौसी जी, अब तान्या दीदी कब आएँगी ?

तृप्ता —- नीतिका बेटी, तान्या दीदी की शादी हो गई है, वह अब अपनी ससुराल में ही रहेगी।

नीतिका —- लक्ष्मी दीदी की तरह ?

तृप्ता —- बिल्कुल !

नीतिका —- फिर तुम्हारा दिल कैसे लगेगा। तान्या दीदी तुम्हें छोड़कर चली गई, क्या उसे अपनी मम्मी से प्यार नहीं है ? लक्ष्मी दीदी भी मम्मी को छोड़कर आ गईं थीं। वह तो मम्मी की सर्विस है, नहीं तो मम्मी पागल हो जातीं अकेली। तुम्हारी तो सर्विस भी नहीं है मौसी जी ?

तृप्ता —- मुझे घर के कामों से ही एक पल भी फ़ुरसत नहीं मिलती। सभी माँ- बाप को अपने बच्चों की शादी तो करनी ही पड़ती है न ?

नीतिका — अपनों को जो अलग कर दे, वह भी क्या शादी है मौसी जी ?

तृप्ता — बेटी, बड़े बुज़ुर्गों ने समाज के लिए जो नियम सिद्धांत बनाए है, उनका सभी को पालन करना होता है वरना समाज में अव्यवस्था का आलम हो जाएगा।

नीतिका — नेहा बता रही थी कि डॉ. दादा कहते हैं 'जोड़ियाँ ऊपर से बन कर आती हैं फिर बुज़ुर्गों का क्या रोल है ?'

तृप्ता —- ऊपर बनी जोड़ी को समारोह पूर्वक एक- दूसरे से मिलाना ही तो सामाजिक भाषा में शादी कहलाता है जिसे बुज़ुर्ग लोग ही अंजाम देते हैं।

नीतिका — हाँ मौसी जी, डॉ. दादा ने कई जोड़ियों की शादी की, इसलिए वे बुज़ुर्ग हो गए। अभी एक सप्ताह बाद डॉ. राकेश की शादी करने वाले हैं डॉ. दादा, क्या समाज में डॉ. दादा ही बुज़ुर्ग हैं, और कोई नहीं ?

तृप्ता —- हर घर परिवार किसी न किसी बुज़ुर्ग की देख रेख में ही चलता है जो अपने घर की, बच्चों की शादी, पढ़ाई, नौकरी आदि की व्यवस्था करते हैं।

नीतिका — मौसी जी, क्या आपके घर में कोई बुज़ुर्ग नहीं है जो तरुण जीजू व तान्या दीदी की शादी डॉ. दादा को करनी पड़ी।

तृप्ता —- शादी तो तुम्हारे मौसाजी ने की है, डॉ. दादा ने तो केवल लड़की- लड़का ढूँढने में मदद की है। समाज एक- दूसरे के सहयोग व मदद से ही बना रहता है।

नीतिका — क्या मेरी शादी में भी डॉ. दादा सहयोग करेंगे ?

तृप्ता —- हाँ, अवश्य ! तुम डॉ. दादा को प्रणाम करती हो न ?

नीतिका —- हाँ मौसीजी, जब भी मिलते हैं, प्रणाम करती हूँ। पापाजी ने कह रखा है कि सभी बड़ों का सम्मान करो, मैं इसीलिए प्रणाम करती हूँ। शादी तो मुझे करना ही नहीं है। मैं तो घर रहकर ही मम्मी - पापा की सेवा करूँगी।

तृप्ता —- चलो ठीक है शादी न करना मगर पढ़ाई तो पूरी करोगी ही। जब डॉक्टर बन जाओगी तब तरुण की तरह तुम्हें भी कोई डॉक्टर चुरा कर ले जाएगा।

नीतिका — क्या जीजू चोरी करते हैं जो लक्ष्मी दीदी को चुरा लाए थे ?

तृप्ता —-हाँ, तुम्हारे जीजू चोर है, उसने तुम्हारी लक्ष्मी दीदी का दिल चोरी किया है।

नीतिका — मौसी जी, दिल चुराने वाले चोर नहीं, प्रेमी होते हैं। वे एक तरफ़ा नहीं, दोनों एक दूसरे का दिल चुराते हैं, वे दोनों चित्त चोर हैं।

तृप्ता —- अच्छा अब बताओ, तुम्हें कॉलेज जाना है या यहीं रहना है ?

नीतिका —- मैं कॉलेज जाऊँगी मौसी जी, यहाँ तो सब कुंभकर्ण बने हुए हैं।

तृप्ता —- मैं तुम्हारे लिए नाश्ता बना रही हूँ।

नीतिका —- नहीं मौसी जी, मैं कॉलेज की कैंटीन से ही ले लूँगी। आप भी आराम करो, मैं जा रही हूँ।

डॉ. भगवत स्वरूप जी की अगुवाई में सभी लोग अपने घर पहुँच गए थे, नहा- धोकर ऑफिस की ड्यूटी पूरी की व सायंकाल में चाय के लिए तनेजा रेस्टोरेन्ट पर पहुँचे।

राकेश —-कांति भाई, अब आ रहे हो ?

कांति —- चाय घर में ही ले ली है, इसलिए कुछ विलंब हो गया।

देव — कांति भाई, तुम तो टाइम से पहले पहुँचने वाले शख़्स थे ?

कांति —- देव भैया, तुमने ही यह सब विलंब करने का साधन जोड़ा है। अब एक सप्ताह बाद शायद ही हम नदी भ्रमण कर सकें।

राकेश —- लगता है कि हमारे बच्चे ही अब नदी - भ्रमण के लिए जाएँगे।

कांति —- शादी तो कर लो डॉ. साहब, तभी बच्चे आएँगे व नदी भ्रमण करेंगे। राजीव बाबू नहीं आए क्या ?

देव —- सब आएँगे, नहीं आएँगे तो कहाँ जाएँगे ?

राजीव —- (रेस्टोरेन्ट में प्रवेश करते हुए) अस्पताल में देव भैया !

(सभी ठहाका लगाकर हंसते हैं)

देव —- चलो अब, सब लोग आ गए।आज डॉ. साहब सुनाएँगे कुछ क़िस्से- कहानियाँ, कांति भाई आज श्रोताओं की श्रेणी में रहेंगे।

राजीव — यहाँ भी और घर में भी।

(फिर सब ज़ोरदार हँसी हंसते हैं)

देव —- (सभी के नदी मुहाने पहुँचने पर) राकेश बाबू, शुरू हो जाओ। बोर मत करना, कोई मनोरंजक ही सुनाना।

राकेश —बिहार राज्य में एक विद्वान वाचस्पति मिश्र हुए हैं। छोटी उम्र में ही उनकी शादी हो गई थी। जब वे अपनी शिक्षा- दीक्षा पूरी कर घर लौटे तो उन्होंने अपनी माँ से वेदांत दर्शन पर ' टीका ' लिखने की इजाज़त माँगी। माँ की आज्ञा पाकर जब वे टीका लिखने लगे तो उन्होंने अपनी माँ से कहा कि जब तक टीका पूरी न हो तब तक उसका ध्यान भंग न किया जाए।

राजीव —- डॉ. बाबू, ये 'टीका' किस बला का नाम है ?

राकेश —- देव भैया, तुम बताओ एडवोकेट साहब को टीका के संबंध में।

देव — राजीव भाई, किसी महान रचना (ग्रंथ) की समीक्षा या मीमांसा ही टीका होती है।

राजीव — देव भैया, यह तो आपने और भी ज़्यादा कठिन कर दिया, इसका अभिप्राय समझाइएगा।

देव — किसी उत्कृष्ट रचना की सरल शब्दों में विवेचना करना ताकि आम जन भी उस ग्रंथ को पढ़ व समझ सके।

राकेश -अब शायद समझ गए होंगे। बूढ़ी माँ ने मदद के लिए बहूरानी 'भामती' को बुला लिया जिसने आते ही सारी ज़िम्मेदारी संभाल ली थी। कुछ समय के बाद बूढ़ी माँ चल बसी, तब भामती पति की सेवा में लीन रहने लगी।

कांति — राकेश बाबू, ये सब क्या सुना रहे हो ?

राकेश — शुरू में थोड़ा अनजान सा लगेगा, पूरा सुनोगे तब समझ आएगा। वाचस्पति मिश्र साहित्य साधना में इतने तल्लीन रहे कि उन्हें पता ही नहीं चला कि उसकी सेवा कौन कर रहा है ? भामती दिन में मिश्र के लिए भोजन बना कर रखतीं व शाम को दीपक में तेल डालती पर दोनों में कोई बातचीत नहीं होती।

कांति —- बिल्कुल देव भैया व देविना भाभी की तरह।

(सब मंद- मंद मुस्कुराते हैं)

राकेश —- इस तरह धीरे-धीरे अनेकों वर्ष बीत गए और एक दिन शाम को दीपक का तेल ख़त्म हो गया था और मिश्र जी की टीका भी पूरी हो गई थी। दीपक के बुझने से भामती को दुख हुआ। उसने सोचा कि पति के काम में बाधा उत्पन्न न हो इसलिए काम छोड़कर दीपक में तेल डालने लगीं। वाचस्पति मिश्र ने गर्दन ऊपर उठाई तो सामने खड़ी नारी को देखा व पूछा — हे देवी ! आप कौन हैं ? नज़रें झुका कर सामने खड़ी भामती ने कहा - देव, मैं आपकी पत्नी हूँ। उतर सुनकर मिश्र जैसे गहरी नींद से जगे हो, उसने पूछा- देवी तुम्हारा नाम क्या है ? देवी ने सकुचाते हुए जवाब दिया- मेरा नाम भामती है।

कांति —- राकेश बाबू, कैसी कहानी है, इतने वर्षों तक न पत्नी का ज्ञान हुआ न नाम का ?

देव —- हाँ कांति भाई, साहित्य साधना व वैज्ञानिक अनुसंधान एक ही तरह के है, स्वयं को खोकर ही कुछ मिलता है।

राकेश — वाचस्पति मिश्र ने अपनी लेखनी उठाईं और त्याग व सहनशीलता की मूर्ति अपनी पत्नी का नाम अपनी टीका पर अंकित कर दिया "भामती"।

राजीव — वाह भामती को अपनी सेवा का फल मिल गया।

राकेश — आज लोग विद्या वाचस्पति मिश्र को कम भामती को ज़्यादा जानते हैं। टीका का नामकरण कर पूर्व संकल्प के अनुसार वाचस्पति मिश्र घर छोड़कर संन्यास के लिए चले गए।

कांति —- क्या निष्कर्ष निकलेगा राकेश बाबू इस कहानी का ?

राकेश —- भामती को अपनी निःस्वार्थ सेवा का फल मिला।

राजीव —- कांति भाई, देव भैया भी तुम्हारे लिए ऐसी ही पत्नी लाए हैं जो त्याग एवं विनम्रता की मूर्ति है। क्यों देव भैया ?

देव — हाँ राजीव भाई, नीलिमा ने जीवन में संघर्ष किया है, जीवन को बड़े नज़दीक से देखा है। इसीलिए जीवन मूल्यों को समझती है।

राकेश — यह कहानी मेरी नहीं, देव भैया की पसंद है।

देव —-हाँ कांति भाई, हमारा उद्देश्य आपको यही बताना था कि जो राजीव भाई ने बता दिया है।

कांति —- देव भैया, तुम सब के कल्याण के लिए अपना जीवन खपा रहे हो, तुम्हें क्या लाभ मिलता है ?

देव —- मुझे मानव व मानवता की सेवा कर अपार हर्ष का अनुभव होता है।मैं किसी पर अहसान जताने के लिए नहीं करता।

राकेश — जिसका जो स्वभाव बन जाता है। वह उसी अनुरूप व्यवहार करता है। अब चलें, दिव्या भाभी इंतज़ार में होगी ?

राजीव —- अब मैं अकेला नहीं रहा, नीलिमा भाभी भी इंतज़ार में होगी।

(सब हंसते हुए निकल जाते हैं।)

***

39

राकेश व रश्मि की शादी

दिन भर पूरा विश्राम करने पर ही थकावट से निजात पाकर डॉ. भगवत स्वरूप जी सायंकाल में डिनर की इंतज़ार में थे। कुछ हल्का भोजन पकाने को ही कह दिया था उन्होंने अंजना से क्योंकि कल रात में शादी के समय कुछ उल्टा सीधा खाना हो ही जाता है। अंजना व रश्मि बिटिया ने हल्के डिनर में चावल -पुलाव, दही-रायता व सलाद में प्याज़, टमाटर व चुकंदर तैयार किया था। आलोक ने क्लीनिक से आकर डिनर पर रश्मि की शादी की चर्चा शुरू कर दी थी व सभी को पूर्ण रूप से तैयार रहने की सलाह दी थी। दिल्ली में तान्या की शादी के समय ही डॉ. भगवत स्वरूप जी ने देव बाबू व राकेश से बातचीत में इस रविवार को ही दिन निश्चित कर दिया था केवल इस पर पंडित जी की मुहर लगना बाक़ी था जो आलोक ने क्लीनिक पर पंडित जी को बुलाकर पुष्ट कर ली थी।

डॉ. भगवत स्वरूप —- आलोक बेटा, तुमने शुभ मुहूर्त पंडित जी से जान लिया था या नहीं ?

आलोक — हाँ पिताजी, रविवार का दिन हर प्रकार से शुभ है। अब हमें देर न करके शुभ कार्य को अंजाम दे देना चाहिए। फिर रश्मि की इंटर्नशिप भी शुरू होनी है, उसका फ़ैसला तो शायद हमने ले लिया था कि यहीं अस्पताल में ही हो जाएगी। चाहे कुछ वज़ीफ़ा मिले या न मिले ?

डॉ. भगवत स्वरूप —- हाँ बिल्कुल, यही विचार बना था। अब शादी की तिथि भी हमें देव बाबू व राकेश को कंफर्म कर देना चाहिए ताकि वे भी अपनी तैयारी कर सकें। वैसे तो उनके पास इतने साधन व इंतज़ाम नहीं है,सब

कुछ हमें ही करना होगा, कल सुबह ही प्रेस जाकर निमंत्रण पत्र तैयार करवाना है बेशक मुझे ले चलना या देव बाबू को बुला लेना ताकि नाम बगैरह जान सकें।

आलोक — प्रेस वालों के पास सब मैटेरियल तैयार होता है केवल नाम व स्थान में ही परिवर्तन करना होता है।

डॉ. भगवत स्वरूप — सायंकाल तक निमंत्रण पत्र बाँटना शुरू कर दो व बाहर रिश्तेदारों को मैप सहित व्हाट्स एप पर प्रेषित कर दो। अश्मि बेटी, पापाजी की मदद करना।

अश्मि—- हाँ दादा जी, मैं और दीदी कल सायं तक सभी रिश्तेदारों को निमंत्रण पत्र भेज देंगे।

डॉ. भगवत स्वरूप —कल सुबह या अभी डिनर के बाद नामों की सूची तैयार कर लेना ताकि कोई रिश्तेदार निमंत्रण पत्र के बग़ैर रह न जाए।

अश्मि — ओ. के. दादा जी !

निमंत्रण पत्र मिलते ही शैली बुआ ने अपना ज़रूरत के मुताबिक़ सामान बटोरा और तीन-चार दिन पहले ही पहुँच गई थी भाई डॉ. भगवत स्वरूप के घर। मुम्बई से उमा व सतलोक ने अपनी चार टिकटें बुक कर ली थी। तान्या-समीर ने अपना हनीमून पर जाने का प्रोग्राम स्थगित कर दिया था। ये ग़नीमत रही कि उन्होंने हवाई टिकट अभी बुक नहीं किया था। डी. डी. शर्मा व रेखा शर्मा अपनी भानजी के भात भरने की प्रक्रिया में लग गए थे। तान्या शादी के तीसरे दिन मायके में तरुण भाई के साथ दिल्ली आ गईं थीं व अगले दिन समीर बाबू के साथ यमुनानगर लौट गई थी। देव व राकेश ने भी मोबाइल फ़ोन से अपने मित्रों व रिश्तेदारों को सूचित करना शुरू कर दिया था। शुभम, शिवि, देविना, डॉ. गुप्ता व आर्य सर, सफीदों से मामा नरेंद्र वत्स उनकी सूची में प्रमुख थे। डॉ. राकेश ने अपने साथी डॉक्टरों को भी बुलाया था और जो पहले ट्रेनिंग

पर भी साथ रहे थे ।सभी को रविवार सायंकाल तक होटल "रामा- कृष्णा" में समय पर पहुँचने की प्रार्थना की थी। नेहा भी अब छुटपुट तैयारियों में लग गईं थीं। घर की व्यवस्था, सजावट- सफ़ाई आदि इसी ने संभाल लिए थे। अपनी व राकेश की ड्रेस बगैरह की लिस्ट वह तैयार करने में लगी थी ।कांति व नीलिमा इंतज़ार में थे कि कब राकेश बाबू हमें निमंत्रण पत्र देंगे परंतु देव ने उन्हें बताया कि निमंत्रण पत्र सिर्फ़ लड़की वालों की ओर से वितरित किया गया है। हम तो फ़ोन से व स्थानीय स्तर पर ख़ुद मिल कर आमंत्रित कर रहे हैं। सभी मित्र एक - दूसरे के संपर्क में थे व मिल जुल कर कामों को अंजाम दे रहे थे। राकेश ने सभी मित्रों से सलाह करके बजरंगी होटल में चार - पाँच रूम बुक कर लिए थे जिसमें एक पर राकेश बाबू ने अपना आधिपत्य कल से ही जमा लिया था। तनेजा ने राकेश के मेहमानों के लिए नाश्ता- लंच - डिनर का ज़िम्मा संभाल लिया था।

रामा- कृष्णा होटल में आज सुबह से ही हलचल जारी थीं। टेंट हाउस के लोग पूरी गाड़ी भरकर लाए थे जिसमें आयरन - दंड, रस्सियों लगे शामियाने, कायनात, दरियाँ व दूसरी गाड़ी में कुर्सियाँ व फोल्डिंग टेबुल्स थीं। टेंट कर्मचारियों ने हथौड़ों से ज़मीन में लोहे के डंडे गाड़ना शुरू कर दिया था व दोपहर तक सब शामियाने व दरियों की सेटिंग कर दी थी। सीढ़ियाँ लगाकर शामियाने के नीचे भाँति- भाँति रंगों की रोशनी के लैंप व झूमर लगा दिए थे। प्रवेश द्वार पर गेंदे, गुलाब के फूलों का जाल बिछा कर खूब सजा दिया गया था। वरमाला के लिए एक बड़ा मंच बना लिया गया था जिस पर दो किंग साइज़ कुर्सियाँ भी रखी गई थी। मंच से कुछ दूरी पर ही विवाह मंडप बनाया गया था जहां दूल्हा दुल्हन व उनके परिजनों के लिए बैठने की व्यवस्था की गई थी ।इक्का- दुक्का मेहमान पहुँचने शुरू हो गए थे ।मेहमानों को जलपान करवा कर वहीं होटल में विश्राम करने को कहा जाता व जो रिश्तेदार घर (तरुण के घर) जाने के इच्छुक होते उन्हें रत्नाकर कार से छोड़ देता व मेहमानों की गाड़ियों को

होटल की पार्किंग में भेज दिया जाता। वहीं ड्राइवर्स के लिए चाय व स्नैकस की व्यवस्था भी की गई थी। ड्राइवर अपनी गाड़ी का नंबर व पार्किंग का तल काउंटर पर रिकार्ड करवाता व डिनर का कार्ड प्राप्त कर लेता।

अब दिन की गर्मी कुछ शांत होने लगी थी, सूरज को राकेश (चंद्रमा) ने कह दिया था कि अब जग को आलोकित करने का ज़िम्मा मुझ पर छोड़ दो इसीलिए सूरज लाल- पीला होकर अपनी कुटिया में विश्राम लेने जा रहा था। डॉ. भगवत स्वरूप अब परिवारजनों के साथ होटल में आ चुके थे। तीन रूम अपने लिए, एक रश्मि (दुल्हन) आलोक - अंजना व एक अशिम व उसकी सहेलियों के लिए ले लिए थे।सभी रूम एसी, टेलिफोन, सोफा, कुर्सी- टेबुल की सुविधा से लैस थे। डी. डी. शर्मा व रेखा शर्मा को अपने पास के रूम पर ही रख लिया था। समीर - तान्या व काम्या दूसरे रूम में थे। शर्मा परिवार यमुनानगर से क़रीब नौ बजे भात के लिए पहुँच गया थे। शहर के दोनों बड़े होटलों में अब रौनक़ बढ़ने लगी थी। फ़रीदाबाद से शुभम अपने मम्मी पापा व दोनों बहनों के साथ आ पहुँचा था। देव बाबू ने सबका स्वागत किया व राकेश से भी मिलवाया व कहा कि मेरे अनुरोध पर ही पूरा परिवार आया है ताकि सबसे मिल सकें। भिवानी से डॉ. गुप्ता व डॉ. आर्य भी पहुँच चुके थे। राकेश के कुछ डॉक्टर दोस्त भी होटल पहुँच गए थे। कांति अपनी नई - नवेली पत्नी के साथ आने की तैयारी में था व राजीव बिना दिव्या के ही पहुँच गए थे।रामा- कृष्णा होटल में भी मेहमानों के लिए आने का सिलसिला जारी था।रश्मि की फ़्रेंड श्रेया भी शादी में शामिल होने के लिए पहुँच गई थी। तरुण- लक्ष्मी भी सही समय पर पधार चुके थे। विशेष मेहमान मामा नरेंद्र वत्स को देखकर राकेश भावुक सा हो गया था। डॉ. जैन राकेश की शादी में शामिल न हो, कैसे हो सकता है ? देव भैया ने अपने मुखिया व कुछ अध्यापक साथियों को भी बुलाया था।

अभी कुछ देर बाद रिंग सेरेमनी का कार्यक्रम निश्चित था। डॉ. भगवत स्वरूप अपने पुत्र आलोक, व पूरे परिवार के साथ सब सामान लेकर पहुँचे थे। बजरंगी होटल और वहाँ धूमधाम व गर्मजोशी से रिश्तेदारों के साथ सेरेमनी का आग़ाज़ किया। नेहा व देव भैया राकेश के पास ही बैठे हुए थे जब आलोक बाबू ने राकेश को चौकी पर तिलक दिया व मुँह मीठा करवाया तथा अंगूठी पहनाई। सभी उपस्थित जन समुदाय ने करतल ध्वनि से पंडाल को गुंजा दिया था।

नेहा ने रश्मि भाभी को पहनाने के लिए अंगुठी की डिबिया राकेश के पास रखी व राकेश ने अंगुठी निकालकर रश्मि को पहना दी थी।अब की बार और भी ज़्यादा तालियों की आवाज़ सुनाई पड़ी।दोनों ओर से मिष्ठान बॉक्स का आदान-प्रदान हुआ व फ़ोटो क्लिक हुए। रिंग सेरेमनी के बाद डॉ. भगवत स्वरूप सपरिवार होटल रामा- कृष्णा लौट आए थे।

अब अंधेरा अपना प्रभुत्व जमाने लगा था लेकिन रंग बिरंगी लड़ियों के प्रकाश ने उसके दंभ को चूर- चूर कर समूचे वातावरण को कांतिमय बना दिया था। अब तक आस- पड़ोस के लोग व मित्र बांधव भी पहुँचने शुरू हो गए थे व फल, स्नैकस, आइसक्रीम, जूस आदि का सेवन चालू हो गया था। अंबाला कैंट से फिर दोनों परिवारों की पूरी उपस्थिति देखकर राकेश व देव भैया चकित से थे। शेखर बाबू व एम. गुप्ता ने राकेश के साथ कुछ गंभीरता से गुफ़्तगू की व शादी की मुबारकबाद भी दी। दोनों परिवार चाय- नाश्ते के लिए आर.के. होटल पहुँच गए थे व वहीं दो रूम पाकर आराम करने लगे थे।

शिवि, देविना, नीलिमा, नेहा, अश्मि, श्रेया, तान्या सब रश्मि के साथ ब्यूटी पार्लर जाने को तैयार थे।

नेहा — रश्मि भाभी, इतने सब वहाँ क्या करेंगे ? पार्लर कोई मैदान थोड़े ही है, छोटा सा एक या दो रूम ही होता है, वैसे भी यह अंतिम शुभ मुहूर्त है फिर तो छः महीने के बाद ही शुभ लग्न होगा।

रश्मि —- शिवि व देविना को तुम्हारे भैया ने ले जाने को कहा है, शेष अपनी इच्छा से जा रहे हैं।

नेहा —- ठीक है भाभी, इस स्वर्णिम अवसर पर हर कोई अपनी भागीदारी चाहता है। यहाँ बैठकर भी क्या करना है।

***

40

राकेश रश्मि के साथ ही शुभम - शिवि व देव - देविना की शादी

आठ बजने को आए थे, बैंड बाजा वाले दो घोड़ों की बग्घी व क़रीब बीसियों लोगों के साथ पहुँच गए थे। बजरंगी होटल से बारात को प्रस्थान करना था। राकेश बाबू दूल्हा बनकर तैयार हो चुके थे। उसने देव व शुभम को कुछ प्रोग्राम का ज़िक्र किया व अलर्ट होकर रहने को कहा। अब सभी रिश्तेदार व मित्र सजधज कर बाराती बने थे व बग्घी के साथ- साथ चलने को तैयार थे। मामा वत्स ने राकेश भानजे को आशीर्वाद दिया व रथ पर आरूढ़ किया। बैंड की धुन के साथ ही रथ आगे बढ़ने लगा था व मित्रों के कदम थिरकने शुरू हो गए थे। देव, शुभम, राजीव, कांति, तनेजा,राकेश के डॉक्टर साथी तरुण पाहवा, व पूर्व ट्रेनिंग मित्र रवि भी मैदान में उतर चुके थे। आधा कि. मी. का सफ़र लगभग दो घंटे में तय हो पाया और रथ (बग्घी) के पंडाल गेट पर पहुँचते ही फिर एक बार उबाल आया। ढोल की थाप पर नाचते-2 जब थक कर चूर हो गए तो सब पंडाल में पुष्प- वर्षा के बीच प्रवेश कर गए। दूल्हे राकेश व सभी बारातियों को डॉ. भगवत स्वरूप, आलोक बाबू, समीर, सतलोक, डी. डी.शर्मा व अन्य रिश्तेदारों व मित्रों ने रिसीव किया।

अब सभी मंच के आस-पास की कुर्सियों पर आसीन हो गए थे। वेटर ग्रुप मंच के आसपास ख़ातिरदारी के लिए जुट गए थे व सभी को अपनी चाय - कॉफ़ी, पनीर-पकौड़ा, जूस, कोल्ड ड्रिंक, मुर्ग़ी- छेना आदि व्यंजन यथा इच्छा सर्व कर रहे थे। शादी- समारोह में आमंत्रित लोग चटखारे लेकर आलू- टिक्की,

दही - बड़ा, चाउमिन, मसाला व सादा डोसा,और न जाने कितने व्यंजनों के स्वाद चख रहे थे।

ग्यारह बजने को आए थे, रश्मि व सहेलियाँ सजधज कर मंच पर पहुँच चुकी थी। राकेश भी मित्रों के साथ मंच पर उपस्थित हुए तो देव व शुभम को नदारद पाया। वरमाला की तैयारियाँ चल रही थी, देव व शुभम भी कुछ ख़ास सजे- धजे पधारे व राकेश बाबू के पास ही बैठ गए थे। इसी दौरान डॉक्टर भगवत स्वरूप जी का मंच पर अवतरण हुआ और बोले — प्रिय बंधुओं, मित्रों व रिश्तेदार जनों ! मैं अब जो कुछ कहने जा रहा हूँ उससे आप सब अवश्य ही आश्चर्यचकित होंगे। (देव व शुभम को अपने पास बुलाकर) ये दोनों नवयुवक हमारे राकेश बेटे के परम मित्र हैं, इनकी दुल्हनें भी यहाँ मौजूद हैं (शिवि व देविना को बुलाकर) इनकी भी शादी का दिन आज ही नियत था। आज के बाद शुभ मुहूर्त शायद कई महीनों बाद है। इन सभी के माता-पिता व परिजनों की स्वीकृति पाकर इनका विवाह समारोह भी राकेश के साथ ही संपन्न किया जाएगा। डॉ. भगवत स्वरूप जी की उद्घोषणा सुनकर वाकई सब हैरान रह गए थे पर ख़ुश भी, क्योंकि उन सबको अपने दोस्तों के लिए दोस्ती निभाई थी।

(डॉ. भगवत स्वरूप मंच पर एम. एम. गुप्ता व उनकी भार्या मेधा गुप्ता व शेखर बाबू एवं शालू को आमंत्रित करते हैं।)

एम. गुप्ता — मैं दूर संचार ज़िला अधिकारी अंबाला कैंट व मेरे साथी शेखर बाबू उपमंडल अधिकारी, जो मेरे ही कार्यालय में कार्यरत है, डॉ. साहब श्री भगवत स्वरूप जी के कथन से सहमति व्यक्त करते हैं व दोनों बच्चों की शादी की इजाज़त प्रदान करते हैं। (पंडाल तालियों की गड़गड़ाहट से गूंज उठता है।) इसके साथ ही वरमाला का इवेंट शुरू होता है। राकेश ने रश्मि को, देव ने देविना को व शुभम ने शिवि को पुष्पमाला पहनाई तो उन तीनों ने भी उन तीनों

को वरमाला गले में पहनाई। सभी उपस्थित जन समूह ने तीनों जोड़ियों का तालियाँ बजा कर अभिनंदन किया।

अचानक से ही दल- बल के साथ बाबू राम कृष्ण मंत्री जी भी पंडाल में पहुँचे तो सभी बड़े उत्साहित हुए। मंच पर पहुँच कर विवाहित जोड़ों को आशीर्वाद दिया व डॉ. भगवत स्वरूप जी से पूछा — डॉ. साहब, देव बाबू को तो मैंने पहचान लिया, बाक़ी दोनों के बारे में बताइए ?

डॉ. भगवत स्वरूप —- ये दोनों बच्चे भी अपने ही हैं। एक तो डॉ. राकेश जो आलोक का दामाद बना है, यहाँ अस्पताल में दांतों का डॉक्टर है। दूसरा फ़रीदाबाद से है, इसने बहुत पहले ही इस लड़की को अंगुठी पहना दी थी। राकेश बाबू ने बताया था कि ये सभी ट्रेनिंग कॉलेज भिवानी में इकट्ठे ही कोर्स कर रहे थे।

बाबू राम कृष्ण —- और अब ज़िंदगी भर इकट्ठे रह कर कोर्स करेंगे।

डॉ. भगवत स्वरूप —- (थोड़ा मुस्कुराते हुए) इन दोनों की आज ही शादी थी परंतु राकेश के कारण इन्होंने भी यहीं आकर शादी करने का फ़ैसला किया।

बाबू राम कृष्ण —- वाह ! क्या दोस्ती है ? मिसाल क़ायम कर दी है। चिरंजीव रहो बच्चों ! देव बाबू तुमने अपनी ड्यूटी संभाल ली ?

देव बाबू —- यस सर ! लगभग एक महीना हो गया। आपके आशीर्वाद से सब कुछ ठीक हो रहा है।

बाबू राम कृष्ण —- मुखिया के स्टेट अवार्ड मिलते ही तुम्हें भी नई पोस्ट पर नियुक्त करके अवार्ड दिलवाया जाएगा। क्यों डॉ. साहब, आप भी ख़ुश व संतुष्ट हैं न ?

डॉ. भगवत स्वरूप —- अपने ही बच्चे है, हम ही ख़्याल नहीं रखेंगे तो कौन चाहेगा ?

बाबू राम कृष्ण —- अब आज्ञा चाहूँगा !

(पुनः आशीर्वाद देकर चले जाने को उद्यत होते हैं।)

डॉ. भगवत स्वरूप —- खाना लिए बग़ैर कैसे जाएँगे ?

आस- पड़ोस से आमंत्रित मित्र व कुछ रिश्तेदार जिन्हें और शादी में भी शामिल होना था विदाई ले रहे थे। पंडाल में अब गहमागहमी कुछ सीमित सी रह गई थी। राकेश - रश्मि, देव- देविना व शिवि- शुभम सबके आकर्षण का केन्द्र बिन्दु बने हुए थे। सभी भोजन ग्रहण कर अभी विश्राम व गपशप ही कर रहे थे कि पंडित जी ने मंडप पर अपनी ड्यूटी संभाल ली थी व उसकी संस्कृत भाषा के मंत्रों की गूंज सुनाई पड़ने लगी थी। पंडाल में अब कुछ ही रिश्तेदार कुर्सियों पर बैठे हुए थे जिन्हें फेरों के लिए कुछ ज़िम्मेदारी सौंपी गई थी। शुभम के मम्मी पापा भी सोने के लिए होटल में चले गए थे लेकिन दोनों बहनें सपना व अल्पना भैया- भाभी के फेरे देखने को उत्सुक थीं इसलिए जाग रही थी। एम. गुप्ता व शेखर बाबू बातों में ही मशगूल थे।

शेखर बाबू —- गुप्ता सर ! बच्चों के भाग्य बहुत ऊँचे हैं जो मंत्री जी का आशीर्वाद मिला।देव बाबू से तो मंत्री जी ने ख़ूब बातचीत भी की।

एम. गुप्ता — जो हो रहा है, अच्छा ही हो रहा है। भानू भी होता तो सब देखता। कौन अपनी बहन की शादी में भी शामिल नही होता ?

शेखर बाबू —- गुप्ता सर ! आपका सुपुत्र मानवता की सेवा में संलग्न है, मिशन कामयाब हो इसलिए लगन व परिश्रम करना ही पड़ता है। जीवन की इस राह में कौन छूट जाएं, कौन मिल जाए ? अनिश्चित है। हम पिछले सप्ताह कांति भाई की शादी में शामिल हुए थे, उसका कोई भी नहीं था, न माँ, न बाप, न कोई भाई- बहन, फिर भी सब अच्छे से हुआ।

एम. गुप्ता — देव बाबू ही सब कर्त्ता-धर्ता थे।दोस्ती की अनूठी मिसाल है ये सभी मित्र।

शेखर बाबू —- मैंने तो आपको देव बाबू के बारे में पहले ही बहुत कुछ बताया था। मनुष्य के विचार ही उसकी उन्नति व अवनति के कारक हैं और देव बाबू के विचार बहुत ऊँचे स्तर के हैं।

एम. गुप्ता —- जो क़िस्मत में है वहीं मिलता है शेखर बाबू।

शेखर बाबू —- कोई बुरी क़िस्मत नहीं है हमारी, सब ठीक हुआ है।

(पंडाल से पंडित जी की आवाज़ सुनाई पड़ती हैं।)

पंडित — शुभ मुहूर्त का समय नज़दीक आ गया है, दूल्हे व दुल्हनों को मंडप पर लाया जाए।

तीनों जोड़ियाँ अपने मित्रों, सहेलियों के साथ मंडप पर पहुँचते हैं व पंडित जी अपने मंत्रों से पंडाल को गुंजाने लगते हैं। तीनों युगलों के अभिभावक व निकटतम रिश्तेदार इस सुअवसर पर उपस्थित थे। लगभग दो घंटे का वक़्त लगा सात फेरे का प्रोग्राम संपन्न होने में। अब फूलों की लड़ियों से सजी कारें तैयार थी तीनों युगलों को अपने- अपने घर छोड़ने के लिए।डॉ. भगवत स्वरूप जी ने एम. गुप्ता से पूछा — कैसा रहा सब कुछ ?

एम. गुप्ता —- आपने बहुत अच्छा संभाला। हम आपके शुक्रगुज़ार हैं।

डॉ. भगवत स्वरूप —- मैं आपको जो विश्वास दिलाया था उस पर खरा उतरा ?

एम. गुप्ता —मुझे आपकी हैसियत अब मालूम पड़ी, मुझे कम जानकारी थी।

डॉ. भगवत स्वरूप —- अगर देविना बिटिया चाहेगी तो उसे स्कूल में नौकरी भी देंगे। यह भी मेरा वादा था। देव बाबू मेरा कोई रिश्तेदार नहीं है लेकिन अपने व्यवहार से वह अब रिश्तेदारों से भी ज़्यादा नज़दीक आ गया है। आदमी धन- दौलत से नहीं अपने विचारों से अमीर- गरीब होता है।

एम. गुप्ता — वाक़ई आपकी पहचान सटीक एवं सिद्ध पूर्ण है। क्यों न हमसब आपका सम्मान करें ?

शेखर बाबू —- हाँ डॉ. साहब, मैंने तो गुप्ता जी को उस दिन ही कह दिया था कि डॉ. भगवत स्वरूप जी, डॉक्टर बेशक कम डिग्री लेकर बने हों लेकिन उनके विचार उच्च कोटि के हैं। डॉक्टर को डॉक्टर तो सब कहते ही हैं पर इन्हें डॉ. दादा इसीलिए कहते हैं क्योंकि ये विचारों में दादा (बड़े) हैं। और उससे भी बड़ी बात, ये बड़े, उच्च व महान् विचारों की कद्र भी करते हैं।

एम. गुप्ता —-बिल्कुल शेखर बाबू, आपका नज़रिया सौ प्रतिशत सही है ।मुझे आप दोनों का क़र्ज़दार होना चाहिए।

डॉ. भगवत स्वरूप —क़र्ज़दार नहीं रिश्तेदार होना चाहिए ।देव बाबू की संपूर्ण ज़िम्मेदारी मेरी है। आप बच्चों को आशीर्वाद देकर ख़ुशी- ख़ुशी विदा करें।

(एम. गुप्ता व मेधा देविना- देव को, शेखर- शालू शिवि व शुभम को आशीर्वाद देते हैं। राकेश व रश्मि डॉ. दादा के चरण स्पर्श करते हैं। डॉ. गुप्ता व डॉ. आर्य का आना)

डॉ. गुप्ता — स्टूडेंट्स ! (मुस्कुराते हुए) आज हमारा सपना पूरा हुआ।

डॉ. आर्य —- उस दिन डॉ. गुप्ता के घर मैंने देविना व शिवि का हाथ तुम दोनों को सौंपा था, आज मेरी वह इच्छा सामाजिक रूप से भी पूरी हो गई। देव बाबू ! डॉ. भगवत स्वरूप जी तो तुम्हारे अभिभावक बन ही गए, डॉ. गुप्ता को भी अपने पिता के समान ही मानना।

(देव व देविना दोनों अपने प्रोफ़ेसर्स के चरण स्पर्श करते हैं व दोनों प्रोफ़ेसर्स आशीर्वाद देकर विदा होते हैं)

शेखर बाबू व एम. गुप्ता अपने परिवार के साथ कार से अपने घर के लिए निकल चुके थे।

शेखर बाबू —(रास्ते में बतियाते हुए) गुप्ता सर, आजकल ऐसे बच्चे मिलना अच्छा भाग्य ही समझो। माँ- बाप के बिना भी दोनों कितने उच्च कोटि के संस्कारों व विचारों से संपन्न हैं।

मेधा गुप्ता —- हाँ भाई साहब, आपने हमें भी चिंता मुक्त कर दिया। शालू बहन, तुमने मौसी होकर भी माँ से बढ़कर दिल दिखाया है।लोग विश्वास नहीं करेंगे कि कोई मौसी इतनी सहृदय, उदार व ममतामय हो सकती है।

शालू —- अभी मेरी साधना अधूरी है, जब पूरी होगी तब आप और भी ज़्यादा चकित होंगी।

मेधा गुप्ता — भगवान आपकी साधना पूरी करें।आख़िर हर सफ़र की मंज़िल तो होती ही है।

शालू —- मेधा दीदी, मैं मंज़िल की ओर अग्रसर हूँ लेकिन मेरी राह लंबी ही होती जा रही है। मंज़िल पास आकर भी दूर नज़र आ रही है।

शेखर बाबू — हम तुम्हारे साथ है, तुम घबराओ नहीं। किसी दिन शिवि की तरह तुम्हें भी हंसते- हंसते विदा कर देंगे आशीर्वाद देकर।

***

41

शेखर- शालू संवाद

शिवि के चले जाने के बाद घर ख़ाली सा लगने लगा था। शालू अक्सर उदास सी रहतीं, बिना काम के घर की दीवारें उसे काटने को आतीं। शेखर बाबू भी ज़्यादा समय ऑफिस में ही बिताने लगे, शिवि बिटिया की शादी करके वे बेफ़िक्र थे पर जब शिवि की याद आती तो पत्नी शिवानी को याद करके भावुक हो जाते और मन ही मन कहते -शिवानी ! तुमने अपना फ़र्ज़ पूरा नहीं किया मुझे अकेले ही दुनिया से जूझने के लिए छोड़ दिया।मैं पिता जो ठहरा, अपनी बिटिया का घर तो बसाना ही था। आज मैं ज़िम्मेदारी से मुक्त हो गया लेकिन तुम्हें कैसे भुलाऊँ ? शिवि के होते अच्छा टाइम बीत रहा था, अब जाने क्या होगा ? शालू की कहानी भी अभी अधूरी हैं।

ऑफ़िस का टाइम समाप्त हो गया था, घर पहुँचे तो शालू बेहाल। शेखर को देख कर फफक पड़ी।

शालू —- अब ये ख़ालीपन नहीं सहा जाता। शिवि के सहारे टाइम निकल जाता था, अब घर खाने को आता है।

शेखर —शालू, मेरा भी तो यही हाल है, जाने के बाद ही इंसान की कुछ क़ीमत का ज्ञान होता है।

शालू —- मुझे कई बार इस बात का मलाल रहता है कि मैंने पहले शिवि के साथ कैसा व्यवहार किया, पर मैं विवश थीं।

शेखर —- तुम्हारी विवशताओं ने तुम्हें और मुझे भी निर्जीव सा बना दिया है। हम पास रहते हुए भी दूर हैं। एक घर में रहते हुए भी अनजाने हैं। मुझे नहीं पता हमारा आपस में क्या संबंध है ?

शालू —- तुम्हें तो संबंध का इल्म नहीं पर जिन्हें स्पष्ट जानकारी है वे भी अभी तक वर्षों से अजनबी, अपरिचित व वियोग में जी रहे हैं।

शेखर —- शालू, आज तुम सब रहस्यों से पर्दा उठा दो, यूं कब तक घुट- घुटकर जिएँगे हम ? आख़िर तुम एक बहादुर पुलिस ऑफ़िसर की बेटी हो।

शालू —- मेरे अहम को मत ललकारो शेखर बाबू ? जिन लोगों ने मेरे शेरदिल पिता का कत्ल किया है,उनकी भुजाएँ बहुत शक्तिशाली है ।मेरा अहम उनके सामने बौना साबित होगा।

शेखर —- लगता है कि तुम कुछ डरी हुई हो, स्पष्ट कहना चाहते हुए भी कह नहीं पा रही हो।

शालू —- आप बिल्कुल दुरुस्त फ़रमा रहे हैं। मैं डरी इसलिए हूँ कि मैं नहीं चाहती कि मेरे परिवार में और खून- ख़राबा हो।

शेखर —- कैसी अटपटी बातें कर रही हो शालू ? आओ हम बाहर घूमने निकलते हैं।

शालू —- चाय नहीं लोगे क्या ?

शेखर —- आज तन- मन दोनों में ज्वाला है, पार्क में चलेंगे तो आइसक्रीम बगैरह लेकर एक कोने में बैठकर बातें करेंगे ।आज पूरा खुलासा हो जाने दो। वर्षों से दबा लावा फूटकर बहने दो।

शालू —- एक न एक दिन तो यह सब होना ही है, आज हो जाए तो अच्छा रहेगा। महीनों से घुटन महसूस कर रही हूँ। पर अभी तो पार्क में भीड़ ज़्यादा होगी ? कुछ देर में चलेंगे।

शेखर — हम बाहर जाकर कुछ सॉफ़्ट ड्रिंक या जूस बगैरह ले सकते हैं। पार्क से लौटते समय डिनर भी किसी रेस्टोरेन्ट पर ही लेंगे।

(दरवाज़े को बाहर से लॉक कर दोनों पैदल ही निकलते हैं।)

शेखर —(एक घंटे बाद पार्क में पहुँच कर आइसक्रीम का स्वाद चखते हुए) शालू, शादी में जाने से पहले तुमने बताया था कि सब कुछ ठीक चल रहा था, अचानक ही विपत्ति पूरे परिवार पर आ गिरी।

शालू —शेखर बाबू, दुख- सुख किसी को फ़ोन करके नहीं आते। आप एक पल हर्षित हैं तो दूसरे ही पल विषादग्रस्त हो सकते हैं। पूरा परिवार सुख से जी रहा था। मैं व डॉ. गुप्ता कॉलेज में प्रोफ़ेसर थे व नीलिमा कॉलेज में पढ़ाई कर रही थी, न कोई परेशानी न कोई चिंता। अचानक ही पूरे विश्व को कोविड-19 ने घेर लिया और दुर्भाग्य से मुझे भी इस बीमारी ने अपनी चपेट में ले लिया।

शेखर — मैंने भी अपनी शिवानी को इसी महामारी में खोया है। हालाँकि वह अपनी अमीरी कीं धौंस में रहती थी परंतु फिर भी मेरे मन में उसके प्रति अगाध प्रेम समाया हुआ था। आख़िर वह मेरी पत्नी थी न ?

शालू —- तुमने कभी दूसरे बच्चे की इच्छा नहीं जताई ?

शेखर — शिवि के जन्म के बाद हमने एक लड़के की इच्छा धारण की थी लेकिन शिवानी को कुछ हार्मोनल असंतुलन के कारण हम पर भगवान शायद रुष्ट हो गए थे।

शालू —- तुम्हें शायद पता लग गया होगा कि मैं भी शिवानी हूँ। मेरे बहुत से नाम है- मोना, शिवानी, साधना, विद्या, शालू, अब हो सकता है कोई और नाम भी मिल जाए। इनमें से कुछ से तो आप परिचित हो चुके, कुछ से हो जाएँगे।

शेखर— तुम अपनी व्यथा- कथा में कुछ पहेलियाँ सी शामिल कर उसे सनसनीख़ेज़ सा बना दे रही हो।

शालू —- बस आपको दो नामों को और जानना है फिर आपका सारा सस्पैंस मिट जाएगा।

शेखर — शायद कोविड-19 को तुमने हरा दिया था और मेरी शिवानी हार गई थीं।

शालू — कौन जीता, कौन हारा ? यह जीवन बचे रहने से संबंध नहीं रखता। मैंने भी जीवित रहकर क्या हासिल किया है ? तभी से इधर-उधर भटक रही हूँ। इससे अच्छा तो तुम्हारी शिवानी की तरह मुझे भी मृत्यु अपना ग्रास बना लेती।

शेखर —- जीवन व मृत्यु किसी को इच्छा से नहीं मिलते। मै तो अपनी पत्नी का अंतिम संस्कार तक नहीं कर पाया। शालू, पता नहीं मैंने पिछले या इस जन्म में कौन से पाप किए हैं?

शालू —- शेखर बाबू, मुझे तो अपने पापों की ही गणना नहीं। तुम अपनी पत्नी से मृत्यु के बाद जुदा हो लेकिन मैं तो अपने पति व पुत्री के जीते-जागते ही जुदा हूँ।

शेखर — तुम अपनी इस विवशता का खुलासा करो। अगर पार्क का चौकीदार पहुँच गया तो पता नहीं कितना और इंतज़ार करना पड़ेगा।

शालू —- भिवानी में एक सप्ताह तक अस्पताल मे उपचाराधीन रही। कुछ तो लगा डॉक्टर्ज को भी व मुझे भी कि हालत ठीक व नियंत्रण में है, पर सातवें दिन फेफड़ों में संक्रमण की रिपोर्ट ने सबको चिंता में डाल दिया।

शेखर —क्या एम. आर. आई. रिपोर्ट से Detect (खुलासा) हुआ ?

शालू — मुझे इस बात की ज़्यादा व सही जानकारी नहीं है लेकिन उसके बाद मुझे बड़े अस्पताल में भर्ती करने की सलाह बनने लगी। क्योंकि मेरी इंश्योरेंस कंपनी से बीमा योजना थी इसलिए मेरे पति शेखर गुप्ता ने भी इजाज़त दे दी। जिस दिन दोपहर के समय मुझे शिफ़्ट होना था उसी दिन नीलिमा कॉलेज जाते हुए मिलने व खाना देने के लिए अस्पताल आने को तैयार हुई पर उस रूप में अस्पताल नहीं पहुँच पाई। (रोने लगती है)

शेखर —- क्या हुआ शालू ? मैं सब सुन रहा हूँ।

शालू —- लेकिन मैं सुना नहीं पा रही हूँ शेखर बाबू ! उस दिन मुझसे किसी ने कुछ नहीं बताया पर बाद में गुप्ता जी ने मुझे बताया था कि तुम अस्पताल से डिस्चार्ज होकर चंडीगढ़ बड़े अस्पताल जा रही थी और नीलिमा बिटिया घायल होकर उसी अस्पताल में भर्ती हो रही थी। शेखर बाबू, मेरे पाँव तले की ज़मीन खिसक गई थी जब गुप्ता जी ने बिलखते हुए कहा कि किसी सिरफिरे ने नीलिमा के चेहरे पर एसिड से अटैक कर दिया है। (बॉटल से पानी की घूंट भरते हुए) शेखर बाबू, मैं उस दिन हार गई, मेरी बेटी की ज़िंदगी तबाह हो गई थी।

शेखर —- पर नीलिमा तो बिल्कुल सही सलामत हैं।अभी पंद्रह दिन पहले ही तो उसकी शादी में शामिल हुए थे जींद शहर में।

शालू — आप भूल रहे हैं, तीन सप्ताह पहले ही तो दिल्ली से इलाज करवा कर लौटी है। देव बाबू ने सब इलाज करवाया व शुभम भी एक सप्ताह तक गुप्ता जी के साथ दिल्ली अपोलो अस्पताल में रहा।

शेखर —- अच्छा, तो ये सब उसी घटना से जुड़ा मामला है। देव- शुभम ने बहुत अच्छा किया।

शालू —- देव बाबू ने मेरी नीलिमा बिटिया को नया जीवन दिया है और शादी भी उसी ने अपने दोस्त से सभी कुछ स्पष्ट बताकर करवाई है।

शेखर —- मैं तो शादी से लौटते समय गुप्ता जी को बता ही रहा था कि राकेश व देव दोनों उत्तम कोटि के संस्कारों वाले नवयुवक है।

शालू —- शिवि से जब बातें होती थी तब मालूम होता था कि चारों सम्पादक मेरे शेखर के बहुत क़रीब है व दुख- दर्द में उनके साथ खड़े रहते हैं। एक बार ये चारों स्टूडेंट्स गुप्ता जी के घर लंच पर आमंत्रित थे तब इन्होंने मेरे बारे में पूछा था व मेरी फ़ोटो पर चढ़ा फूलों का हार देखकर दुख जताया था।

शेखर —- तो शिवि ने आजतक तुम्हें पहचाना नही ?

शालू —- शिवि ही क्यों, मुझे किसी ने भी नहीं पहचाना ? देव, शुभम, देविना सबने मेरी तस्वीर देखी थी। और तो और स्वयं शेखर गुप्ता व नीलिमा भी मुझे पहचान नहीं सके।

शेखर —- तुमने भी राज खोलने की कोशिश नहीं की।

शालू —- एक बार शादी में बात करते हुए मेरे मुँह से 'शेखर गुप्ता' उनका नाम निकल तो गया था पर मैंने बड़ी सफ़ाई से उसे तुम्हारे नाम से जोड़कर स्वयं को बचा लिया था। एक बारगी तो नीलिमा को भी संदेह हुआ था जब मैंने उसे कानों के आभूषण गिफ़्ट किए थे।

शेखर —- अब तुम कब ये राज से पर्दा उठाओगी ? मेरी कुछ मदद की ज़रूरत है तो मैं हरदम तैयार हूँ।

शालू —- मदद नहीं, सब कुछ आपको ही करना पड़ेगा लेकिन बड़ी बुद्धिमत्ता एवं धैर्य रखकर।

शेखर —- शालू,तुम्हें याद होगा एक दिन हम डिनर के लिए " राका " रेस्टोरेन्ट पर गए थे व 21 न. की टेबुल पर बैठ कर खाना लिया था व हमने काउंटर पर बैठे उस भद्र पुरुष से बातचीत की थी।

शालू —- हाँ, कुछ दिनों के बाद वह भद्र पुरुष आपके पास फ़ोन ठीक करवाने की गुहार लेकर आया था और उसने बताया था कि कभी किसी काम आ सकूँ तो स्वयं को अहोभाग्य मानूँगा।

शेखर —- बिल्कुल सही कहा, तुम्हें अक्षरशः याद है। उस भद्र पुरुष का लड़का आईपीएस है व दिल्ली पुलिस में कार्यरत है।हम किसी अनहोनी के लिए उनसे मदद ले सकते हैं।

शालू —- जैसी मदद की ज़रूरत हमें पड़ सकती है वे इसमें अहम भूमिका निभा सकते हैं पर करेंगे नहीं।

शेखर —- तुम ऐसा क्यों सोचती हो ? खुद उस भद्र पुरुष ने मुझे ऑफर दी थी। फिर भी तुम मुझे सब कुछ खुलासा करोगी तो सोच- विचार कर फ़ैसला लेंगे। अब आगे बताओ क्या रहा ?

शालू —- पेशेंट्स की संख्या देखते हुए जब कोई बेड बड़े अस्पताल में नहीं मिला तो पिताजी का हवाला देकर बेड हासिल किया जहां पहले से ही दो पेशेंट भर्ती थीं।

(पार्क की पगडंडी से चौकीदार के डंडे की आवाज़ सुनाई पड़ती है।)

शेखर —- आज भी हम अधूरे ही रह गए। शालू, चलो अब डिनर के लिए किसी रेस्टोरेन्ट पर चलते है।

शालू —- अब तो घर ही जाएँगे। जो थोड़ा बहुत फ्रिज में मिलेगा, उसी में संतोष कर लेंगे।

शेखर —- हम रास्ते से कुछ ले लेंगे, बहुत शॉप है खाने- पीने के सामान की।

शालू —- ओ. के. आओ अब चलें !

(दोनों पार्क से घर की ओर निकल जाते हैं।)

***

42

नव विवाहित मित्रों की हनीमून यात्रा - 1

विदा होने से पहले ही तान्या व रश्मि ने हनीमून के लिए श्रीनगर जाने का कार्यक्रम बना लिया था। दोनों की बहुत पुरानी मुराद (इच्छा) पूर्ण होने का अवसर उन्हें मिल रहा था। देव व कांति भैया को भी राकेश ने हनीमून पर जाने के लिए राजी कर लिया था। कांति को कोर्ट में ग्रीष्मकालीन अवकाश के कारण कोई परेशानी नहीं थी लेकिन देव बाबू के विद्यालय में एक्स्ट्रा क्लासेज़ चल रही थी इसलिए उसे मुखिया की परमिशन की आवश्यकता थी। राकेश ने डॉ. दादा की मदद का आश्वासन देकर देव- देविना को भी तैयार कर लिया ।शुभम से जब बातचीत हुई तो उसके पापाजी ने बताया कि वे घर जाकर सबसे पहले अपने इष्ट की पूजा- अर्चना करेंगे, फिर कहीं आ जा सकेंगे।

आज शादी के बाद का तीसरा दिन था, रीति-रिवाज निभाकर सब मित्र चंडीगढ़ एयरपोर्ट से श्रीनगर के लिए रवाना हो चुके थे। लगभग सत्तर मिनट की यात्रा के बाद उनकी फ़्लाइट क़रीब साय छः बजे श्रीनगर के शेख फल आलम अंतर्राष्ट्रीय एयरपोर्ट पर लैंड हुई। यह एयरपोर्ट भारतीय सेना के स्वामीत्व में माना जाता है व दोनों प्रकार की उड़ानें यहाँ से संभव हैं। एयरपोर्ट से बाहर आकर टैक्सी ली व डल लेक पहुँच गए। डल झील को देखकर सभी दंग रह गए थे, इतनी विस्तृत कि कहीं अंत ही दिखाई नहीं पड़ रहा।

रश्मि —- (कुछ थकान सी दिखाते हुए) देव भैया, अब होटल में कब पहुँच जाएँगे ? सुबह के घर से निकले हैं, भूख भी सता रही है।

देव —- भाभी, हम होटल नहीं, कांति भाई ने हम सबके लिए एक हाउसबोट बुक कर रखी है, हम वहीं पर विश्राम व डिनर बगैरह लेंगे।

तान्या —- यह नौका है, होटल है या रेस्टोरेंट ?

देव — यह तीनों ही है तान्या जी ! आराम करने के लिए हमने चार रूम बुक किए हैं जो इसी हाउस बोट में हैं।

तान्या — हाउस बोट में इतने रूम होते हैं क्या लेखक महोदय जी !

देव — हाँ तान्या जी ! इससे ज़्यादा व कम भी होते हैं लेकिन हमने तो अपनी आवश्यकता अनुसार ही चार रूम बुक किया है।

समीर — देव भैया, यह क्या जी, जी लगा रखा है ? भाभी बोलो यार।

देव — ओ. के. समीर भैया, प्रोफ़ेसर साहब ! (सभी हल्के से मुस्कुराते हैं)

कांति —- अब इस प्वाइंट से हमें "जुनून" हाउस बोट पहुँचना है जो लगभग दो कि. मी. दूर है, पैदल चलें या टैक्सी से ?

राकेश — अब अंधकार हो चला है व सभी थके हुए भी हैं इसलिए टैक्सी ही मुनासिब रहेगी।

कांति —- ये सब टैक्सी आस-पास ही खड़ी है, इन्हीं में चलते हैं।

नीलिमा — (टैक्सी में बैठे बाहर देखते हुए) ये कितने हाउस बोट यहाँ दिख रहे हैं, आपने इतने दूर क्यों बुक किया ?

कांति —- ये सब नज़दीक होने के कारण गर्मियों में फ़ुल रहते हैं। अब जम्मू कश्मीर में अमन चैन होने से पर्यटकों की भीड़ उमड़ने लगी है, इतना नज़दीक भी कठिनता से मिला है। हम पहुँच ही गए हैं। आओ सब मेरे साथ !

(सब चारों युगल टैक्सी से डाउनलोड होकर हाउस बोट के अंदर पहुँचते हैं व पहचान पत्र प्रस्तुत कर कांफ्रेंस हॉल में कदम रखते हैं। बोट के मालिक का आगमन)

मालिक — आप सभी मेहमानों का हमारे हाउस बोट में स्वागत है। आप सभी हरियाणा राज्य से हैं। काफ़ी थकान हो गई होगी, आओ मैं सबको अपने- अपने रूम पर लिए चलता हूँ। (सभी पर्यटक शाहनवाज़ के साथ जाकर एक - एक बार चार रूम्स में प्रवेश लेते हैं)

कांति — (रूम्स को देखकर) शाहनवाज़ सर ! हमें अब डिनर लेना चाहिए, आप अरेंजमेंट करेंगे या हमें किसी रेस्टोरेन्ट में जाना होगा।

शाहनवाज़ —- आप शायद कांति भाई हैं, मुझे भी सर की बजाय भाई पुकारें तो अच्छा लगेगा।

कांति —- मुझे भी यह सुनकर अच्छा लगा।

शाहनवाज़ —- डिनर के लिए आप हुक्म करें, आधे घंटे में सब तैयार हो जाएगा।

कांति — हम आठ जन डिनर लेंगे।

शाहनवाज़ —- ओ. के. कांति भाई ! इतने तक आप सभी अपनी व रूम्स की सेटिंग कर ले, तब तक डिनर तैयार मिलेगा।

आधे घंटे बाद सभी किचन के बाहर बने खुले स्पेस में लगे डाइनिंग टेबल पर बैठकर भोजन कर रहे हैं।

कांति —- बहुत उम्दा क़िस्म का डिनर बनाया है शाहनवाज़ भाई, जी करता है कि खाते ही रहे।

राकेश —- भूख में चने भी बादाम लगते हैं कांति भाई।

कांति — हाँ जी डॉ. साहब ! आप तो हमें लोहे के चने चबवा ही देते, ये तो देव भैया हैं जो हमें तुम्हारे प्रकोप से बचा रहे हैं।

राकेश —- कांति भाई, दांतों का डॉक्टर जो ठहरा। दांत लोहे जैसे मज़बूत कर दिए हैं। इसीलिए तो लोहे के चने भी चबा सकते हो।

देव —- लोहा ही लोहे को काटता है कांति भाई !

(सब हल्के से मुस्कुराते हैं)

शाहनवाज़ —(सामने आकर) सर ! आप सभी आइसक्रीम लेंगे डिनर के बाद ?

राकेश —(सभी से पूछ कर) आपके पास कौनसी आइसक्रीम है ? ज़रा बताएँगे।

शाहनवाज़ —- जो आप कहेंगे वही मिलेगी।

राकेश — (कुछ हैरान सा होकर) आपके पास हर तरह की आइसक्रीम उपलब्ध हैं ?

शाहनवाज़ —- डॉ. साहब, यहाँ झील में शिकारा नावें घूमती रहती हैं, वे ही सब डिलीवरी करती हैं। आपको जो भी पसंद हो, बेशक अलग-अलग ब्रांड हो, कहोगे तो मिलेगी।

राकेश — हम सबको 'अमूल' की आइसक्रीम चाहिए।

(शाहनवाज़ भाई फ़ोन करके आइसक्रीम वाली शिकारा नाव को बुलाकर सभी के लिए अमूल की आइसक्रीम लेते हैं व सभी मज़े से खाते हुए बातचीत भी कर रहे हैं।)

देव —- कांति भाई, कल का क्या प्रोग्राम रहेगा ?

कांति —- समीर भैया से पूछो, बिज़नेस मेन है, बाहर मीटिंगों में आते-जाते रहते हैं।

समीर —- हमारा इस प्रकार का बिज़नेस नहीं है कि पूरे भारत में भ्रमण करना पड़े। आजकल सब ऑनलाइन ही चलता है। शाहनवाज़ भाई, तुम ही बताओ, क्या कुछ देखने को है ?

शाहनवाज़ —- वैसे तो भ्रमण व दर्शनीय स्थल यहाँ बहुत संख्या में है, पर मुझे लगता है कि आप सब पर्यटक नहीं, हनीमून के लिए आए हैं इसलिए बाग- बगीचे ही घूमना उचित रहेगा। यदि आप स्किइंग बगैरह करना चाहते हैं तो गुलमर्ग जा सकते हैं। एक दिन पूरा देना होगा। आपका कितने दिन का प्रोग्राम बना हुआ है ?

कांति —- मैंने बुकिंग के समय बताया था कि तीन दिन व चार रात्रि।

शाहनवाज़ —- फिर तो आप गुलमर्ग जा सकते हैं। दो दिन श्रीनगर देखने के लिए काफ़ी रहेंगे। यहाँ मुग़ल गार्डन, ट्यूलिप गार्डन, शिव मंदिर, परी महल, निगीन झील, लाल चौक और डल झील तो आप सब देख ही रहे हैं।

कांति —- अब हमें विचार करना होगा कि कैसे करना है ?

राकेश — अब तो हमें चैन की नींद सोना है। कल सुबह तैयार होकर लोकल पर्यटन ही करेंगे।

शाहनवाज़ —- डॉ. साहब ! आप सब मिल्क लेंगे ? यहाँ का केसर युक्त दूध आप लेंगे तो स्वाद व शक्ति का अनुभव करेंगे।

देव —- हाँ शाहनवाज़ भाई, यहाँ दूध गाय, भैंस, बकरी आदि का ही होगा ?

शाहनवाज़ —- देव भैया, सब दूध पैकेट में ही मिल्क प्लांट से आता है। मेरे विचार से ज़्यादा दूध भैंस का ही प्रयोग करने में आता है।

देव ——— नीलिमा दीदी, तुम्हें दूध से कोई परेशानी तो नहीं ?

नीलिमा —- नहीं देव भैया, दूध से तो नहीं पर केसर के बारे में कोई जानकारी नहीं है।

देव — क्यों शाहनवाज़ भाई, केसर नुक़सान तो नहीं करेगा ?

शाहनवाज़ —- यहाँ असली कश्मीर का केसर है जो बहुत फ़ायदेमंद होता है। नक़ली ही नुक़सानदायक हो सकता है लेकिन हमें सही पहचान है, आपको असली ही मिलेगा। इससे नींद भी अच्छी आती है।

राकेश —- सभी के लिए ले लो देव भैया, दो सौ ग्राम प्रत्येक के लिए।

देव —— शाहनवाज़ भाई, तुमने डॉक्टर साहब को सुन लिया होगा, दस मिनट में तैयार करवा कर दे दो।

शाहनवाज— कहाँ दस मिनट जी ! पाँच मिनट में ही आ जाएगा। आप अगर आराम करना चाहें तो रूम पर भी पहुँचा दूँगा।

कांति —- नहीं शाहनवाज़ भाई, यहीं से पीकर फिर आराम करेंगे। रूम पर तो आज बिस्तर पर लेटते ही नींद आएगी।

शाहनवाज़ —- लीजिए सर, केसर मिल्क ! बताना कैसा ज़ायक़ा रहा?

नीलिमा —- देव भैया, अच्छा लग रहा है, यह तो यहाँ रहने तक रोज़ ले सकते हैं।

देविना —- वाक़ई स्वादिष्ट बना है।

समीर दोनों देवियों तुम्हें कैसा लगा ?

रश्मि व तान्या— (दोनों एक साथ) अच्छा ही लग रहा है।

कांति — अब चलो सब अपने- अपने रूम पर और करो झील में शयन। शाहनवाज़ भाई, गुड नाइट !

शाहनवाज़ — सभी को गुड नाइट जी ! कोई बेड टी बगैरह ?

देव —- कोई लेंगे तो सुबह में ही बोल देंगे।

***

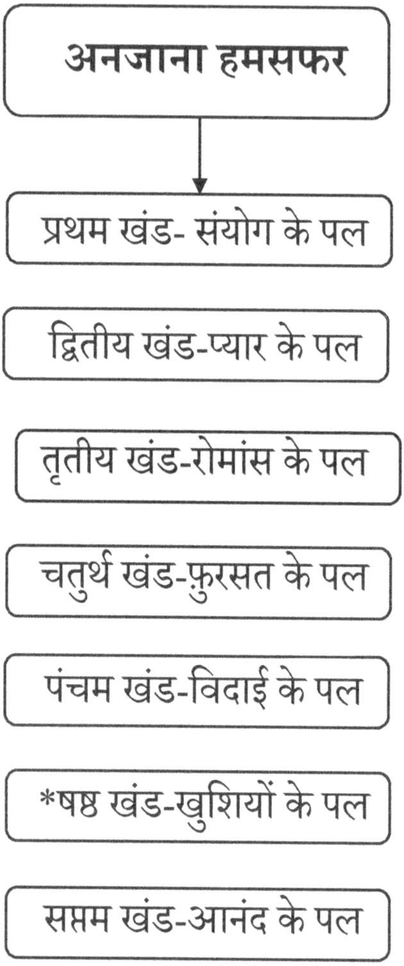
अनजाना हमसफर
प्रथम खंड- संयोग के पल
द्वितीय खंड-प्यार के पल
तृतीय खंड-रोमांस के पल
चतुर्थ खंड-फ़ुरसत के पल
पंचम खंड-विदाई के पल
*षष्ठ खंड-खुशियों के पल
सप्तम खंड-आनंद के पल

www.ingramcontent.com/pod-product-compliance
Lightning Source LLC
LaVergne TN
LVHW052138041026
849558LV00042B/537
9789364318082